本语诗翰

郭本恒 著

中西書局

图书在版编目(CIP)数据

本语诗翰 / 郭本恒著. —上海 : 中西书局, 2024.
11. — ISBN 978-7-5475-2338-4
Ⅰ. I227
中国国家版本馆 CIP 数据核字第 2024UH7371 号

本语诗翰

郭本恒　著

责任编辑　唐少波
特约编辑　吴志刚
封面设计　梁业礼
责任印制　朱人杰

出版发行　上海世纪出版集团
中西書局(www.zxpress.com.cn)
地　　址　上海市闵行区号景路 159 弄 B 座(邮政编码: 201101)
印　　刷　启东市人民印刷有限公司
开　　本　890 毫米×1240 毫米　1/32
印　　张　13.75
字　　数　300 000
版　　次　2024 年 11 月第 1 版　2024 年 11 月第 1 次印刷
书　　号　ISBN 978-7-5475-2338-4/I·258
定　　价　80.00 元

目　录

史海钩沉

神州记游

四季感怀

佛道心语

骨肉亲情

友朋酬唱

同气相求

异域采风

史海钩沉

蓬莱阁[①]

傍水依崖阁几层，穹高宇阔任空蒙。
八仙[②]踏浪时无迹，海市[③]凌波偶有踪。
千载唐槐[④]遗道骨，百年天后御溟风[⑤]。
蓬山瀛屿[⑥]今何处，遥寄幽思意万重。

注　释

① 蓬莱阁：坐落在山东烟台蓬莱区北濒海的丹崖山上，建于北宋嘉祐六年（1061 年）。蓬莱素以“人间仙境”著称，其“八仙过海”传说和“海市蜃楼”奇观享誉海内外。世传海上三山蓬莱、方丈、瀛洲皆神仙居所。

② 八仙：指道教的八位神仙。明代以前说法不一，有汉代八仙、唐代八仙、宋元八仙。至明代吴元泰《东游记》始定为：铁拐李、汉钟离、张果老、吕洞宾、何仙姑、蓝采和、韩湘子和曹国舅。

③ 海市：即海市蜃楼，又称蜃景，是一种光的折射、反射形成的现象。海市蜃楼的出现与地理位置、条件及时间密切相关。

④ 唐槐：此槐树说是当年铁拐李和吕洞宾在此下棋，烈日当头，为遮阴随手插枝入地，瞬间成树，这只是神话故事。究竟何人所种，史书无载，可确认是唐槐，已逾千年。

⑤ 天后：即妈祖，是人们信奉的海神，北方称海神娘娘。蓬莱阁的天后宫是我国北方最大的天后宫庙宇之一。门上楹联：“慧眼千帆保驾护航有求必应，慈心四海消灾免难是祷皆灵”；“丹崖留圣迹慈母婆心垂宇宙，仙山显神灵浩然正气贯乾坤”。溟：海。

⑥ 蓬山瀛屿：蓬莱和瀛洲；喻指仙境。

黄鹤楼[①]

春日登临望楚天，依稀往事渺如烟。
孤独梦里浮黄鹤，寂寞云中栖羽仙[②]。
落日悠悠逐逝水，夕霓邈邈罥归帆[③]。
凭高揽胜多怀古，风韵谁堪更百年。

注　释

① 黄鹤楼：濒临万里长江，地处蛇山之巅，为湖北武汉地标（1985年重建）。始建于三国吴黄武二年（223年），历代屡毁屡建。与岳阳楼、滕王阁并称“江南三大名楼”，加上蓬莱阁则为“中国四大名楼”之一。

② 羽仙：羽化登仙的略语，喻指神仙。

③ 邈：距离遥远。罥（juàn）：用绳索绊取；缠绕。

滕王阁[①]

高阁雄峙赣江边，画栋雕梁宜住仙。
阎婿收肠无警句[②]，王勃落笔有鸿篇。
夕霞几抹偕孤鹜[③]，秋水一川映碧天[④]。
妙得华章千古事，风骚独领数前贤。

注　释

① 滕王阁：地处赣江东岸，为南昌地标（1989年重建）。始建于唐永徽四年（653年），为唐太宗李世民之弟滕王李元婴任洪州都督时所建。因初唐诗人王勃所作《滕王阁序》而闻名于世，世称“西江第一楼”。

② “阎婿”句：唐上元二年（675年）重阳节，洪州都督阎伯屿重修滕王阁毕，大宴宾客，其时已令其婿吴子章作好序文，欲以夸耀。席间假意请众作序，众皆推辞。不料王勃不知就里，提笔立就写成千古名篇《秋日登洪府

滕王阁饯别序》,简称《滕王阁序》。

③ 夕霞几抹偕孤鹜：源自王勃序中名句“落霞与孤鹜齐飞”。

④ 秋水一川映碧天：源自王勃序中名句“秋水共长天一色”。

岳阳楼[①]

凭栏一望水盈空,百里烟波锁洞庭。
皋[②]野春朝耕米稻,渔舟夏晚采红菱。
夕霞落日千帆尽,晓月残星万籁轻。
何处人间堪化境,情思遥寄到蓬瀛。

注 释

① 岳阳楼：位于湖南岳阳西门城墙之上,下瞰洞庭,前望君山。始建于东汉建安二十年(215 年),历代屡加重修。因北宋范仲淹《岳阳楼记》而著称于世。自古有“洞庭天下水,岳阳天下楼”之美誉,世称“天下第一楼”。

② 皋：水边的高地。

龙门石窟[①]

伊水河边百洞庐,一承文脉在东都。
神工塑就千佛像,曲意阿成武曌[②]图。
立派初兴白马寺[③],续宗更盛龙门窟。
千年香火犹络绎,灵佑谁堪知有无。

注 释

① 龙门石窟：位于河南洛阳南郊伊水两岸,是世界上造像最多、规模最大的石刻艺术宝库,被联合国教科文组织评为“中国石刻艺术的最高峰”,居中国各大石窟之首。其与莫高窟、云冈石窟并称中国三大石窟,后

加麦积山石窟称四大石窟。

② 曌(zhào):同“照”。唐武则天为自己命名所造的字。意指日月凌空,普照大地。

③ 白马寺:中国第一古刹,世界著名伽蓝。位于河南洛阳老城东郊,始建于东汉永平十一年(68年),是佛教传入中国后兴建的第一座寺院。有中国佛教的“祖庭”和“释源”之称。

岳王庙[①]

临安苟且[②]几惊魂,大厦独擎唯岳军。
踏破贺兰驱虏志,迎还二圣报国心。
青山有幸埋忠骨,白铁无辜铸佞臣。[③]
天地悠悠一武穆[④],千秋浩气尚凌云。

注　释

① 岳王庙:地处杭州西湖西北角,始建于南宋嘉定十四年(1221年)。历经元、明、清、民国,时废时兴。岳飞是抗金兵名将,被秦桧、张俊等人以“莫须有”罪名陷害致死。

② 苟且:只顾眼前,得过且过;敷衍了事,马虎。

③ 青山有幸埋忠骨,白铁无辜铸佞臣:系岳王庙内门楹对联。佞臣:奸邪谄上之臣;佞:善辩,口才好。

④ 武穆:宋孝宗时岳飞冤狱平反,追谥武穆、忠武,追封鄂王。

嵩山少林[①](一)

悠悠古刹对嵩山,武脉袭承数百年。
偶救秦王[②]开盛世,时除诸恶净人间。
纵横华夏依神腿,驰誉九州赖秘拳。
面壁方能临化境,功夫极致在佛禅。

注　释

① 少林：指少林寺，位于登封嵩山五乳峰下，因在少室山丛林之中，故名“少林寺”。少林寺始建于北魏太和十九年（495年），是孝文帝为了安置印度高僧跋陀，在少室山北麓敕建而成。少林寺是世界著名的佛寺，是汉传佛教的禅宗祖庭，在中国佛教史上占有重要地位，被誉为“天下第一名刹”。又是中国功夫的发源地之一，有“天下功夫出少林”之说。

② 秦王：李世民未即位前，受封秦王。

嵩山少林（二）

古刹悠悠栖碧峦，嵩山雄睨越千年。
凭柯僧侣犹拥主①，面壁达摩②欲问禅。
一腿疏横能立派，两拳紧握敢欺天。
人间何处堪英武，应在少林眉宇间。

注　释

① “凭柯”句：指十三棍僧救秦王事。柯：树枝，代指棍。

② 达摩：菩提达摩的略称，意译为觉法。南印度人，南北朝禅僧。据《续高僧传》记述，属刹帝利种姓，通彻大乘佛法，为修习禅定者所推崇，被尊为西天禅宗二十八祖与东土禅宗初祖。

武当①有怀（一）

神龛宝殿半云峰，处处青峦羁郁葱。
两仪太极生万象，千年师祖自三丰②。
参禅寂寂时风雨，悟道寥寥总月星。
莫道日臻临化境，尚有关山一万重。

注　释

① 武当：指武当山，古称太和山。在湖北省西北部，东接襄阳，西靠十堰，南望神农架。明代被皇家封为“大岳”“治世玄岳”，尊为“皇室家庙”。武当山以“四大名山皆拱揖，五方仙岳共朝宗”的“五岳之冠”地位闻名于世。武当山是道教名山和武当武术的发源地，被称为“亘古无双胜境，天下第一仙山”。素有“北崇少林，南尊武当”之说。

② 三丰：指张三丰，明初道士，曾在武当山修行。或谓宋、金、元时生人，籍贯亦众说不一。明太祖、成祖屡遣使求之，不遇。抱持三教合一思想，内丹著作甚丰。明朝道教派别多溯其源，武当派武术亦尊其为开山祖师。

武当有怀(二)

偕登危顶欲凭栏，阆苑苍梧①只梦间。
百世太极承武脉，千年紫气隐文禅。
一钵粗粝②消寒暑，几盏香茗淡霭烟。
无限情思欲何寄，桃源应在九重天。

注　释

① 阆苑：传说中神仙居住的地方，也代指帝王宫苑。苍梧：苍梧山，又名九嶷山，位于湖南永州宁远县境内。九嶷(“嶷”通“疑”)得名于舜帝南巡的传说，古时舜南巡狩崩于山间，二妃娥皇、女英千里来寻，由于九峰相仿，令人疑惑，终未得见。

② 粗粝：糙米。泛指粗劣的食物。

华清宫①

迤逦峦山暮色昏，华清碧漾起氤氲②。
轻歌亭榭声声韵，曼舞楼台袅袅身。

遽[③]爱一朝堪彻骨，痴情十载总铭心。
红颜祸水谁之过，马嵬坡[④]中有怨魂。

注　释

① 华清宫：位于西安临潼，背山面渭，倚骊峰而筑，规模宏大，楼台馆殿，遍布骊山，今几不存。华清宫始建于唐初，鼎盛于玄宗。经玄宗悉心经营，每年几乎都要到此游幸，岁尽始还长安。安史之乱后，华清宫迅速衰落，唐后各代皇帝很少出游华清宫。

② 华清：指华清池，华清宫内的温泉浴池。碧漾：绿波荡漾貌。氤氲：烟云弥漫的样子。

③ 遽：急速，仓促，匆忙。

④ 马嵬坡：马嵬驿的别称，在今陕西兴平市西。安史之乱时，逃到此地的玄宗，在随军将士的胁迫下，赐杨贵妃自缢，葬此。

洛阳关林[①]

关帝庙中蓊郁松，经霜历雨自峥嵘。
桃园初定一生誓，铁骑续行千里风。
刮骨谁堪欺病痛，单刀何惧赴江东。
神州难埒渠英武[②]，唯憾当年走麦城。

注　释

① 关林：位于洛阳南郊关林镇，相传为埋葬关羽首级之地，为海内外三大关庙之一。千百座关庙中独称“林”，是中国唯有的冢、庙、林三祀合一的古代经典建筑。建安二十四年(219 年)冬，孙权偷袭荆州，关羽败走麦城，大义归天。次年春正月，孙权恐刘备报复，将关羽首级送到洛阳曹操处，曹操识破其移祸之计，且敬慕关羽为人，遂将计就计追赠关羽为荆王，刻沉香木为躯，以王侯之礼葬于洛阳城南十五里。明万历年间建庙祭祀，即今关林。

② 埒：等同，并立，相比。渠：代词。他，她，它。

魏武帝①

魏武千年皆骂名，悠悠华夏几英雄。
献刀除董②风骚客，横槊赋诗③文曲星。
问鼎中原凌官渡④，三分天下过江东。
王侯将相本无种，岂必徒然谓正宗。

注 释

① 魏武帝：指曹操，中国古代杰出的政治家、军事家、文学家、书法家、诗人。曹操少年机警，任侠放荡，不治行业。二十岁，举孝廉为郎，授洛阳北部尉。后任骑都尉，参与镇压黄巾军。建安十二年（207 年），击破乌桓，统一北方。建安十三年（208 年），进位丞相。同年进攻荆州，与孙权、刘备联军展开赤壁之战，败归。建安十八年（213 年），封魏公。建安二十年（215 年），征张鲁，取汉中。次年晋爵为魏王。建安二十五年（220 年），病死于洛阳，享年六十六岁。曹丕称帝，追谥其为武皇帝，庙号太祖。

② 董：指董卓。

③ 横槊赋诗：横着长矛而赋诗。指能文能武的英雄豪迈气概。出自宋苏轼《前赤壁赋》："酾酒临江，横槊赋诗，固一世之雄也。"

④ 官渡：指官渡之战，东汉末"三大战役"之一，是中国历史上著名的以弱胜强的战役之一。建安五年（200 年），曹操与袁绍军相持于官渡展开战略决战，曹操奇袭袁乌巢粮仓，继而击溃袁军。

武侯祠①

祠里逡巡虔礼行，最欣柏翠伴英灵。
隆中尽瘁三分策，白帝鞠躬一世名。
羽扇轻摇八卦阵，瑶琴漫捻百疑兵。
六出七纵②谁伯仲，今日犹铭借东风。

注　释

① 武侯祠：位于四川成都南门。是中国唯一的君臣合祀祠庙，由武侯祠、汉昭烈庙及惠陵组成，人们习惯将三者统称为武侯祠。刘备庙、陵始建于蜀汉章武三年(223年)，武侯祠则建于约百年后。起初并不在一块，明初时方将三者合并，并将二人合祀一殿。武侯祠也是全中国影响最大的三国遗迹博物馆。

② 六出七纵：指诸葛亮六出祁山、七纵孟获的事迹。

兵马俑①

迥态异姿万俑兵，千年熠熠伴英灵。
期书华夏同文字，欲秤神州共度衡。
莫道坑儒②非巨过，休言六合③只微功。
中华百世悉秦制，御外犹存万里城。

注　释

① 兵马俑：又称秦始皇陵及兵马俑，位于西安市临潼区城东骊山北麓。兵马俑即制成兵马(战车、战马、兵车)形状的陶质殉葬品，是古代墓葬雕塑的一个类别。1974年3月，兵马俑被发现。1987年，被联合国教科文组织列入《世界遗产名录》，先后有两百多位外国元首和政府首脑参观访问，被誉为“世界第八大奇迹”。

② 坑儒：秦始皇三十五年(前212年)，以儒生是古非今，于咸阳坑杀四百六十余人。见《史记·秦始皇本纪》。

③ 六合：指秦始皇统一六国。

茂　陵①

上苑旌旗猎猎风，匈奴横扫路千重。
未央②杨柳逐春翠，太液③芙蓉醉夏红。

妙筑金屋堪爱圣，独尊儒术乃华宗。
人间万物终尘土，犹记英魂在茂陵。

注　释

① 茂陵：汉武帝陵寝，位于陕西咸阳与兴平之间的五陵原上。是汉代帝王陵墓中规模最大、修造时间最长、陪葬品最丰富的一座，被称为“中国的金字塔”。茂陵周围还有李夫人、卫青、霍去病、霍光、金日磾等人的墓地。

② 未央：指未央宫。西汉帝国的大朝正宫，汉朝的政治中心和国家象征。始建于汉高祖七年(前200年)，位于汉长安城地势最高的西南角龙首原上。

③ 太液：指太液池。西汉元封元年(前110年)于建章宫北开凿，在今西安市西北、汉长安城内。

项　羽①

三户亡秦②起义兵，欲王争入咸阳城。
一朝铁马皆豪气，十载金戈尽霸风。
破釜犹能拥巨鹿③，蒙羞岂肯过江东。
乌骓④自下英雄泪，千古谁堪儿女情。

注　释

① 项羽(前232—前202年)：名籍，字羽。下相(今江苏宿迁西南)人。秦末政治家、军事家，楚国名将项燕之孙。公元前206年二月，分封诸侯，以刘邦为汉王，自立为西楚霸王，定都彭城(今江苏徐州)。楚汉之争，项羽虽前期取得胜利，但因分封诸侯，加以战略失误，终被围困垓下(今安徽灵璧南)，夜闻楚歌四起，遂突围至乌江(今安徽和县东北)，自刎而死。

② 三户亡秦：即使只剩三户人家，也能灭秦。喻只要下定决心，力量虽小也能成就大事。出自《史记·项羽本纪》：“楚虽三户，亡秦必楚。”

③“破釜”句：用楚秦巨鹿之战中项羽破釜沉舟之典。把饭锅打破，把

渡船凿沉。比喻不留退路，做事果决。

④ 乌骓：楚霸王项羽的坐骑。

沈阳东陵[①]

白山黑水葬英魂，多少豪杰起女真[②]。
一纸檄文七大恨[③]，十三铠甲[④]百征尘。
奇兵先遣平辽沈，妙计频续定后金。
山海雄关犹漫道，欲窥华夏倩[⑤]儿孙。

注　释

① 沈阳东陵：又称清福陵，位于沈阳东郊，是清太祖努尔哈赤的陵墓，为盛京三陵之一。清朝两百多年间，清福陵一直是皇室从事礼制活动的主要场所。因此，无论是建筑遗存，还是其所包含的历史史实，都是研究清朝陵寝制度、丧葬礼仪乃至清初的殉葬制度、祭祀制度、职官体制，以及政治、经济、文化等方面的重要实物资料。

② 女真：指女真族，别称女贞、女直等。1635 年改满洲族名，后称满族。

③ 七大恨：是努尔哈赤于天命三年（明万历四十六年，1618 年）四月十三日发布的讨明檄文，其目的是“出师有名”。

④ 十三铠甲：指努尔哈赤利用祖传的十三副铠甲和跟随他的几十人，在赫图阿拉起兵，对酋长尼堪外兰复仇，并终成大事。

⑤ 倩：美好；请，央求。

清顺治陵[①]

少年天子遁空门，坐化白莲[②]隐肉身。
叔父[③]专权忧帝业，董妃[④]早逝厌红尘。
晨钟暮鼓禅无迹，野鹤闲云道有痕。
欲度众生先度己，谁人可解礼佛心。

注　释

① 顺治陵：即清孝陵，是清世祖顺治皇帝、董鄂氏（董鄂妃）、孝康章皇后佟佳氏的陵墓。位于河北遵化市昌瑞山主峰南麓，背靠昌瑞山，前朝金星山，位居东陵区主轴线上。后世四座帝陵依次分列左右，充分体现了“居中为尊”“长幼有序”“尊卑有别”的传统观念。

② 坐化：佛教语，指和尚盘膝坐着安然死去。白莲：指北京白莲寺，传为顺治出家圆寂之所。

③ 叔父：指多尔衮（1612—1650），清太祖努尔哈赤第十四子。清初权臣、政治家和军事家。清太宗皇太极（努尔哈赤第八子）死后，多尔衮和济尔哈朗（努尔哈赤之侄）辅佐皇太极第九子福临登基（即顺治），称摄政王。

④ 董妃：即清世祖孝献皇后董鄂氏（1639—1660），顺治十三年（1656年），董鄂氏入宫，深受顺治帝宠爱。顺治十七年（1660年）八月十九日病逝，追尊为皇后，谥曰孝献庄和至德宣仁温惠端敬皇后。

景山崇祯自缢处①

万岁山亭自缢身，古槐枝上罥冤魂。
一朝竭虑除阉党②，十载殚精斩佞臣。
纵有雄心驱虏寇，已无天道转乾坤。
江山易主谁之过，今日犹怜社稷③心。

注　释

① 崇祯，是明思宗朱由检的年号。崇祯十七年（1644年），李自成兵临北京，朱由检自缢于煤山（今景山）。

② 阉党：此指围绕权阉魏忠贤结成党羽的宦官，或依附于其而结成党羽的官僚。

③ 社稷：本指土神和谷神；后泛指国家。

苏州虎丘[1]

青塔悠悠立虎丘，吴王沉剑在渠沟。
馆娃宫[2]里笙歌杳，圉人[3]厩中愧怍羞。
子胥[4]神机难一世，范蠡[5]妙略总千秋。
弓藏鸟尽期何往，携侣五湖去泛舟。

注 释

① 虎丘：坐落在苏州古城西北，有 2 500 多年的历史，有“吴中第一名胜”“吴中第一山”的美誉，宋大诗人苏东坡尝言“过姑苏不游虎丘，不谒闾丘，乃二欠事”。虎丘最为著名的胜景是虎丘塔和剑池。

② 馆娃宫：坐落于苏州的灵岩山上，为春秋时期吴王夫差为宠幸西施而兴建。现今园内尚存的吴王遗迹和古迹有吴王井、梳妆台、玩花池、玩月池、智积井、长寿亭等。

③ 圉人：古代官名，掌管养马放牧等事；泛称养马的人。此处指越王勾践。

④ 子胥：伍子胥（前 559—前 484 年），名员，字子胥，楚国人。春秋末期吴国大夫、军事家。

⑤ 范蠡（前 536—前 448 年）：字少伯，华夏族，楚国宛地三户（今河南淅川）人。春秋末期政治家、军事家、谋略家、经济学家和道家学者，越国相国、上将军。

昭君墓[1]

悠悠千载寂寞身，朔碛[2]离离一冢坟。
莫道花容堪落雁[3]，谁知奇辱乃和亲。
琵琶马上思乡曲，歌舞帐中恋塞魂。
漠漠长空悬日月，依依犹照故人心。

注　释

① 昭君墓：又称“青冢”，出自唐杜甫诗：“一去紫台连朔漠，独留青冢向黄昏。”是史籍记载和民间传说中汉朝明妃王昭君的陵墓。位于呼和浩特南郊大黑河南岸，始建于西汉，是中国最大的汉墓之一。昭君，姓王，名嫱，字昭君，西汉南郡秭归（今湖北兴山县）人，原汉宫宫女。南匈奴首领呼韩邪来长安朝觐天子，自请为婿。元帝遂将昭君赐予呼韩邪，后立为宁胡阏氏。

② 碛：浅水中的沙石；引申为沙漠。

③ 落雁：形容女子容貌美丽。人们常用“沉鱼落雁，闭月羞花”指古代“四大美女”：沉鱼指西施，落雁指王昭君；闭月指貂蝉，羞花指杨玉环。

成吉思汗陵[①]

大漠依然起朔风，寥沙寂草伴英灵。
旌旗猎猎夷千域，铁骑萧萧下百城。
亘古渠堪称大汗，洎[②]今谁可埒功名。
莫言万物皆尘土，多少烟云过帝陵。

注　释

① 成吉思汗陵：简称成陵，是蒙古帝国第一代大汗成吉思汗的衣冠冢，位于鄂尔多斯伊金霍洛草原上。由于蒙古族盛行“密葬”，所以真正的成吉思汗陵究竟在何处始终是个谜。成吉思汗陵原为蒙古民众供奉的“总神祇”——八白宫所在地，而非埋葬其真身之所。

② 洎（jì）：至，到，及。

诸葛八卦村[①]

带水依依绕古村，谁人出入不迷津[②]。
悠悠曲巷悉八卦，列列毗邻[③]俱一根。

犹有风俗异浙地，咸无习性远乡亲。
因缘宗脉承诸葛，今日犹怀蜀豫心。

注　释

① 诸葛八卦村：位于金华兰溪西部，地如锅底，四方来水汇聚，形成池塘，即钟池。它是村的核心所在，也是布列“八阵图”的基点。钟池半边有水，半边干涸，形如九宫八卦图中的太极。以钟池为中心，有八条小巷向四面八方延伸，直通村外八座高高的土岗，其形酷似八卦图。

② 迷津：找不到渡口，多指使人迷惘的境界。

③ 毗邻：边界接壤，多指陆地相接。

西　施[①]

灵山秀水育仙葩[②]，竟使游鱼迷浣纱。
馆娃宫里吴王醉，响屧廊[③]中越女哗。
未忝[④]故国情几寄，期酬知己爱一涯。
江山易主关奚事？烟月五湖自是家。

注　释

① 西施：春秋末出生于越国苎萝（今浙江诸暨南），姓施。自幼随母浣纱江边，故又称“浣纱女”。以貌美著称。夫椒之战越国失败后，由越王勾践献给吴王夫差，成为夫差宠妃。传说吴亡后与范蠡入五湖而去，不知所终。

② 仙葩：仙界的异草奇花。

③ 响屧（xiè）廊：吴王宫中的廊名，遗址在今苏州灵岩山。屧：木底鞋。

④ 忝：辱，有愧于。常用作谦辞。

西施故里

灵山秀水育仙葩，竟使游鱼迷浣纱。

有幸娇容堪社稷，无辜绮貌未芳华。
金迷纸醉夫差事，栋画梁雕勾践家。
携侣陶朱五湖[1]去，泛舟何计是天涯。

注 释

① 陶朱：指陶朱公范蠡。范蠡退隐后，迁徙至陶（今山东定陶西北），经商致富，自号陶宋公。被后人尊为财神与商人鼻祖。亦泛指大财主。五湖：泛指太湖一带所有的湖泊。

貂 蝉[1]

谁曾闭月共云星，只手欲扶大厦倾。
国色双托除董逆，天香孤寄事杰英。
生身奚府终无据，埋骨何乡难有凭。
千载巾帼犹翘楚[2]，唯嗟身世总飘零。

注 释

① 貂蝉：民间传说中的人物，原名任红昌，是山西一村姑，也有人认为吕布部将秦宜禄前妻杜氏（杜秀娘）即是貂蝉，正史无载。《三国演义》写貂蝉系东汉末年司徒王允婢女，王允看董卓将篡汉位，设下连环计。王允先把貂蝉暗许给吕布，再明献董卓。貂蝉周旋于二人间，送吕布于秋波，报董卓于春媚。两人互相猜忌，王允说服吕布，铲除了董卓。

② 巾帼：古代妇女的头巾和发饰，借指妇女。翘楚：原指高出杂树丛的荆树，后喻杰出的人才或事物。

黄帝陵[1]

柏翠山幽隐帝陵，轩辕千载启鸿蒙[2]。
阪泉漂杵[3]平炎部，九邦归一谓始宗。

欲写神州仓颉[④]字，期畲[⑤]华夏稻禾风。
虔诚礼拜香三炷，为有苍龙意万重。

注　释

① 黄帝陵：传说是轩辕黄帝的陵寝，位于陕西黄陵县城北桥山。又称桥陵、黄陵。今陵相传创自汉代，历代均有修葺。桥山巅为黄帝陵墓和祭台，陵前有汉武帝祈仙台。自唐代起此陵成为官方认可的黄帝陵，宋明清至近代沿袭。

② 轩辕：黄帝的名号。传说其姓公孙，居于轩辕之丘，故称。后人以之为中华民族的始祖。鸿蒙：宇宙形成前的混沌状态；泛指远古时代。

③ 阪泉：古地名，一说在今河北涿鹿东南。相传黄帝与炎帝战于阪泉之野，三战然后得其志。漂杵：浮起舂杵。形容恶战流血之多。

④ 仓颉：传为黄帝史官，汉字创造者。

⑤ 畲：焚烧田地里的草木，用草木灰做肥料下种。

西安碑林[①]

仓颉造字欲穷年，篆隶楷行几涅槃。
承脉苏黄兼米蔡[②]，开宗柳虞并欧颜[③]。
流觞妙笔《兰亭序》[④]，《自叙》[⑤]柔毫怀素篇。
幸有明清堪继往，千秋圭臬始流传[⑥]。

注　释

① 西安碑林：位于西安市三学街文庙旧址，是收藏中国古代碑石时间最早、收藏名碑最多的书法艺术宝库。碑林的源头可追溯至唐立于帝都长安务本坊国子监内的《石台孝经》《开成石经》，正式创始为北宋名臣吕大忠，始建于北宋元祐二年(1087年)，后经历代收集，规模逐渐扩大。现收藏文物11 000余件，其中国家级文物19种(组)134件，一级文物535件。著名的“昭陵六骏”有四骏藏于碑林。

② 苏黄兼米蔡：指宋代四大书法家苏轼、黄庭坚、米芾、蔡襄。

③ 柳赵与欧颜：指唐代书法家柳公权、虞世南、欧阳询、颜真卿，按生年排序应为欧、虞、颜、柳。

④ “流觞”句：古人逢农历三月上巳日列坐曲水之旁，斟酒羽觞浮于上游，任其顺流而下，取而饮之。此活动原为祛除不祥之义，后世则发展为文士之雅集。晋永和九年(353年)此日，王羲之在微醺之际，写下书文双绝的千古名篇《兰亭集序》。觞：古代的一种盛酒器。

⑤《自叙》：指唐怀素的草书墨宝《自叙帖》，写于唐大历十二年(777年)，现藏于台北故宫博物院。

⑥ 圭臬：指圭表，比喻准则或法度。

大雁塔①

依稀梦里雁衔经，释祖东来倩圣僧。
明镜台中空物象，菩提树下事禅功。
路遥万里依龙马，鬼障千重赖悟空。
宝塔今朝犹熠熠，永镌玄奘事佛名。

注　释

① 大雁塔：据《大慈恩寺三藏法师传》载，古印度摩揭陀国曾有众僧掩埋坠雁并建灵塔的事，雁塔之名或即源于此。北魏道武帝时在此建净觉寺，隋文帝在净觉寺故址修建无漏寺，后废。唐贞观二十二年(648年)，太子李治为追念其生母文德皇后(即长孙氏)祈求冥福，报答慈母恩德，奏请太宗敕建佛寺，赐名“慈恩寺”。由于创始者玄奘及其弟子窥基常住慈恩寺，故又称慈恩宗，此寺遂成中国大乘佛教的圣地。玄奘法师以“恐人代不常，经本散失，兼防火难”为由，拟在慈恩寺正门外造石塔一座，于唐永徽三年(652年)三月上奏，朝廷恩准在寺西院建五层砖塔。

暮登西安城墙①

满城风絮暮云收，千载沧桑谁滞愁。

雁塔梵钟惊晓梦，骊山夕照杳残楼。
未央笙瑟逐宵寂，太液芰荷醉籁幽。
汉武秦皇皆已逝，一轮皓月遍神州。

注　释

① 西安城墙：是国内现存规模最大、保存最完整的古代城垣之一。广义的西安城墙包括唐城墙和明城墙，但一般指明城墙。西安城墙主城门有四座：长乐门（东门），永宁门（南门），安定门（西门），安远门（北门）。自民国始为方便出入古城，先后新辟多座城门，现西安城墙已有城门18座。

布达拉宫[①]（一）

栉比依山越九重，白墙赭壁隐莲[②]踪。
千年膜拜[③]三生梦，百代转经[④]一世情。
厚土高天宜化境，宝峰雪顶蕴神灵。
是魂皆欲凌霄去，道法自然[⑤]碧宇清。

注　释

① 布达拉宫：位于拉萨西北的玛布日山上，是一座宫堡式建筑群，最初是吐蕃王朝赞普松赞干布为迎娶文成公主而建。于17世纪重建后，成为历代达赖喇嘛的冬宫居所，为西藏政教合一的中心。其基本面貌，是五世达赖喇嘛重建的白宫及其圆寂后修建的红宫，此后历代达赖又相继扩建，终成布达拉宫今日之规模。布达拉宫是藏建筑的杰出代表，也是中华民族古建筑的精华。其建筑艺术，是藏传佛教寺庙与宫殿相结合的最杰出代表，在中国乃至世界建筑史上都是绝无仅有的。

② 莲：佛座多为莲花形；指僧人居室。

③ 膜拜：跪在地上举双手伏地敬释。

④ 转经：佛教语。唱诵佛经；犹转藏，转动藏经层龛，谓可祈福。

⑤ 道法自然：语出《老子·二十五章》。

布达拉宫(二)

何因高耸近天庭，只为千年隐圣踪。
松赞文成合卺[①]地，班禅达赖礼佛宫。
一生匍匐情难尽，三世[②]轮回业未空。
是处人间皆净土[③]，心中道法窅然[④]平。

注　释

① 合卺：成婚。卺是瓢，把一个匏瓜剖成两个瓢，新郎新娘各拿一个饮酒。类似今日之交杯酒。

② 三世：佛教谓过去、现在、未来。

③ 净土：佛教语。佛所居住的无尘世污染的清净世界。多指西方阿弥陀佛净土。

④ 窅(yǎo)然：沉寂深远的样子。

颐和园[①]

佛香阁上望湖天，满目苍茫锁翠烟。
孔桥柳丝拂寂月，铜牛犄角罥流年
长廊影度乾隆迹，石舫牖[②]栖慈禧颜。
莫道颐和唯禁苑，昆明岸畔欲登船。

注　释

① 颐和园：坐落在北京西郊，清时皇家园林，前身为清漪园，水面约占四分之三，与圆明园毗邻。它是以昆明湖、万寿山为基址，以杭州西湖为蓝本，汲取江南园林的设计手法而建成的一座大型山水园林，也是保存最完整的一座皇家行宫御苑，被誉为“皇家园林博物馆”。

② 牖：窗户。

故　宫[1]

千年紫禁一皇城，阅尽神州几雨风。
铁骑萧萧时驻跸[2]，吟鞭飒飒总征蓬[3]。
康熙屡就平戎策[4]，乾隆频成治域功。
多少畴昔悄过往，依稀碧瓦更飞甍[5]。

注　释

① 故宫：北京故宫，位于北京中轴线的中心，是明清两代的皇家宫殿，旧称紫禁城。故宫以三大殿为中心，有大小宫殿七十多座，房屋九千余间。北京故宫于明成祖永乐四年（1406 年）开建，以南京故宫为蓝本营建，到永乐十八年（1420 年）建成，成为明清两朝二十四位皇帝的皇宫。故宫的建筑分为外朝和内廷。外朝的中心为太和殿、中和殿、保和殿，统称三大殿，是国家举行大典的地方。三大殿左右两翼辅以文华殿、武英殿。内廷的中心是乾清宫、交泰宫、坤宁宫，统称后三宫，是皇帝和皇后居住的正宫。其后为御花园。后三宫两侧排列着东、西六宫，是后妃们居住休息的地方。

② 驻跸：皇帝后妃外出，途中暂停小住。

③ 征蓬：此指行旅出征。泛指远行之人。

④ 平戎：原谓与戎人媾和。后指对外族采取和解政策，或平定外族。

⑤ 飞甍（méng）：飞檐。借指高楼。

圆明园[1]

多少断垣草木间，默铭屈辱尚依然。
光天两寇[2]犹执杖，化日一君自狩关[3]。
何怨病夫颓抗力，唯嗟衰世苟残年。
此劫莫道缘封建，华夏无敌倩涅槃[4]。

注　释

① 圆明园：位于北京市西北海淀区，是清代大型皇家园林，始建于清康熙四十六年（1707 年），乾隆二年（1737 年）又进行了扩建，由圆明园及其附园长春园和绮春园（后改名万春园）组成，也叫圆明三园，有“万园之园”之称。清帝每到盛夏就来此避暑、听政，故圆明园又称“夏宫”。1860 年第二次鸦片战争期间，圆明园遭英法联军洗劫、焚毁。故址现为圆明园遗址公园。

② 两寇：指英国和法国。

③ 狩：指咸丰帝以北狩为名出逃承德避暑山庄事。

④ 涅槃：佛教语，梵语的音译。指通过修行所要达到的最高境界。此喻浴火重生。

承德避暑山庄[①]

千里车舆为纳凉，皇家何故恁[②]荒唐。
烟楼雨榭江南地，野岭苍山塞外疆。
楠木殿[③]中时驻跸，外八庙[④]里总安邦。
康乾亘古称盛世，无限神思在此庄。

注　释

① 承德避暑山庄：又名“承德离宫”或“热河行宫”。山庄位于承德北部，武烈河西岸狭长的谷地上，是清代皇帝夏天避暑和处理政务的场所。山庄的营建大致分为两个阶段，从康熙四十二年（1703 年）至康熙五十二年（1713 年），开拓湖区、筑洲岛、修堤岸，随之营建宫殿、亭树和宫墙，使避暑山庄初具规模。康熙选园中佳景题写了“三十六景”。从乾隆六年（1741 年）至乾隆十九年（1754 年），对避暑山庄进行了大规模扩建，增建宫殿和多处精巧的大型园林建筑。乾隆仿其祖父康熙，又题了“三十六景”，合称为避暑山庄七十二景。避暑山庄及周围寺庙自康熙四十二年（1703 年）动工兴建，至乾隆五十七年（1792 年）最后一项工程竣工，经历了康熙、雍正、

乾隆三代帝王,历时89年。

② 恁(nèn):那么,如此,这样。

③ 楠木殿:即澹泊敬诚殿,建于康熙五十年(1711年),原为松木结构。乾隆皇帝于乾隆十九年(1754年)用楠木改建,后俗称楠木殿。

④ 外八庙:是承德避暑山庄东北部八座藏传佛教寺庙的总称。于清康熙五十二年(1713年)至乾隆四十五年(1780年)间陆续建成。

长　城①

横亘东西玉宇②间,长城往事越千年。
汉唐尚武燃烽火,两宋崇文熄战烟。
山海雄关防虏寇,居庸险隘镇夷番③。
八达岭上登高望,何处人间不碧天。

注　释

① 长城:为中国古代的军事防御工事,是一道高大、坚固而且连绵不断的长垣。长城以城墙为主体,结合大量的城、障、亭、标,构成完备的防御体系。春秋战国时期列强争霸,长城修筑进入第一个高峰期,但此时修筑的长度都比较短。秦灭六国后,秦始皇连接和修缮战国长城,始有万里长城之称。明朝是最后一个大修长城的朝代,今天看到的长城大多是此时修筑。

② 玉宇:传说中的神仙住所;华丽的宫殿;天空,宇宙。

③ 夷番:旧时泛指中原以外的少数民族。

登八达岭长城

迤逦一龙万里间,榆关嘉峪①几重天。
秦修固垒招夭寿,明筑高墙避战端。
根系纣桀②遭噩梦,心归尧舜种福田③。
八达岭上凭栏望,朗月清风只等闲。

注　释

① 榆关：即山海关。嘉峪：即嘉峪关。分别为万里长城的东西两端。

② 纣桀：商纣与夏桀的合称，二人都是暴君，分别为周武王与商汤所灭。后泛指暴君。

③ 尧舜：古史传说中的两位圣明君主，远古部落联盟的首领。福田：佛教以为修善积德能受福报，犹如播种田亩有秋收之利，故称。

游乾陵①

无字残碑经雨风，千年武曌总难铭。
何心鸩子②终无据，奚术惑君鲜有凭。
屡用贤才堪大略，频疑嗣位③总奇情。
政启开元④襄盛世，巾帼熠熠几颗星。

注　释

① 乾陵：位于咸阳乾县城北的梁山上，为唐高宗李治与武则天的合葬墓。陵园规模宏大，陵域占地"周八十里"（《唐会要》）。有著名的武则天无字碑。除主墓外，陵东南还有十七个陪葬墓，葬有其他皇室成员与功臣。乾陵是唐十八陵中主墓保存最完好的一个。

② 鸩子：《新唐书》记载，太子李弘"上元二年，从幸合璧宫，遇鸩薨"，怀疑武后为保权位不旁落而将自己的长子毒杀。后经史学家考证，对此说多持异议。

③ 嗣位：继承君位。唐高宗死后，武后称制，先后废了儿子中宗李显和睿宗李旦，几年后干脆自己称帝，并改国号为周。

④ 开元：唐玄宗李隆基的年号（713—741），共计二十九年，为唐朝国力最强盛时期。

谒昭陵①

泱泱②大国数李唐，凌烟阁③上几苍茫。

千年大略贞观[4]治，百代雄才华域疆。
莫憾阋墙[5]非义举，应铭盛世是脊梁。
右军[6]熠熠《兰亭序》，犹伴英灵未遽央[7]。

注　释

① 昭陵：位于咸阳礼泉烟霞镇九嵕山的主峰上，是唐太宗李世民与文德皇后长孙氏的合葬墓，从唐贞观十年（636 年）文德皇后长孙氏首葬，到唐玄宗开元二十九年（741 年），昭陵建造持续了 107 年之久，共有 180 余座陪葬墓，是关中唐十八陵之一，也是中国历代帝王陵园中规模最大、陪葬墓最多的一座；它是唐代具有代表性的帝王陵墓，被誉为“天下名陵”。昭陵是初唐走向盛唐的实物见证，是了解、研究唐代乃至中国君主制社会政治、经济、文化不可多得的宝贵文物。

② 泱泱：深远广大的样子。

③ 凌烟阁：是唐代为表彰功臣而建筑的绘有功臣图像的高阁，位于唐京师长安城太极宫东北隅，因“凌烟阁二十四功臣”而闻名于世，后毁于战乱。

④ 贞观：唐朝第二位皇帝唐太宗李世民统治时期的年号，自贞观元年（627 年）正月至贞观二十三年（649 年）十二月，共计 23 年。

⑤ 阋（xì）墙：指兄弟之间不和；喻内部矛盾。

⑥ 右军：指王羲之（303—361），字逸少。东晋书法家，有“书圣”之称。历任秘书郎、江州刺史、会稽太守，累迁右军将军，人称“王右军”。传《兰亭集序》书法陪葬昭陵。

⑦ 遽央：终尽；完毕。遽，通“渠”。

游十三陵[1]

依山傍水十三陵，忆往几曾是梦中。
埋骨钟山[2]期虎踞，葬魂幽燕[3]冀龙兴。
五征北漠[4]残元遁，七下西洋百番拥。
憾有秕糠靖和历[5]，何辜崇祯自亡明。

注　释

① 十三陵：坐落于北京昌平天寿山麓，地处东、西、北三面环山的小盆地之中，周围群山环抱，中部为平原，陵前有小河曲折蜿蜒。自明永乐七年(1409 年)五月始作长陵，到明朝最后一帝崇祯葬入思陵止，其间 230 多年，先后修建了十三座皇帝陵墓、七座妃子墓、一座太监墓。共埋葬了十三位皇帝、二十三位皇后、二位太子、三十余名妃嫔、两名太监。

② 埋骨钟山：明太祖朱元璋墓在南京钟山。

③ 幽燕：泛指河北北部及辽宁一带。唐以前属幽州、战国时期属燕国，故有幽燕之称。

④ 五征北漠：指明成祖朱棣五次亲征漠北，对北元鞑靼、瓦剌和兀良哈三部进行讨伐。

⑤ 秕糠：秕子和糠；喻无价值的东西。靖和历：嘉靖和万历。

山海关①

漠漠雄关镇海天，悠悠往事渺如烟。
戍楼②御虏难千载，险隘拒夷枉百年。
可恨长白③行大逆，尤怜崇焕④受奇冤。
一瞥云际南归雁，多少畴昔已惘然。

注　释

① 山海关：又称榆关、渝关、临榆关。位于河北秦皇岛东北处，是明长城的东北关隘之一。素有中国长城“三大奇观之一”(东有山海关、中有镇北台、西有嘉峪关)及“天下第一关”“边郡之咽喉，京师之保障”之称，与万里之外的嘉峪关遥相呼应，闻名天下。明洪武十四年(1381 年)筑城建关设卫，因其依山襟海，故名山海关。

② 戍楼：边防驻军的瞭望楼。

③ 长白：指吴三桂(1612—1678)，字长白，高邮(今属江苏)人。明末以总兵镇山海关，李自成陷京师，夺其爱妾陈圆圆，乃引清兵入关，明遂亡。

④ 崇焕：指袁崇焕(1584—1630)，字元素，广西藤县人，祖籍广东东莞。万历进士。天启间以御后金(清)著绩，巡抚辽东，连败努尔哈赤与皇太极。崇祯二年，清兵绕道进围北京，崇焕紧急驰援，却因崇祯中敌反间计，被冤杀。

南京阳山碑材[①]

往事如烟犹可追，叔侄相弑[②]最堪悲。
四年靖难[③]民涂炭，一日倾权国式微。
石上有痕难镂过，碑中无字讵[④]留非。
休言妄佞堪千古，史册彪炳今是谁？

注　释

① 阳山碑材：位于南京阳山南坡，有“天下第一碑”之称。其利用山体中完整性好又十分巨大的栖霞灰岩开凿，由碑座、碑额、碑身三部分构成。将上述三部分按碑式垒起，总高度达 78 米，总重 3 万多吨，堪称绝世碑材。它本是明成祖朱棣为其父朱元璋开凿的神功圣德碑，但因超出当时的组装与运输能力作罢。最终朱棣只好派工匠另外制作一块高 14 米的神功碑立在明孝陵，而此巨碑则废弃在原处。

② 叔侄相弑：指身为叔父的朱棣杀侄建文帝朱允炆也是犯上作乱。

③ 靖难：平定变乱。此指明成祖朱棣发动的攻占南京之战。

④ 讵：难道，岂；如果。

绍兴兰亭[①]

融融春日柳丝长，雅士咸集水流觞。
笔走龙蛇书妙语，琴和天籁阅华章。
钟灵[②]自有风骚客，毓秀[③]岂无翘楚郎。
集序兰亭堪千古，昭陵永伴未渠央。

注　释

① 兰亭：地处浙江绍兴西南的兰渚山下，是书圣王羲之的园林住所，因其被誉为“天下第一行书”的《兰亭集序》而名闻海内外。相传春秋时期越王勾践曾在此植兰，汉时设驿亭，故名兰亭。现址为明嘉靖二十七年(1548年)时任郡守沈启重建，而后几经改建。“曲水流觞”是兰亭吸引人的最重要地方。

② 钟灵：汇聚灵秀之气。

③ 毓秀：孕育优秀的人；借指山川秀美，人才辈出。

乐山大佛[①]

立壁依崖百仞身，水边雄峙镇江魂。
眉间点翠仙株草，额上藏春茂叶林。
惯眄[②]楚天东逝水，回眸蜀地北归云。
人间莫道无常事，千载不息是法轮[③]。

注　释

① 乐山大佛：又名凌云大佛，位于四川乐山南岷江东岸凌云寺侧，濒大渡河、青衣江和岷江三江汇流处。大佛为弥勒佛坐像，通高71米，是中国最大的摩崖石刻造像。乐山大佛开凿于唐开元元年(713年)，完成于贞元十九年(803年)，历时约九十年。唐是崇尚弥勒佛的时代，佛经说弥勒出世就会“天下太平”。

② 眄：斜视，斜着眼睛看。

③ 法轮：佛法的喻称。意指佛陀说法能息灭众生烦恼，如转轮王的轮宝，不止于一人一处，辗转相传，犹如车轮，故名。

都江堰[①](一)

伏龙圣祠拜二贤，苍茫玉垒[②]几云烟。

飞沙堰[3]里时疏浚，宝瓶口[4]中总纳川。
逢正抽心[5]低作堰，遇湾截角[6]深淘滩。
千年巴蜀丰禾稻，俗子凡夫可胜天。

注　释

① 都江堰：位于都江堰市城西，坐落在成都平原西部的岷江上，始建于秦昭王末年（约前256年—前251年），是蜀郡太守李冰父子在前人鳖灵开凿的基础上组织修建的。它由分水鱼嘴、飞沙堰、宝瓶口等部分组成。两千多年来一直发挥着防洪灌溉的作用，使成都平原成为沃野千里的“天府之国”。都江堰是全世界迄今为止年代最久、唯一留存、仍在使用、以无坝引水为特征的宏大水利工程，凝聚着中国古代劳动人民勤劳、勇敢和智慧。

② 玉垒：指玉垒山（湔山），在岷江上流，李冰开此山分水。

③ 飞沙堰：是泄洪道，唐朝名“侍郎堰”“金堤”，后又名“减水河”，它具有泄洪排沙功能，是都江堰的关键要害。

④ 宝瓶口：指起“节制闸”作用的河口，能自动控制内江进水量，是在玉垒山伸向岷江的长脊上凿开的一个口子。它是人工凿成控制内江进水的咽喉，因它形似瓶口而功能奇特，故名宝瓶口。

⑤ 逢正抽心：指在主河道的中心，一定要深挖，让江水按照一定的轨道流淌。

⑥ 遇湾截角：指河道有拐弯的地方，一定要把直角修改成有弧度的样子。

都江堰(二)

都江堰里锁流长，百代黎民祭二王[1]。
破壁分川龙潜水，淘沙疏浚鲧[2]游江。
宜期地利扶天老，欲倩人和拓地荒。
巴蜀风调兼雨顺，千年犹溢稻禾香。

注　释

① 二王：指李冰父子，坐落于玉垒山麓的二王庙奉祀着二人石像。

② 鲧(gǔn)：古书上说的一种大鱼。又传说是禹的父亲。

登北固楼[1]

平芜极目越吴秋，对景怀人谁寄愁。
层楼览古期独上，林壑寻仙冀伴游。
遍览汉风登北固，思闻隋韵下扬州。
平生最况蓬瀛味，舟泛五湖[2]意未休。

注　释

① 北固楼：又称北固亭，坐落于镇江北固山上。六朝时，梁武帝萧衍登临此山，曾挥笔题下“天下第一江山”。历代文人墨客如许浑、沈括、苏轼、米芾、陆游、辛弃疾等都曾在此留下名篇。

② 五湖：近代一般以洞庭湖、鄱阳湖、太湖、巢湖、洪泽湖为“五湖”。古代的五湖专指太湖，或太湖及其附近的湖泊。

明孝陵[1]

谁堪旷古更独夫[2]，长颌[3]硕头不愧猪。
竖牧僧钵[4]时丐相，缓王洞粟[5]总韬殊。
千官囊草何朝有，百吏灭族几世无。
莫道孝陵能隐骨，子孙相弑未倏忽[6]。

注　释

① 明孝陵：位于南京紫金山南麓独龙阜玩珠峰，东毗中山陵，南临梅花山，是明太祖朱元璋与其皇后马氏的合葬陵寝。因皇后谥号“孝慈高皇

后”，故名“孝陵”。明孝陵是中国规模最大的帝王陵寝之一，始建于明洪武十四年（1381年），至明永乐三年（1405年）建成，历时达二十五年。明孝陵作为中国明清皇陵之首，代表了明初建筑和石刻艺术的最高成就，故而有“明清皇家第一陵”的美誉。

② 独夫：残暴无道、众叛亲离的统治者。

③ 颔：下巴颏。

④ 竖牧僧钵：指朱元璋做过牧童，当过和尚。

⑤ 缓王洞粟：指朱元璋采纳的“高筑墙，广积粮，缓称王”策略。

⑥ 倏忽：顷刻。指极短的时间。

谒钟山[①]

北枕长江蕴紫金，一袭龙脉百英魂。
天生碧眼[②]东吴主，地育沙弥[③]洪武君。
灵谷寺中聆偈[④]语，中山陵上沐清芬。
风流多少堪绝代，千载神州几度春。

注　释

① 钟山：坐落在南京城东，因山顶常有紫云萦绕，又名紫金山。与后湖相依相望，先天形胜，可谓南京山水人文之钟萃，故诸葛亮有“钟山龙蟠，石头虎踞，此帝王之宅也”的盛赞。其集六朝文化、明朝文化、民国文化和佛教文化于一身，山水城林浑然一体，又被誉为“中华城中人文第一山”。

② 天生碧眼：指孙权。相传其生得方颐大口，碧眼紫髯，故称。

③ 地育沙弥：指朱元璋。

④ 偈：梵语“颂”，即佛经中的唱词。

黄山寻古

鸿蒙初辟倩轩辕，黟换黄名[①]自涅槃。
椽笔谪仙[②]诗化境，伽蓝普门[③]济佛天。

光明霞客[4]二游梦，西海世英百赴缘。
凭槛莲花[5]舒一望，苍茫无限渺云烟。

注 释

① 黟换黄名：黄山原名“黟山”，因峰岩青黑，遥望苍黛而名。后因传说轩辕黄帝曾在此炼丹，故改名为“黄山”。

② 谪仙：指李白。李白有多首写黄山的诗，如《赠黄山胡公求白鹇》《送温处士归黄山白鹅峰旧居》《夜泊黄山闻殷十四吴吟》和《至陵阳山登天柱石酬韩侍御见招隐黄山》等。

③ 普门：指普门和尚，明代是黄山开辟的鼎盛时期，首功应归明万历年间的普门和尚。其来自山西五台山，云游至黄山，在玉屏峰下披草莱，拓丘壑，创建了文殊院（今玉屏楼旧址）。至今玉屏楼前仍有“普门趺坐石”，并传下“不到文殊院，不见黄山面”之说。

④ 霞客：指徐霞客（1587—1641），名弘祖，字振声，又字振之，号霞客。南直隶江阴（今属江苏）人，明代地理学家、旅行家和文学家。明万历四十四年（1616年）二月和万历四十六年（1618年）九月，两游黄山。前一次是隆冬，仰见群山盘结，冻雪成冰，莲花天都诸峰，争奇竞秀；后一次重游是金秋，只见枫松相间，五色纷披，灿如图绣。其前后两篇《黄山游记》，成为黄山旅游文学中的绝品。

⑤ 莲花：指莲花峰。

绍兴东湖[1]忆旧

轻荡乌篷湖水行，危崖曲壁几迷踪。
花堤尚裊鉴湖女[2]，柳岸犹吟陆放翁[3]。
千载兰亭埒文曲[4]，一朝薪胆[5]济豪英。
是时会稽[6]皆风骨，熠熠洎今满宇星。

注 释

① 东湖：坐落在浙江绍兴城东，通过崖壁、岩洞、石桥、湖面的巧妙结

合,成为著名园林。因奇石、奇洞所构的奇景,使其成为罕见的"湖中之奇"。东湖与杭州西湖、嘉兴南湖并称为浙江三大名湖。

② 鉴湖女:即鉴湖女侠,近代民主革命烈士秋瑾(1875—1907)的别号。秋瑾为浙江绍兴人,绍兴境内有鉴湖,故称。

③ 陆放翁:陆游(1125—1210),字务观,号放翁,越州山阴(今浙江绍兴)人,南宋文学家、史学家、爱国诗人。

④ 文曲:文章;星名;指乐曲。

⑤ 薪胆:指勾践卧薪尝胆事。

⑥ 会稽:中国古代郡名,位于长江下游江南一带。于公元前 222 年(秦朝)置郡,郡治山阴县(今浙江省绍兴市),历史上曾管辖春秋时长江以南的越国和吴国故地。

富春山居图①

富春江上一耆翁②,百缕情思入画中。
醉里丘峰寻月迹,梦边谷壑觅仙踪。
毫间是岸皆纷态,笔底悉川俱迥容。
长卷山居堪亘古,星光熠熠只唯公。

注　释

① 富春山居图:乃元代画家黄公望(1269—1354)于 1347 年至 1350 年创作的纸本水墨画,长卷,现存约 690 厘米,中国十大传世名画之一。此画是黄公望为师弟郑樗(无用师)所绘,几经易手,并因"焚画殉葬"而身首两段。前半卷《剩山图》(51.4 厘米),现收藏于浙江省博物馆;后半卷《无用师卷》,现藏台北故宫博物院。画以浙江富春江为背景,用墨淡雅,山和水的布置疏密得当,墨色浓淡干湿并用,极富变化。

② 耆:六十岁以上的人。黄公望创作此画费时三年,从 78 岁画到 81 岁。

徐渭故居①

茅茨几间绕紫藤,谁人熠熠越明清。

开宗写意曹衣水[②],法祖染皴吴带风[③]。
自在岩[④]中抒己志,龙蛇笔底化惊鸿。
千载圭臬堪承继,落拓[⑤]一生不朽翁。

注 释

① 徐渭故居:青藤书屋位于绍兴市解放路前观巷大乘弄。原为徐氏故宅,因渭深慕青藤,故改为青藤书屋。徐渭(1521—1593),绍兴府山阴(今浙江绍兴)人。初字文清,后改文长,号青藤老人、青藤道士等。明中期文学家、书画家、戏曲家、军事家。多才多艺,在诗文、戏剧、书画等各方面都独树一帜,与解缙、杨慎并称"明代三才子"。为中国"泼墨大写意画派"创始人、"青藤画派"之鼻祖。

② 曹衣水:即曹衣出水,又称"曹家样",是由北齐朝散大夫、来自西域曹国的曹仲达创造的中国古代人物衣服褶纹画法之一。《图画见闻志》说曹仲达的人物画,衣服褶纹多用细笔紧束,似衣披薄纱,又如刚从水中捞出之感,后人因之命名。

③ 皴:中国画中涂出物体纹理或阴阳向背的一种技法。吴带风:即吴带当风,唐画家吴道子善画佛像,笔势圆转,所画衣带如被风吹拂;后人以之称美其高超画技与飘逸的风格。

④ 自在岩:徐渭故居中的一景。

⑤ 落拓:潦倒失意;豪放,不拘小节。

沈 园[①]

何故春风怨柳杨,放翁诗句映宫墙。
纤纤酥手频添酒,款款娇身累奉觞。
枉有千思穷皓首,徒遗百悔断肝肠。
凄婉一曲《钗头凤》[②],聊慰今人无限伤。

注 释

① 沈园:位于绍兴市鲁迅中路318号,原为沈家花园,为宋代园林,因

陆游和与其表妹唐琬的爱情故事为人所熟知。

②《钗头凤》:“红酥手,黄縢酒,满城春色宫墙柳。东风恶,欢情薄。一怀愁绪,几年离索。错、错、错。春如旧,人空瘦,泪痕红浥鲛绡透。桃花落,闲池阁。山盟虽在,锦书难托。莫、莫、莫!”为陆游描写爱情的不朽名篇。

莫高窟[①]

大漠苍烟草木疏,黄沙渺漫莫高窟。
何时凿就千佛洞,奚日描成万象图。
化羽飞天疑圣祖,荷锄耨[②]地自农夫。
九流三教留经卷,莫道人生有迥途。

注　释

① 莫高窟:俗称千佛洞,坐落在河西走廊西端的敦煌。它始建于前秦宣昭帝苻坚时期,后历经北朝、隋朝、唐朝、五代十国、西夏、元朝等历代的兴建,形成巨大的规模,有洞窟735个,壁画4.5万平方米,泥质彩塑2 415尊,是世界上现存规模最大、内容最丰富的佛教艺术圣地。莫高窟与龙门石窟、云冈石窟并称中国三大石窟,后加麦积山石窟称四大石窟。

② 耨(nòu):古代锄草的农具。引申为锄草。

游洛阳龙门白园[①]

难拟风尘谓乐天[②],千年青翠满白园。
妇孺弹唱《琵琶》曲,童叟咏吟《长恨》篇。
勤政杭州疏六井[③],惠民吴郡谓三贤[④]。
樱桃樊素蛮杨柳[⑤],不羡风流只怆然[⑥]。

注　释

① 白园:位于洛阳城南龙门东山琵琶峰上,是纪念白居易的园林。白

居易晚年居住洛阳十八年，在龙门修香山寺，开八节滩，对龙门山水十分眷恋，死后葬于洛阳香山。白园占地44亩，属人文自然胜景。园内建筑古朴典雅，三季有花，四季常青，曲径通幽。有青谷区、乐天堂、诗廊、墓体区、日本书法廊、道时书屋等十余处景观。

② 乐天：白居易（772—846），字乐天，晚年又号香山居士。唐诗人，在中国文学史上负有盛名且影响深远，其诗歌题材广泛，形式多样，语言平易通俗。做过左赞善大夫、杭州刺史、苏州刺史，后官至刑部尚书。有《白氏长庆集》传世，代表诗作有《长恨歌》《卖炭翁》《琵琶行》等。

③ 六井：又称钱塘六井，即相国井、西井、金牛井、方井、白龟井、小方井。唐李泌做杭州刺史时，因居民饮水、苦恶，引西湖水而成。《新唐书·白居易传》："（居易）为杭州刺史，始筑堤捍钱塘湖，钟泄其水，溉田千顷；复浚李泌六井，民赖其汲。"井在今杭州市内，多已湮没。

④ 吴郡：此处指苏州。三贤：为纪念白居易，在虎丘建有白居易祠，将韦应物、白居易、刘禹锡合称"三杰"，筑三贤堂以资纪念。

⑤ 樊素：唐诗人白居易家的歌妓，与小蛮齐名。白居易有诗云："樱桃樊素口，杨柳小蛮腰。"出自《旧唐书·白居易传》。

⑥ 怆然：悲伤貌。白居易死后，唐宣宗李忱有悼诗："缀玉联珠六十年，谁教冥路作诗仙。浮云不系名居易，造化无为字乐天。童子解吟《长恨》曲，胡儿能唱《琵琶》篇。文章已满行人耳，一度思卿一怆然。"

洛阳牡丹①

牡丹花重洛阳城，国色天香②谁寄情。
屡倩嫣红倾媚态，频依姹紫绽雍容③。
睨穷炀帝④兴衰宴，沐尽玄宗⑤奢逸风。
莫道绰约⑥仍依旧，一历流年总不同。

注　释

① 洛阳牡丹：《中国国家地理》标志产品。洛阳是十三朝古都，有"千年帝都，牡丹花城"的美誉。洛阳牡丹栽培始于隋，鼎盛于唐，宋时甲于天

下。牡丹雍容华贵、国色天香，寓意吉祥富贵，是华夏民族兴旺发达、美好幸福的象征。洛阳牡丹花朵硕大，品种繁多，花色奇绝，有红、白、粉、黄、紫、蓝、绿、黑及复色九大色系、十种花型、1 400 多个品种。花开时节，洛阳塍陌花海人潮，竞睹牡丹倩姿芳容。

② 国色天香：原形容颜色和香气不同于一般花卉的牡丹花。后亦喻女子美丽。唐李正封《牡丹诗》："国色朝酣酒，天香夜染衣。"

③ 雍容：大方，从容不迫的样子。

④ 炀帝：指隋炀帝。大业七年(611 年)炀帝令宰相杨素在洛阳城西造新城，其中西苑是洛阳牡丹种植最多的地方。

⑤ 玄宗：指唐玄宗。天宝元年(742 年)，玄宗在兴庆宫为杨贵妃建沉香亭，亭边种红、紫、浅红、通白四色牡丹。次年赏花，召醉态可掬的李白前来赋诗，李白一挥而就著名的《清平调》三首，其一云："云想衣裳花想容，春风拂槛露华浓。"

⑥ 绰约：姿态柔美的样子。

古丝绸之路[①]

西去苍茫万里疆，凌波海上到扶桑[②]。
烽烟漫道千驼队，险隘纷途百马帮。
一路风尘[③]绝大漠，八方商贾会高昌[④]。
昼行夜宿常羁旅[⑤]，画角[⑥]声中更远航。

注 释

① 丝绸之路：简称丝路，一般指陆上丝绸之路，广义上讲又分为陆上丝绸之路和海上丝绸之路。陆上丝绸之路起源于西汉建元二年(前 139 年)，汉武帝派张骞出使西域开辟的以首都长安为起点，经甘肃、新疆，到中亚、西亚，并连接地中海各国的陆上通道。东汉时期丝绸之路的起点在洛阳。它的最初作用是运输中国古代出产的丝绸，在明朝时期成为综合贸易之路。

② 扶桑：神话中东海外的神木名；据说此处是太阳出来的地方。日本

的旧称。

③ 风尘：比喻旅途劳累；比喻纷乱的社会或漂泊江湖的境况。

④ 高昌：指高昌故城，位于新疆火焰山南麓木头沟河三角洲、吐鲁番市东面的三堡乡，总面积200万平方米，是西汉至元明时期（前1世纪—14世纪）吐鲁番盆地中心城镇，历经西汉高昌壁、高昌郡、高昌国、唐代西州和高昌回鹘等时期，时间跨度长达1400年左右。

⑤ 羁旅：长久寄居他乡。

⑥ 画角：古代乐器。传自西羌，竹木或皮革制成，外面绘彩，口细尾大，声音高亢激昂。

钱塘潮[1]

霞光云影两徘徊，咆地哮天坤宇哀。
文种[2]方携狂浪去，子胥又踏怒涛来。
千年漠漠潮循月，百世寥寥谁啸台。
一缕红尘浑不恋，宵宵绮梦可萦怀。

注　释

① 钱塘潮：世界著名的大潮之一。因杭州湾和钱塘江口状如喇叭形，自外向内急剧收缩，加上深度变浅，形成巨大涌潮，最大潮差达8.9米。农历八月十八日前后最为壮观。浙江海宁盐官为观潮胜地。

② 文种：生卒年不详。字少禽（一作子禽），楚之郢（今湖北荆州）人。后入越，为越大夫。与范蠡同事越王勾践，出计灭吴，功成，范蠡劝之去，不听，后被谮，王赐以属镂之剑，遂自杀。据传说其尸体被抛入钱塘江中，化为潮神，与伍子胥一同引发钱塘江大潮，以泄怨气。

西湖雷峰塔[1]

绮梦[2]依稀寄断桥，春思无限几遗娇。
轻舟漾尽西湖水，堤岸观穷钱塘潮。

法海波淹何虺[3]怪，雷峰塔镇恁蛇妖？
奇情多少堪追忆，浪漫今犹凌碧霄。

注　释

① 雷峰塔：位于杭州西湖南岸夕照山上，原名皇妃塔，又名西关砖塔，古人多称之“黄妃塔”。它由吴越国王钱俶为祈求国泰民安而于北宋太平兴国二年(977年)建造的佛塔。其塔基辟有井穴式地宫，供奉着佛螺髻发舍利佛教珍贵物品。雷峰塔为西湖十景之一，还因在《白蛇传》中作为法海镇压白娘子之处而闻名于世。明嘉靖三十四年(1555年)，倭寇犯杭时塔檐被烧，仅存砖构塔身。1924年9月25日坍圮。2002年10月25日重建竣工并对外开放。

② 绮梦：绮丽的梦，美梦，多彩的梦。

③ 法海：民间故事《白蛇传》中人物，为镇江金山寺和尚。虺(huǐ)：古书上说的一种毒蛇。

孟姜女庙[1]

几度春风绿柳杨，葫芦架上蕴孟姜[2]。
岂管长城能御虏，唯期夫婿早还乡。
谁言华夏无痴女，吾道神州少俊郎。
往事悠悠越千载，情天恨海未渠央[3]。

注　释

① 孟姜女庙：又称贞女祠，位于山海关城东望夫石村凤凰山上。贞女祠始建于宋前，明万历二十二年(1594年)主事张栋重修。庙内前殿楹联：“秦皇安在哉，万里长城筑怨；姜女未亡也，千秋片石铭贞。”真实地反映了人们对孟姜女、秦始皇的爱憎分明之情。

② 孟姜：指孟姜女。民间传说在秦时，姓孟的人家种了瓜，瓜秧爬到姜家结了瓜。瓜熟，打开里面有一姑娘，于是就给她取名孟姜女。

③ 渠央：匆促完结。渠，通“遽”。

和顺古镇[①]

傍水依山和顺城，楼台亭榭尽明风[②]。
千年古道行茶马[③]，百载边陲栖戍营。
河里湔[④]衣留岁月，祠中祭祖忆贤踪。
桃源五柳今犹在，今夜重瞻满宇星。

注　释

① 和顺古镇：位于云南腾冲西南，古名“阳温墩”。由于小河绕村而过，故改名“河顺”，后取“士和民顺”之意，雅化为今名。六百多年来，中原、西洋、南诏、边地文化在此交融碰撞，形成了独特的侨乡、马帮文化，使和顺成为云南省一个典型的生态文化城镇。和顺自古有崇文尚教的优良传统，明清两朝，这里出了四百多名举人、秀才。和顺古镇其封闭、传统、安定的环境，完整地保留了中国明清的各类建筑，被誉为中国古代建筑的活化石。

② 明风：指明朝的风格。

③ 茶马：指茶马古道，历来为马帮运茶入藏贸易之通道。

④ 湔(jiān)：洗涤。

延安行

逶岭迤河绕小城，千年宝塔阅征蓬。
高楼傍水遗今韵，窑洞栖崖纳古风。
妙笔频书夷蒋[①]策，神机屡就抗倭[②]功。
延安莫道偏西北，却度关山千百重！

注　释

① 蒋：指打败蒋介石。

② 抗倭：指抗日。

秦淮河[①]

秦淮河畔怅幽情，多少烟云若梦中。
曲水潺湲[②]犹漾碧，画楼错落尚飞红[③]。
悠悠岁月铭八艳[④]，漠漠时空忆九卿[⑤]。
王谢[⑥]谁言悉已杳，吾侪[⑦]心底有琴声。

注　释

① 秦淮河：中国长江下游右岸支流。古称龙藏浦，汉代起称淮水，唐以后改称秦淮。秦淮河有南北两源，北源句容河发源于宝华山南麓，南源溧水河发源于南京东庐山，两河在南京方山埭西北村汇合成秦淮河干流，绕方山向西北至外城城门上坊门，从东水关流入南京城，由东向西横贯南京主城，南部从西水关流出，注入长江。秦淮河大部分在南京市境内，是南京市最大的地区性河流，历史上因其航运、灌溉作用，孕育了南京古老文明，被称为南京的母亲河；更因其丰富的历史、文化内涵，被称为“中国第一历史文化名河”。

② 潺湲：水慢慢流淌的样子。

③ 飞红：原指脸红。此指两岸花树杂植，落英缤纷。

④ 八艳：即秦淮八艳，指明末清初南京秦淮河畔的八位才艺名伎。明朝遗老余澹心在《板桥杂记》中记载的八艳是：柳如是、顾横波、马湘兰、陈圆圆、寇白门、卞玉京、李香君、董小宛。

⑤ 九卿：中国古代中央行政长官的总称。

⑥ 王谢：六朝望族王氏、谢氏的并称，后以为高门世族的代称。又专指东晋王坦之与谢安。

⑦ 吾侪：我辈，我们这类人。

五柳先生[①]

桃花源里最羁情[②]，今日犹醺五柳风。

秦晋难知宜避世，泉林已晓可寻踪。
东篱菊采循三径，飞鸟与还醉百虫。
归去来兮谁竞埒，千年唯美只陶公。

注　释

① 五柳先生：指陶渊明(约 365—427)，字元亮，一名潜。别号五柳先生，私谥靖节，世称靖节先生。浔阳柴桑(今江西九江)人。东晋末到刘宋初杰出的诗人、辞赋家、散文家，被誉为“隐逸诗人之宗”“田园诗派之鼻祖”。

② 羁情：旅居的情怀。

曾国藩①

本是渔樵②赤子心，报国无奈踏征尘。
用兵屡败两投水，攻垒连克一战神。
十次秋闱③方入仕，三生笃圣可修身。
谁堪极盛思归隐，华夏洎今几完人。

注　释

① 曾国藩(1811—1872)：初名子城，字伯涵，号涤生，晚清洋务派和湘军首领。道光进士，曾任内阁学士，道光末年官至侍郎。太平天国进军湖南时，被任命为帮办团练大臣，组建湘军。咸丰十年(1860 年)任两江总督，次年攻占安庆，统辖苏、皖、赣、浙四省军务。同治三年(1864 年)攻陷天京。同治七年(1868 年)调任直隶总督。同治九年(1870 年)办理天津教案，受舆论谴责，回任两江总督，病死南京。卒谥文正，著有《曾文正公全集》。

② 渔樵：打鱼砍柴；渔人和樵夫；指隐居。

③ 秋闱：指乡试，中国古代科举考试之一。因在秋季举行，故称。

谒柳侯[①]墓

千载谁人忆柳侯，如今凭吊只一丘。
远谪蛮瘴[②]唯司马，痛砭时弊自永州。
领袖群伦文曲聚，铺陈楮墨[③]水天悠。
最怜应是清江漾，犹绕窀穸[④]几未休。

注　释

① 柳侯：指柳宗元(773—819)，字子厚，河东(今山东运城)人，唐宋八大家之一，唐代文学家、哲学家、散文家和思想家，世称柳河东、河东先生，因官终柳州刺史，又称柳柳州。柳宗元与韩愈并称为“韩柳”，与刘禹锡并称“刘柳”，与王维、孟浩然、韦应物并称“王孟韦柳”。柳宗元一生留诗文六百余篇，其文成就大于诗。留有骈文近百篇，散文论说性强，笔锋犀利，讽刺辛辣。游记写景状物，多所寄托，有《河东先生集》。柳侯墓为柳宗元衣冠冢，在柳州市柳侯公园内。

② 蛮瘴：南方瘴气。代指南方。

③ 楮墨：纸与墨；借指诗文或书画。

④ 窀穸(zhūnxī)：墓穴。

岳麓书院[①]

中分一水碧波流，爱晚亭栖岳麓秋。
曾圣国藩奋华夏，毛公泽东起神州。
于斯为盛潇湘客，唯楚有材槐市[②]侯。
朱子纲常张栻[③]理，古贤智解千年忧。

注　释

① 岳麓书院：位于长沙湘江西岸的岳麓山下，是中国古代四大书院之一。

作为世界上最古老的学府之一,其建筑完整保存至今,每一院落、石碑、砖瓦、风荷,都蕴藏着时光淬炼的人文精神,它的学脉历经千年而弦歌不绝。北宋天宝九年(976年),潭州太守朱洞在僧人办学的基础上,由官府捐资兴建,正式创立岳麓书院。北宋祥符八年(1015年),宋真宗召见岳麓山长周式,御笔赐书"岳麓书院"四字门额。嗣后,历经南宋、元、明、清各代,至清末光绪廿九年(1903年),岳麓书院与湖南省城大学堂合并改制为湖南高等学堂,沿用书院旧址。民国十五年(1926年),湖南高等学堂正式定名为湖南大学。

② 槐市:汉代长安读书人聚会、贸易之市,因其地多槐而得名;后借指学宫、学舍。

③ 张栻(1133—1180):字敬夫,一字钦夫,又字乐斋,号南轩,学者称南轩先生,谥宣,后世又称张宣公。南宋汉州绵竹(今属四川)人,宰相张浚之子。与朱熹、吕祖谦齐名,南宋初期理学家、教育家。

梁祝园[①](一)

正是孟秋[②]七月天,依稀往事渺如烟。
双蝶翩舞花丛际,《梁祝》绕萦林霭间。
三载同窗疑断袖[③],一夕共枕乃黄泉。
千年遗恨何时已,有待今人去涅槃。

注　释

① 梁祝园:指梁祝文化公园,位于宁波市西郊高桥镇。梁山伯与祝英台的故事,史籍记载源于东晋时的会稽郡(今属浙江),江苏、山东、河南也有其民间传说。它是一则凄婉动人的爱情故事,与孟姜女、牛郎织女、白蛇传并称中国古代四大民间传说。其中《梁祝》又以多种艺术形式搬演和一首脍炙人口的小提琴协奏曲,使其家喻户晓,影响最大。

② 孟秋:秋季第一个月,农历七月。处于二十四节气中的立秋、处暑两个节气的时期之内。

③ 断袖:截断衣袖。隐喻男性之间的同性恋。典出《汉书·佞幸传·董贤》。祝英台女扮男装与梁山伯同窗三载,两人感情亲密,故有此说。

梁祝园(二)

秋暮携游梁祝园,遐思几缕越千年。
同窗三载情初定,相送十程意未阑[①]。
举案齐眉终是梦,化蝶[②]涅槃岂无缘。
时闻缥缈萦魂曲,浪漫今朝犹在天。

注　释

① 阑:将尽。

② 化蝶:原指庄子梦化为蝶的故事,典出《庄子·齐物论》。此指祝英台到梁山伯的墓祭拜,墓裂开,祝坠入合上,而后有一双蝴蝶相伴飞出,翩然起舞。

山水寄情

武夷山[①]

武夷神迹翳[②]东南，蓊郁群峰几渥[③]丹。
玉女[④]溪前时弄首，大王峰[⑤]上总凌烟。
河波九曲连天堑，俚唱七音动地弦。
有幸今朝谒朱子[⑥]，灵山秀水自婵娟。

注　释

① 武夷山：位于福建西北与江西交界处，丹霞地貌，三教名山。有一传说，上古尧帝时期，彭祖与族人居此，当时洪水泛滥，彭祖之子武和夷带领众人疏浚洪水。后为纪念武、夷两兄弟，遂将此山脉叫作武夷山。

② 翳：遮蔽，隐蔽。

③ 渥：沾湿，沾润；浓，厚。

④ 玉女：指玉女峰。峰壁有三块削岩，宛如三名玉女，俏立在二曲溪南。

⑤ 大王峰：形如纱帽，颇具威仪，雄峙九曲溪口，是进入武夷山第一峰。

⑥ 朱子：指朱熹(1130—1200)，字元晦，又字仲晦，号晦庵，晚称晦翁。祖籍徽州婺源(今属江西)，生于南剑州尤溪(今属福建)。中国南宋时期理学家、思想家、哲学家、教育家、诗人。

华　山[①]

群峰鼎峙似花山[②]，西岳千年几涅槃。

九派武林[3]同论剑，八方居士共修禅。
苍龙岭[4]上云盈手，真武殿[5]中雾隐仙。
身在三秦家万里，凭高东望是长安。

注　释

① 华山：古称“西岳”，雅称“太华山”，为五岳之一。位于陕西华阴境内，南接秦岭，北瞰黄渭，自古有“奇险天下第一山”之称。“中华”之“华”，源于华山，故华山又有“华夏之根”的美誉。

② 花山：古“华”通“花”，故华山即花山。

③ 九派武林：武侠小说家言“武林九大派”分别为少林派、武当派、华山派、昆仑派、点苍派、崆峒派、雪山派、青城派、峨眉派。

④ 苍龙岭：华山著名险道之一，其位于救苦台南、五云峰下，以其苍黑色的外部和其似悬龙般的地势而得名。

⑤ 真武殿：北周武帝时创建，唐宋元明皆有道士居住、修葺。清初道士重修。民国时又重修。原殿后毁，1990 年重建。

恒山悬空寺[1]

一寺空悬在半山，谁人面壁可成仙。
云中打坐宜修道，雾里诵经耽悟禅。
三炷篆香[2]延岁月，千声滴漏[3]诉流年。
期思穷理先格物，多少涅槃燕赵[4]天。

注　释

① 恒山：亦名“太恒山”，古称玄武山、崞山、高是山、玄岳等，明末清初被定为“五岳”之北岳。位于山西浑源城南，号称“人天北柱”“绝塞名山”。恒山横亘于山西高原与冀中平原间，其险峻的山势和地理位置，成兵家必争之地。倒马关、紫荆关、平型关、雁门关、宁武关虎踞为险，是塞外高原通向太原盆地、冀中平原之咽喉要冲。许多帝王、名将都征战于此，古代关隘、城堡、烽火台等众多战场遗迹都保存下来。恒山道教始于西汉，北魏兴

盛,是道教全真派圣地。

② 篆香:状似篆文的盘香,点燃可以计时。出自宋李清照《满庭芳》词:"篆香烧尽,日影下帘钩。"

③ 滴漏:即漏壶,古人测时间的仪器。

④ 燕赵:指战国时燕赵二国。亦泛指其所在地区,即今河北省(包括北京)及山西省西部一带。

泰　山①

一山雄峙邈东溟,儒脉文宗两滞情。
武帝千年时驻跸,乾隆百载尚征蓬。
玉皇顶②上期怀月,南天门③中冀溯星。
五岳独尊④穷宇阔,风光无限任君凝。

注　释

① 泰山,又名岱山、岱宗、岱岳、东岳、泰岳,有五岳之尊、天下第一山之称。泰山是中华民族的象征,是东方文化的缩影,是"天人合一"思想的寄托之地,是中华民族的精神家园。泰山被古人视为"直通帝座"的天堂,成为百姓崇拜、帝王告祭的神山,有"泰山安,四海皆安"的说法。自秦始皇始到清代,先后有十二位帝王亲登泰山封禅或祭祀。历代文化名人纷至泰山,留下了数以千计的诗文刻石。

② 玉皇顶:旧称太平顶,又名天柱峰,是泰山的主峰之巅,因峰顶有玉皇殿而得名,主祀玉皇大帝。始建年代久远无考,明成化年间重修。神龛上匾额题"柴望遗风",说明远古帝王曾于此燔柴祭天,望祀山川诸神。

③ 南天门:又名三天门,位于十八盘尽头,坐落在飞龙岩和翔凤岭之间的山口上。由下仰视,犹如天上宫阙,是登泰山顶的门户。创建于元至元元年(1264年),明清多次重修,中华人民共和国成立后又两次翻修。

④ 五岳独尊:唐玄宗《纪泰山铭》中已有"五岳之伯"之语,但以"五岳独尊"称扬者,首见于北宋石介《泰山》诗:"诸山知峻极,五岳独尊严。"

谒东岳

登顶玉皇谒岱宗[1],江天列列[2]一眸中。
千年诗客[3]割昏晓,百代帝王祈雨风。
幽壁时铭题咏句,啼莺偶伴瀑泉声。
人生难得凭栏日,无限情思寄渺瀛。

注 释

① 岱宗:即泰山。泰山旧谓居五岳之首,为诸山所宗,故称。
② 列列:行列分明;高耸貌;风吹貌。
③ 诗客:指杜甫,其《望岳》中有“造化钟神秀,阴阳割昏晓”的诗句。

泰山日出

水露侵身寒渐浓,倚石望月几空蒙[1]。
朝云骤变霞千里,晓雾顿失霓百重。
列列群峰时剪影,冥冥[2]众壑只涛声。
日出绝顶非一瞬,悄在吾心化永恒。

注 释

① 空蒙:迷茫、缥缈貌;指缥缈、迷茫的境界。
② 冥冥:高远,渺茫;幽暗,晦暗;私下,暗中;鬼魂所在之处。

衡 山[1]

鸿雁何因不过峰,秋光无限几迷情。
烟栖宝刹堪仙境,雾锁青峦自渺容。
曩日[2]岭南蛮瘴地,今朝衡岳道佛宫。

倚藜拄杖期登顶，此处宜听万壑风。

注　释

① 衡山：位于湖南省中部，又名南岳、寿岳、南山，为“五岳”之一。因其位于星座二十八宿的轸星之翼，“变应玑衡”“铨德钧物”，犹如衡器，可称天地，故名衡山。衡山是著名的道教、佛教圣地，环山有寺、庙、庵、观200多处。衡山是上古时期君王唐尧、虞舜巡疆狩猎祭祀社稷，夏禹杀马祭天地求治洪方法之地。火神祝融被黄帝委任镇守衡山，教民用火，化育万物，死后葬于衡山赤帝峰，被当地尊称南岳圣帝。道教“三十六洞天，七十二福地”，有四处位于衡山之中，佛祖释迦牟尼两颗真身舍利子藏于衡山南台寺金刚舍利塔中。历代许多文人墨客都在衡山留下足迹。

② 曩日：往日，以前。

扬州瘦西湖[①]

岸柳依依栖画楼，烟波浩渺几行舟。
清漪昔载王侯宴，碧漾今羁骚客愁。
白塔[②]寺中读日月，五亭桥[③]上阅春秋。
千般迤逦谁言瘦，迢递[④]扬州万古流。

注　释

① 瘦西湖：原名保障湖，位于扬州西北郊。瘦西湖在清康乾时期已基本形成，有“园林之盛，甲于天下”之誉。其名最早见于清初吴绮《扬州鼓吹词序》：“城北一水通平山堂，名瘦西湖，本名保障湖。”乾隆元年(1736年)，钱塘诗人汪沆慕名来到扬州，在饱览美景后，与家乡西湖作比较，赋诗道：“垂杨不断接残芜，雁齿虹桥俨画图。也是销金一锅子，故应唤作瘦西湖。”

② 白塔：旧塔建于何年，已不可考。清乾隆四十九年(1784年)两淮盐总江春集资仿北京北海白塔，就旧塔基建造。

③ 五亭桥：别名莲花桥，建于清乾隆二十二年(1757年)，仿北京北海

的五龙亭和十七孔桥而建;1990 年,重修五亭桥桥亭。是扬州地标建筑之一,中国古代十大名桥之一,有“中国最美的桥”之称。

④ 迢递:遥远貌。

癸卯雪后游瘦西湖

孱孱清瘦欲何求?迢递扬州万古流。
春谢梨花时带雨,夏倾菡萏总添悠。
秋漪碧水栖凫雁,冬洒琼瑶[1]皑榭楼。
最倩夷犹[2]堤岸柳,婀娜四季总难休。

注　释

① 琼瑶:美玉;美好的诗文;犹玉颜;此喻雪。

② 夷犹:从容不迫。

天目湖[1](一)

云淡天高玉宇清,湖光山色两偕行。
白鹭掠波逐浪影,渔翁撒网踏歌声。
蜂蝶时有迷花径,岩树难无罥曲藤。
岛涘[2]林间幽野处,香飘几缕酒旗风。

注　释

① 天目湖:位于江苏溧阳,因属天目山余脉,故名“天目湖”。天目湖被誉为“江南明珠”“绿色仙境”。天目湖周围,现存许多历史文化遗址:如以春秋时代楚人伍子胥名“员”命名的伍员山、东汉大文学家蔡邕读书台、太白楼、报恩禅寺、唐代名刹龙兴寺旧址、“天下第一石拱坝”等。

② 涘(sì):水边。

天目湖(二)

欲睹三吴[1]百媚容,悄遗宝鉴[2]在苏中。
逶迤峦嶂栖春色,虬曲岩松绕古藤。
眺远时期蝶指路,登高欲倩鸟凭踪。
人间何处张天目,阅尽乾坤无限情。

注　释

① 三吴:泛指长江下游江南地域。
② 宝鉴:宝镜;喻月亮。

胡　杨[1]

大漠苍烟万里疆,寥沙寂草伴胡杨。
千年曲干凌风雨,百载虬柯傲雪霜。
欲上绮妆依水露,期披彩氅[2]赖霞光。
阳关古道羌笛曲,何处他乡是梓桑[3]。

注　释

① 胡杨:杨柳科,落叶乔木。叶形多变异,常为沙漠旅行者关注。在我国主要分布于新疆、甘肃、青海、内蒙古等地,多生于水源附近。耐盐碱,生长较快,为西北重要造林树种和景观树种。
② 氅:用鸟类的羽毛缝制成的外衣;一般的外套大衣;鹙鸟的羽毛。
③ 梓桑:梓木与桑木,即桑梓;代指家乡、故乡。

路南石林[1]

盈眸处处只石峰,迴态殊姿意万重。

妙镂疑能欺鬼斧，肖镌似可胜神工。
花丛卓立阿诗玛[2]，湖畔悠攲[3]老寿翁。
小憩凭栏高榭上，溪云远际正飞虹。

注　释

① 路南石林：又称云南石林，位于昆明石林县境内，是世界罕见的风景名胜，是大自然鬼斧神工的杰作。在350平方千米的区域内，遍布着上百个黑色森林般的巨石群。它们或独立成景，或纵横交错连成一片，参差峥嵘，千姿百态，巧夺天工，被誉为“天下第一奇观”。石林的魅力不仅在于自然景观的奇特，还伴有独特的撒尼风情。撒尼人世代与石林共生共息，创造出以“阿诗玛”为代表的彝族文化，内涵丰富，影响深远。

② 阿诗玛：云南省石林彝族自治县地方传统民间文学中的人物，其不畏强权的性格，反映了撒尼人的坚韧精神。

③ 攲（qī）：倾斜，歪向一边。

青海湖[1]（一）

青海湖天一望空，烟茫水渺两迷蒙[2]。
鸥飞鹭绕偕涛语，马啸狼嘶共浪声。
百嶂层云时聚散，千山暮雪总消盈。
轻槎[3]漫湖寻幽去，行到清岚第几重？

注　释

① 青海湖：藏语为“措温布”，意为“青色的海”。位于青藏高原东北部、青海省境内，是中国最大的内陆咸水湖。为构造断陷湖，由祁连山脉的大通山、日月山与青海南山之间的断层陷落而成，湖盆边缘多以断裂与周围山相接。距今20—200万年前成湖初期，是一个大淡水湖，与黄河水系相通，因那时气候温和多雨，湖水通过东南部的倒淌河泄入黄河，是一外流湖。至13万年前，由于新构造运动，湖东部的日月山、野牛山迅速隆起，使原来注入黄河的倒淌河被堵塞，迫使它由东向西流入青海湖，出现了尕海、

耳海，后又分离出海晏湖、沙岛湖等子湖。

② 迷蒙：烟雾弥漫；景物模糊。

③ 槎：木筏。

青海湖(二)

云系衣裳穹作庐，放歌纵马在青湖。
逶山含黛[1]犹赊嶂，迤水伏波正渺途。
飞鸟疑迷沙渚净，游鱼犹恋草汀浮。
人间大美须何往，天地悠悠几棹孤。

注　释

① 黛：青黑色。原指青黑色的颜料，古代女子用来画眉。

夜宿三清山[1]

一轮皓月上三清[2]，百里层峦尽幻蒙。
巨蟒出山[3]期化境，女神[4]下界慰凡灵。
千峰错落浮云影，万笏[5]参差起籁声。
是夜无眠几闲客，星河遥对到天明。

注　释

① 三清山：又名少华山、丫山，位于江西玉山与德兴交界处。因玉京、玉虚、玉华三峰宛如道教玉清、上清、太清三位尊神列坐山巅而得名。其不同成因的花岗岩群，展现了世界上已知花岗岩地貌中分布最密集、形态最多样的峰林；2 373 种植物、1 728 种野生动物，构成了东亚最具生物多样性的环境；1 600 余年的道教历史孕育了丰富的道教文化，按八卦布局的三清宫古建筑群，是“中国古代道教建筑的露天博物馆”。

② 三清：道教指仙人所居的玉清、上清、太清三仙境。亦指居于此的

三位尊神，即玉清元始天尊、上清灵宝天尊、太清道德天尊。

③ 巨蟒出山：三清山标志性景观。石峰横空出世，如擎天玉柱，垂直高度128米，峰端形似蟒头，峰腰纤细有若蛇身，云飞雾绕之时，吞云吐雾，直欲腾空冲天而去，令人叹为观止。

④ 女神：即女神峰。三清山标志性景观，一度曾被名为"司春女神"，自2008年起称为"东方女神"。女神峰为花岗岩天然构造而形成的奇妙石峰，通高86米，面对"巨蟒出山"，朝玉京峰而立，整座石峰就像一位秀发披肩的端庄少女，天设地造，鬼斧神工，无论近观远眺，皆栩栩如生。

⑤ 万笏：即万笏朝天。它是一组花岗岩石奇峰，高两百余米，如墙并排而立，为典型的指状花岗岩峰墙景观。笏：古代大臣上朝拿着的手板，用玉、象牙或竹片制成，上面可以记事。

三清对月

苍茫浩宇滞三清，悄坐石崖对月明。
斗柄七星[①]频注酒，投梭织女屡羁情。
姮娥[②]桂府时怜药，王母西天总忆卿。
只为心中有祇敬[③]，人间无处不钟灵。

注　释

① 斗柄七星：北斗是由天枢、天璇、天玑、天权、玉衡、开阳、瑶光七星组成的。古将七星互联想象成舀酒的斗形。天枢、天璇、天玑、天权组成斗身，古曰魁；玉衡、开阳、瑶光组成为斗柄，古曰杓。北斗星在不同的季节和夜晚不同的时间，出现于天空不同的方位，所以古人根据初昏时斗柄所指的方向来决定季节：斗柄东指，天下皆春；斗柄南指，天下皆夏；斗柄西指，天下皆秋；斗柄北指，天下皆冬。

② 姮娥：即嫦娥，后羿之妻。相传因偷吃不死之药而飞升月宫，成为仙女。汉为避文帝讳，改"姮"为"嫦"。

③ 祇(zhī)敬：恭敬。

三清月夜

绰约秋桂映蟾宫①,何处乾坤不月明。
渺海浮岚遗蜃景②,赊山画黛隐婵踪。
松涛屡漾同莺语,涧瀑频倾共籁声。
正是葛洪③炼丹地,神思无限到三清。

注　释

① 蟾宫：月宫。传说月中有蟾蜍,故称。代指月亮。

② 蜃景：由光线折射所产生的楼阁、城市等虚幻景象。

③ 葛洪(约281—361)：字稚川,自号抱朴子,丹阳句容(今属江苏)人,东晋道教理论家、医药学家。所著《抱朴子》继承和发展了东汉以来的炼丹法术,对之后道教炼丹术的发展具有很大影响,为研究中国炼丹史以及古代化学史提供了宝贵的史料。

三清夜酌

影谷空山落寞风,三清浩渺①意难穷。
新朋悟道时邀月,老友参禅总觑星。
醉览千峰疑幻境,醺聆万籁②自涛声。
天帷地幄③宜幽梦,羽化④登仙到蓬瀛。

注　释

① 浩渺：广大,辽阔。

③ 万籁：自然界万物发出的响声;一切声音。

④ 天帷地幄：指以天地为帐幕。

⑤ 羽化：昆虫从若虫或蛹化为成虫的过程。借指人得道而飞升成仙。

三清月夜对酌

正逢春暮宿三清，与侣携游梦百重。
碧醑[①]一杯浮世外，闲诗几首远尘中。
悠悠情语和天籁[②]，寂寂禅心对月明。
何处人间臻化境，神思无限到蓬瀛。

注　释

① 醑(xǔ)：美酒。
② 天籁：自然界的音响，如风声、水声等。

夜宿三清

三清夜宿在石庐，极目微茫云卷舒。
一月垂穹[①]瞻阆苑，万峰窥牖澹苍梧。
流莺百啭和宵籁，幽谷千涛对箐[②]竹。
此际唯期与天语，人生化境只虚无。

注　释

① 穹：天空；深。
② 箐(qìng)：山间的大竹林，泛指树木丛生的山谷。

三清山

峦峰骈[①]峙欲凌天，深谷急流叠瀑泉。
万笏朝穹聆宇籁，女神司春祭杜鹃。
葛洪炉里丹防老，巨蟒山中羽化仙。
一去红尘莫辞远，此心将寄只桃源。

注　释

① 骈：并列的；对偶的。

三清遇雪

素裹银装万象新，今朝幸作北国人。
群峰有意栖梅骨，众壑无心恋雪魂。
巨蟒出山聆宇籁，女神披雾沐夕曛[1]。
黄鹂何故频鸣啭，疑笑蹒跚[2]怯步身。

注　释

① 夕曛：落日的余晖；黄昏。
② 蹒跚：形容步伐不稳、歪歪斜斜的样子。

春游三清

踏遍青峦再陟[1]巅，人生幸有几时闲。
云横崖际思皴画，鸟啭林丛欲隐喧。
百嶂骈集疑拱月，千峰森列[2]冀擎天。
芳春已过花难竟[3]，是处繁英[4]多杜鹃。

注　释

① 陟：从低处走向高处。后也指晋升，进用。
② 森列：纷然罗列；森严排列。
③ 竟：完毕，终了。
④ 繁英：繁盛的花。

神农架[1]

神农[2]架上拜神农，远望冥冥尽鄂中。

时有蛮猴摘野果，尚无人猿滞凭踪。
一掬清冽难消暑，几嶂丛荆何阻程。
思效先贤尝百草，不负平生万里征。

注　释

① 神农架：位于湖北省西北部，因华夏始祖炎帝神农氏在此架木为梯，采尝百草，救民疾夭，教民稼穑而得名。是殷商、秦汉、巴蜀、荆楚文化的汇集地，地域民俗文化资源丰富。汉民族神话史诗《黑暗传》，以其优美抒情的歌谣、绚丽多彩的传说，成为神农架民间文学和古老文化的重要组成部分。

② 神农：指炎帝，是中国上古时期姜姓部落的首领尊称，号神农氏。传说姜姓部落的首领由于懂得用火而得到王位，所以称为炎帝。传说炎帝部落和黄帝部落结盟，共同击败了蚩尤。华人自称炎黄子孙，将炎帝与黄帝共同尊奉为中华民族人文初祖。

韶关丹霞山[①]遇雨(一)

浪涌风急水路长，一舟烟雨入苍茫。
阳元柱[②]上云初度，茶壶岩[③]中漾遽狂。
本欲只身行远步，实难独木作强梁。
应宜厥后[④]携佳侣，遍涉红尘万里疆。

注　释

① 丹霞山：位于广东韶关仁化县境内。丹霞山是世界“丹霞地貌”的命名地，由一些顶平、身陡、麓缓的红色砂砾岩石山丘构成，“色如渥丹，灿若明霞”，以赤壁丹崖为特色。丹霞山在世界 1 200 多处丹霞地貌中发育最典型、类型最齐全、造型最丰富。丹霞山境内有大小石峰、石墙、石柱、天生桥共计 680 多座。

② 阳元柱：坐落于韶关丹霞山中的阳元石，与成人男性的阴茎酷似，栩栩如生，是一个成人男性生殖器的天然石柱。

③ 茶壶岩：在丹霞山的山丛中，有一山酷似茶壶，被称为茶壶岩。

④ 厥：其；乃，于是。

韶关丹霞山遇雨(二)

斜风裹雨乱入船，一江狂漾几滔天。
丹峰顷刻覆云霭，绛壁霎时涌瀑泉。
茶壶岩中频沥水，阳元柱上屡淅潺[1]。
人间是处栖奇景，只待禅心慧眼[2]观。

注　释

① 潺：(溪水、泉水、河水等)缓缓流动的样子。

② 慧眼：原为佛教用语，指能洞观过去未来的眼力；今泛指敏锐的眼力。

韶关丹霞山

雾翳楼台雨乱山，扁舟一叶漾波闲。
阴石阴媚羞遮面，阳元阳刚自柱天。
壁欲渥丹频蕴水，峰期炫彩屡栖岚。
岩僧巅上轻挥帽，疑问再来是何年。

韶关南华寺[1]

南华禅寺欲求真，游客悉曾具慧根[2]。
九载达摩方破壁，卅年六祖[3]始佛心。
憨山[4]何故难丝腐，宝刹奚因未敝痕。
莫道修行皆化境，洎今能有几禅人[5]。

注　释

① 南华寺：坐落于广东韶关的曹溪之畔，人称“东粤第一宝刹”。为中国佛教禅宗著名寺院，是六祖慧能弘扬“南宗禅法”的道场。始建于南北朝梁武帝天监元年（502 年），天监三年（504 年）寺庙建成，梁武帝赐名“宝林寺”。后又先后更名为“中兴寺”“法泉寺”，至宋开宝元年（968 年），宋太祖敕赐“南华禅寺”，寺名沿袭至今。建筑除灵照塔、六祖殿外，都是 1934 年后虚云和尚募化重修的。六祖慧能在此创立禅宗，是佛教禅宗的祖庭。

② 慧根：佛教指能透彻领悟佛理的天资。借指人天赋的智慧。

③ 六祖：即慧能（638—713），唐代僧人，得授五祖弘忍衣钵，继承了东山法脉并建立了南宗，弘扬“直指人心，见性成佛”的顿教法门，成为禅宗正系。其说教有《六祖坛经》行世。

④ 憨山（1546—1623）：俗姓蔡，名德清，字澄印，号憨山，谥号弘觉禅师，安徽全椒人，为临济宗门下。复兴禅宗，是明末四大高僧之一。精通释、道、儒三家学说，主张三家思想的融合。

⑤ 禅人：泛指修持佛学、皈依佛法的人。

张家界[①]（一）

千峰竞秀武陵源，十里画廊几碧丹。
天子山[②]中挥御笔，黄石寨[③]上驾云烟。
危崖闭牖期成隘，深涧扃[④]门欲设关。
轻挥金鞭[⑤]始皇去，空留一柱自擎天。

注　释

① 张家界：位于湖南省西北部，以其得天独厚的自然和人文资源闻名于世。以世界罕见的石英砂岩峰林峡谷地貌为主体，集桂林之秀、黄山之奇、华山之险、泰山之雄于一体，藏径、桥、洞、湖、瀑于一身，有“扩大的盆景、缩小的仙山”之美称。

② 天子山：因明初土家族领袖向大坤自号“向王天子”而得名。天子

山东临索溪峪，南接张家界，北依桑植县，是武陵源区四大风景之一。

③ 黄石寨：相传汉留侯张良看破红尘，追随赤松子，隐匿江湖，云游张家界，被官兵围困，后得师父黄石公搭救而得名黄石寨，是张家界美景最为集中的地方。

④ 扃(jiōng)：指从外面关门的闩、钩等；上闩，关门；门户。

⑤ 金鞭：即金鞭岩，其高约 400 米，孤标直立，雄奇挺拔。传说金鞭岩是秦始皇的赶山鞭变成，故名金鞭岩。

张家界(二)

金鞭万仞欲凌天，峰顶空门[1]对日悬。
献寿麻姑[2]增岁月，藏书宝箧[3]锁流年。
岩桥[4]飞架栖云雨，御笔[5]轻挥绘霭烟。
只为武陵留仙住，才遗绝美在人间。

注　释

① 空门：指天门山之天门。天门山古称云梦山，又名玉屏山。公元 263 年，因山壁崩塌而使山体上部洞开一门，南北相通。三国时吴王孙休以为吉祥，赐名“天门山”。天门洞，位于海拔 1 260 多米的绝壁之上，门洞高 131. 5 米，宽 57 米，深 60 余米。

② 献寿麻姑：指麻姑献寿景观。

③ 藏书宝箧：指天书宝匣，在黄石寨前山，兀立一座高 20 多米的圆形石柱，四周陡峻，顶端为一平台，其上有 5 棵青松围着一块长约 3 米，宽约 1. 5 米，厚约 80 厘米匣形的石块。箧：小箱子，藏物之具。

④ 岩桥：指天生石桥，大自然的鬼斧神工，将一块厚约 5 米的天然石板，横“架”两峰之上。桥高 350 米，桥长 20 米，宽仅 1. 5 至 3 米。高度、跨度和惊险均为天下罕见，故称“天下第一桥”。

⑤ 御笔：指天子山御笔峰，峰高 100 余米，数峰参差并列，据说是向王天子兵败时丢弃的御笔所化成的山峰。

龙虎山[①]

虎踞龙蟠隐道踪，逶迤山水欲千重。
危崖古庙难疏雾，峭壁悬棺自杳空。
香客摩肩寻圣迹，浮槎接踵绕青峰。
夕阳西下方登顶，此际宜聆钟磬声。

注　释

① 龙虎山：位于江西鹰潭西南。东汉中叶，正一道创始人张道陵曾在此炼丹，传说“丹成而龙虎现”，故得名龙虎山。龙虎山属典型的丹霞地貌，是中国道教发祥地。据典籍记载，张道陵第四代孙张盛在三国或西晋时已赴龙虎山定居，此后张天师后裔世居龙虎山，至今承袭63代，历经1 900多年。龙虎山道教兴盛时，先后建有十大道宫，八十一座道观，五十座道院，十个道庵，是名副其实的“道都”。

武隆天坑[①]

何因地坼[②]再天崩，万仞岩坑遗武隆。
幽洞潜藏深涧里，石桥飞峙碧峦中。
虬藤曲树时萦径，稀鸟珍禽偶隐踪。
犹倩烟云描幻景，巴山蜀水最多情。

注　释

① 武隆天坑：位于重庆市东部，由水长期冲蚀而成，其形成大约在200万年至230万年前。当时在天坑周围，曾有三到四条水量非常大的河流，具有很强的侵蚀和溶蚀能力，在冲蚀和崩塌联合作用下，洞口越来越大，越来越深，最后形成天坑。是盲谷式峡谷，谷深林幽，特别是下段，谷底深切，两岸下部近直立，宽度极小，气势逼人，行走其中，别有洞天。

② 坼(chè)：裂开；分裂；撕裂。

丽水即景

雾锁青峰千树烟，春光无限百重峦。
河波九道连渠水，古刹一排落半山。
何处池塘飞白鹭，谁家沟壑垒梯田。
依稀犬吠柴门后，庭院深深塍陌[1]间。

注　释

① 塍陌：泛指田间小路。

过三峡神女峰[1]

骈峙青峰欲翳空，涛狂难掩几猿鸣。
襄王覆雨徒遗梦，神女[2]翻云枉寄情。
碧漾悠悠皆寂逝，高峡绰绰总幽冥[3]。
人间天上疑相埒，道法自然应有凭。

注　释

① 神女峰：位于重庆巫山县以东，是巫山十二峰之一，有着古老而动人的传说。

② 神女：即巫山神女。战国楚宋玉《高唐赋》序："昔者先王尝游高唐，怠而昼寝，梦见一妇人曰：'妾，巫山之女也。'"李善注引《襄阳耆旧传》："赤帝女曰瑶姬，未行而卒，葬于巫山之阳，故曰巫山之女。楚怀王游于高唐，昼寝，梦见与神遇，自称是巫山之女。"又《神女赋》序："楚襄王与宋玉游于云梦之浦，使玉赋高唐之事，其夜王寝，果梦与神女遇，其状甚丽，王异之，明日以白玉。"按，所云神女之梦，事本假托，为寓言讽主之作。唐张子容《巫山》诗："朝云暮雨连天暗，神女知来第几峰。"毛泽东《水调歌头·游

泳》词:“神女应无恙,当惊世界殊。”

③ 幽冥:玄远,微妙;昏暗,暗昧;旧称地下、阴间。

长江三峡[①]

万里长江渐次开,云踪霞影两徘徊。
一川碧漾穿山去,两岸青峰扑面来。
断壁纤夫歇脚处,危崖神女望夫台。
三峡自古多羁旅,无限情思渺入怀。

注　释

① 长江三峡:西起重庆奉节白帝城,东至湖北宜昌南津关,全长 193 千米,沿途两岸奇峰竞矗、峭壁对峙,自西向东依次是瞿塘峡、巫峡和西陵峡,三峡因此得名。瞿塘峡雄伟险峻。巫峡是长江横切巫山主脉背斜而形成,又名大峡,以幽深秀丽著称。西陵峡最长,以滩多水急闻名。

三峡大坝[①]

雄峙两崖欲成关,长江浩荡几时阑。
轻舟难却一寻浪,危坝敢凌百仞山。
最喜纤夫无险路,犹欣樵客[②]有桑田。
高峡平湖圆昔梦,吾辈谁言不胜天!

注　释

① 三峡大坝:位于湖北宜昌三斗坪境内,是当今世界最大的水力发电工程。三峡大坝全长约 3 335 米,坝顶高 185 米,工程总投资 954.6 亿人民币,1994 年 12 月 14 日正式动工,2006 年 5 月 20 日建成。2018 年发电量突破 1 000 亿千瓦时,创单座电站年发电量世界新纪录。

② 樵客:砍柴为生的人。

长　江[①]

浩浩万里只一江，华夏谁堪碧漾长。
渝蜀舳舻[②]方棹尽，楚湘谷稻已耕忙。
千年武昌浮黄鹤，百载匡庐[③]遗迥妆。
恣意悠悠吴越地，犹识东海是伊乡。

注　释

① 长江发源于青藏高原唐古拉山脉各拉丹冬峰西南侧。干流流经青海、西藏、四川、云南、重庆、湖北、湖南、江西、安徽、江苏、上海 11 个省级行政区，自崇明岛东注入东海，全长 6 363 千米（国务院数据），长度仅次于尼罗河（6 650 千米）和亚马孙河（6 437 千米），居世界第三位。

② 舳舻：船头和船尾的并称，多泛指前后首尾相接的船。

③ 匡庐：指江西庐山。

火焰山[①]随想

百里丘山烈焰多，轻摇宝扇欲降魔。
一地狼烟侵古道，千台烽火燃旧郭。
昨夜餐风方露宿，今朝纵马又交河[②]。
西天此去何辞远，只为心中有圣陀。

注　释

① 火焰山：古称赤石山，位于吐鲁番盆地的北缘，古丝绸之路北道，呈东西走向。维吾尔语称“克孜勒塔格”，意为“红山”，唐人以其炎热曾命名为“火山”。山长 100 多千米，最宽处达 10 千米，海拔 500 米左右，主峰海拔 831.7 米。

② 交河：交河古城位于吐鲁番西的一座岛形台地上。因河水分流绕

城下,故称交河。交河故城是公元前2世纪至5世纪由车师人开创和建造的,在南北朝和唐朝达到鼎盛。9至14世纪由于战略位置重要,连年战火,交河城逐渐衰落。元末察合台时期,吐鲁番一带连年战火,交河城毁损严重,终于被弃。

火焰山

茫茫戈壁尽灰峰,火焰何因独殢①红。
危崖错落千佛洞,大漠茕②孤一圣僧。
仙炉炼丹延岁月,朔风蚀岭镂残城。
何时王道成乐土,莫忘燔③息神扇功。

注　释

① 殢(tì):滞留,纠缠,困于。
② 茕:孤单,孤独;忧愁。
③ 燔:焚烧;引申为烧烤。

天山天池①

天宫王母驭青鸾②,悄在半山遗玉盘。
百树波中犹漾碧,千穹浪里尚皴蓝。
衔芦③鸿雁迷峰雪,作客白鸥绕画船。
翠旗羽盖④犹拥梦,吾辈乘时可化仙。

注　释

① 天山天池:位于天山北坡博格达峰下的半山腰,湖面海拔1 910米。天池古称瑶池,唐太宗时曾在博格达峰下设"瑶池都护府"。"天池"之名出现不到两百年,可能是取天镜、神池两词各一字而得名,曾名海子、龙潭、瑶池、神池等。天山博格达峰海拔5 445米,终年积雪,冰川延绵。

天山天池是古冰川泥石流堵塞河道形成的高山堰塞湖,因河谷而显得曲折幽深。

② 青鸾:又称苍鸾。传说为青色的凤凰类神鸟,是西王母的信使。

③ 衔芦:指雁口含芦草,以避矰缴;这是雁自卫的一种本能。

④ 翠旗:饰以翠羽的旗帜。羽盖:古时以鸟羽为饰的车盖,指车辆;船上饰以鸟羽的伞盖,指仙人车驾。

喀纳斯[①]

层峦叠嶂两逶迤,山色湖光竞幻奇。
时见鱼驰波荡漾,偶期怪跃浪涟漪。
赊云渺雾浮幽谷,徙马闲牛牧野堤。
此去村墟无几许,依稀远处有羌笛。

注 释

① 喀纳斯:即喀纳斯湖。位于新疆阿勒泰布尔津北,“喀纳斯”是蒙古语,意为“美丽而神秘的湖”。湖面海拔 1 374 米,面积 45. 73 平方千米。湖泊最深处 1 181. 5 米,平均水深 188. 5 米,蓄水量达 53. 8 亿立方米,是中国最深的冰碛堰塞湖。不仅遍布高山、河流、森林、湖泊、草原等奇异自然景观,尚存成吉思汗西征点将台、古岩画等历史文化遗迹,又有蒙古族图瓦人独特的民俗风情。有三大奇观:千米枯木长堤;巨型“水怪”;云海佛光。

过洞庭[①]

洞庭湖畔欲登楼,百里苍茫一望收。
渺渺君山[②]浮落日,依依碧漾送渔舟。
湘灵[③]此处堪栖梦,骚客何时可去愁?
潋滟[④]风光方阅尽,更思千载水悠悠。

注　释

① 洞庭：指洞庭湖，古称云梦、九江和重湖，处长江中游荆江南岸，为我国第二大淡水湖。其名始于春秋战国，因湖中洞庭山(即今君山)而得名。洞庭湖北纳长江的松滋、太平、藕池、调弦四口来水，南西接湘、资、沅、澧四水及汨罗江等小支流，由岳阳陵矶注入长江。洞庭湖是中国传统文化发源地之一，以岳阳楼为代表，历史遗迹众多，历代文人墨客留下数不胜数的不朽诗篇。

② 君山：位于洞庭湖中，古称洞庭山、湘山、有缘山，是八百里洞庭湖中的一个小岛，与千古名楼岳阳楼遥遥相对，取意神仙“洞府之庭”。因舜帝的两个妃子娥皇、女英葬于此，屈原在《九歌》中称之为湘君和湘夫人，故后人将此山改名为君山。君山总面积0.96平方千米，由大小七十二座山峰组成，被“道书”列为天下第十一福地。

③ 湘灵：传说的湘水之神，即舜帝的妃子娥皇和女英姐妹俩。

④ 潋滟：水势浩大；水波荡漾。

暮登岳阳楼

岳阳楼上送归鸿，极目微茫碧宇清。
千里烟波浮落日，百重雾障隐湘灵。
晨钟暮鼓佛无迹，夏稻秋禾稔[1]有凭。
倚槛夷犹赊月色，谪仙把酒邈冥冥。

注　释

① 稔：庄稼成熟；年，古代谷一熟为年；熟悉。

避暑莫干山[1]（一）

松风箐浪气候殊，溽热[2]遁踪几欲无。
炉淬莫邪[3]三尺剑，身拥谷壑一茅庐。

肆中啖[4]尽八珍味，枕上读穷五柳[5]书。
小憩山间堪自醉，何时吾辈不江湖。

注　释

① 莫干山：为天目山余脉，位于浙江湖州德清境内。因春秋末年，吴王阖闾派干将、莫邪在此铸成举世无双的雌雄双剑而得名。是中国四大避暑胜地之一，众多历史名人留下了难以计数的诗文、石刻、事迹以及两百多幢式样各异的别墅。其间山峦起伏，风景秀丽，以绿荫如海的修竹、清澈不竭的山泉、星罗棋布的别墅、四季各异的风光称秀于江南，享有“江南第一山”之美誉。

② 溽热：闷热潮湿。

③ 莫邪(yé)：春秋时期吴国铸剑师干将之妻，欧冶子之女。传说其为了帮助丈夫铸剑成功，跳入炉中牺牲生命，而得二剑，雄曰干将，雌曰莫邪。

④ 啖：吃或给人吃。

⑤ 五柳：指陶渊明，其别号为五柳先生。

避暑莫干山(二)

杖藜[1]莫干漫悠游，踏遍青峦意未休。
冀觅清泉能煮酒，期寻碧漾可行舟。
谁家篱落繁瓜蒂[2]，何处陂坡牧羊牛。
裁剪白云应几片，包裹斑斓无限秋。

注　释

① 杖藜：拄着手杖行走；藜杖，拐杖。

② 瓜蒂：瓜果与枝茎相连的部分；此泛指种植瓜果。

山　居[1]

苍茫野色渺沙溪，列列清波漾柳堤。

曲径萦回烟树远，层峦迤逦暮云低。
茅茨净扫期宾至，谷壑幽添待鸟啼。
不是山中能世外，只缘家在武陵[2]西。

注　释

① 山居：居住于山中。写于莫干山。

② 武陵：指武陵源，比喻世外乐土或避世隐居的地方。见陶渊明《桃花源记》。

游黄山[1]

雨霁[2]空山落寞风，乱云飞渡欲千重。
群峰鬼斧一挥就，众壑神工百镂成。
伫峭迎宾犹雨盖，依崖送客尚飞蓬。
潺潺岩上清泉水，妙笔点睛正画屏[3]。

注　释

① 黄山：古称黟山，位于安徽黄山市境内，以奇松、怪石、云海、温泉、冬雪"五绝"及历史遗存、书画、文学、传说、名人"五胜"著称于世，有"天下第一奇山"之称。黄山，古代称为"天子都"，源于其雄伟秀丽，神秘莫测，是天帝和神仙的居所。秦代，人们据其颜色又称"黟(yī)山"。黄山之名源于黄帝曾在此炼丹升仙，七十二峰中有以仙人命名的轩辕、浮丘、容成三峰，桃花溪中还有其炼丹时用过的丹井、药臼。唐天宝六年(747年)六月十六日改现名，此日被唐玄宗钦定为黄山的生日。黄山有千米以上高峰88座，其中"莲花""光明顶""天都"为黄山三大主峰，海拔均逾1 800米。

② 霁：雨雪停止；怒气消除。

③ 画屏：在屏风上作画；以画装饰的屏风。

黄山云海[①]

浩渺烟波一望空，置身疑是在蓬瀛。
浓岚遽去遗千壑，淡雾复来没百峰。
诡霭何龙堪隐迹，谲[②]云奚客可凭踪。
登高最契崦嵫[③]际，杳杳天边几抹虹。

注　释

① 黄山云海：黄山是云雾之乡，以峰为体，以云为衣，云海以美、胜、奇、幻享誉古今，一年四季皆可观，尤以冬景最佳。依云海分布方位，有东海、南海、西海、北海和天海；登莲花峰、天都峰、光明顶则可尽收诸海，领略“海到尽头天是岸，山登绝顶我为峰”之境界。黄山一年之中云雾天气达200多天，水气升腾或雨后雾气未消，即形成云海，波澜壮阔，一望无边，黄山大小山峰、千沟万壑都淹没在云涛雪浪中，天都峰、光明顶成浩瀚云海中的孤岛。阳光照耀，云更白，松更翠，石更奇。流云散落在诸峰之间，云来雾去，变幻莫测。

② 谲：欺骗；怪异。

③ 崦嵫：山名，位于甘肃省天水市西。古代指日落的地方。

黄山松[①]

植根尽在壁岩中，傲雪凌霜历雨风。
华盖亭亭迎远客，琼柯曳曳送归朋。
羁情渐变合欢树，殢爱遂成连理[②]松。
犹恐危崖独寂寞，四时点缀几青葱。

注　释

① 黄山松：生长在海拔800米以上的黄山之巅，是植物学上一独立品

种,它盘根于危岩峭壁,挺立于峰崖绝壑。巨松高数丈,小松不盈尺,破石而生,苍劲挺拔,那姿态,美得让人称奇,奇得让人叫绝。黄山松千姿百态,或翠枝舒展,如流水行云;或虬根盘结,如苍龙凌波;或矫健威武,如猛虎归山。

② 连理:两棵树的枝干生在一起。比喻夫妻。

黄山怪石[①]

飞来[②]雄峙是何仙?吾信女娲[③]自有缘。
箕踞石猴[④]观雾海,凌穹妙笔[⑤]绘烟山。
千皴幽壁期悬瀑,百耸青峰欲柱天。
何故金靴[⑥]犹倒挂,应是僧醉正悠眠。

注 释

① 黄山怪石:以奇取胜,以多著称。其形态可谓千奇百怪,令人叫绝。似人似物,似鸟似兽,情态各异,形象逼真。黄山怪石从不同的位置,在不同的天气观看情趣迥异,可谓“横看成岭侧成峰,远近高低各不同”。其分布可谓遍及峰壑巅坡,或兀立峰顶,或戏逗坡缘,或与松结伴,构成一幅幅天然山石画卷。

② 飞来:即飞来石,位于平天矼的一块平坦岩奇石为“黄山五绝”之一,备受游客推崇。黄山奇石大的是整座山峰,小的又状若盆景,动则惟妙惟肖,静则形神兼备。石上,为自然风化生成。两大岩石之间的接触面很小,上一石似从天外飞来,故名“飞来石”。

③ 女娲:中国上古神话中的创世女神。又称娲皇,是华夏民族人文先始,福佑社稷之正神。相传女娲造人,一日中七十化变,以黄泥仿照自己抟土造人,创造人类社会并建立婚姻制度;因世间天塌地陷,于是熔彩石以补苍天,斩鳌足以立四极,留下了女娲补天的神话传说。

④ 箕踞:两脚张开,两膝微曲地坐着,形如簸箕,是一种不拘礼节的坐法。石猴:指黄山一大景观“石猴观海”。

⑤ 妙笔:指黄山一景“妙笔生花”。

⑥ 金靴:指黄山一景“金靴倒挂”。

黄山温泉[①]

烟笼雾绕正氤氲,游罢归来浴倦身。
几缕清风拂意绪[②],一池碧漾锁云魂。
悠悠翠嶂时怡目,列列青峰总悦心。
已是空山新雨后,寒星数点满层林。

注　释

① 黄山温泉:古称汤泉,又名朱砂泉,源出海拔850多米的紫云峰下,与桃花峰隔溪相望,水质以含重碳酸为主,久旱不涸,水质纯净,可饮可浴。传说轩辕黄帝在此沐浴七七四十九日得返老还童,羽化飞天,故又被誉为“灵泉”。温泉每天的出水量约400吨左右,常年不息,水温常年在42摄氏度左右,属高山温泉。

② 意绪:心意,情绪。

黄　山

千峰错落竞峥嵘[①],倒罥欹依百态松。
暮雾朝云翔宇际,流泉飞瀑泻冥空。
石猴探海西天去,梦笔生花画卷成。
月下对酌听寂籁,何期醺醉五更钟。

注　释

① 峥嵘:高峻;喻指卓异,不平凡。

黄山莲花峰[①]

九瓣莲花开碧峰,谁知天上竟芙蓉。

赊栖曲径通崖际，遥罥危岩倚宇空。
仙境莺迷时作客，慵[2]足吾练再登程。
凭高览胜一极目，万里河山壮此行。

注 释

① 莲花峰：为黄山第一高峰，三十六峰之首，海拔 1 864.8 米。莲花峰峻峭高耸，气势恢宏。因主峰突兀，小峰簇拥，俨若新莲初开，仰天怒放，故名"莲花峰"。

② 慵：困倦；懒。

春游黄山遇雾

百壑千峰翳雾纱，犹疑仙境是谁家。
岩松倩露轻拂面，峭箐依霏正簇芽。
失伴黄鹂频啭侣，离群鸿雁屡思遐[1]。
一夕浩宇有灵性，是处人间尽物华。

注 释

① 遐：远；长久。

携游登顶黄山

何因脚底自生风，欲尽黄山几里程。
期上天都[1]寻道迹，坐拥莲花[2]祈佛空。
溪云百朵时盈手，浩气千重尚滞胸。
多少迍邅[3]九霄外，与君明日再赊征。

注 释

① 天都：即天都峰，为三十六大峰之一，海拔 1 810 米，与光明顶、莲花

峰并称为三大黄山主峰。古称“群仙所都”，意为天上都会，故取名“天都峰”。天都峰虽高度不及莲花峰和光明顶，但其卓立地表，拔地摩天，险峭峻奇，是黄山群峰之中最为雄伟、奇险的山峰，堪称“黄山第一峰”。

② 莲花：即莲花峰。

③ 迍邅(zhūnzhān)：难行貌；处境不利；困顿。

登天都峰

清秋携侣上天都，无限苍茫一望舒。
松鼠跳[1]边凭浩气，鲫鱼背上印仙躅[2]。
峰巅平掌思天帐，峭壁洞穴冀宇庐。
入定老僧[3]何落寂，饮露餐霞邈有无。

注　释

① 松鼠跳：指天都峰景观“松鼠跳天都”，惟妙惟肖。

② 鲫鱼背：位于天都峰海拔 1 770 米处的石矼，是登峰顶的必经之处，两侧则是千仞悬崖，奇险无比，长十余米，宽仅一米，名“鲫鱼背”。躅：足迹。

③ 入定老僧：即天都峰“老僧入定”景观。

黄山太平湖[1]

一湖碧漾绕田村，满目青峰潜翠荫。
稻浪禾风织锦缎，白墙黛瓦隐山林。
云横崖际迷秋色，雾锁洲头恋落纷。
倒影波光无限意，悄随明月到湖心。

注　释

① 太平湖：湖光山色得天独厚，是连接黄山、九华山的天然纽带，被誉

为"黄山情侣""东方日内瓦湖"。湖东西长48千米,南北最宽处6千米,最窄处仅150米左右,总面积88平方千米。湖水碧蓝清澈,恰似一颗晶莹璀璨的绿宝石,镶嵌在青山翠林间。湖中点缀着大小不同、高低不等的岛屿,错落有致、似断似连地飘浮在万顷波涛上,仿佛是一座座海上仙山,令人遐想联翩。湖周青山隐隐,炊烟袅袅,好一派美丽恬静的山野风光。

天仙河[①]

清江九曲抱山流,碧水青天两岸幽。
岩峭时羁千绮浪,滩湍偶遏几轻舟。
闲情最忌喧嚣地,逸趣[②]尤钟秘境游。
身在风光无限处,河川百里一眸收。

注　释

① 天仙河:位于安徽岳西菖蒲镇。源于妙道山,汇千溪山泉而成。风光宜人,被誉为"安徽第一漂"。天仙河险似三峡,秀似漓江,是野外生存训练、消夏避暑的好去处。天仙河泛舟,人随筏流,饱览山光水色。看鱼翔浅底,观白云悠悠,宛如人间仙境。

② 逸趣:超逸不俗的情趣。

天仙河漂流

欢歌一曲醉童心,艇落狂流惊瀑魂。
隐隐青山迷倒影,悠悠绿水绕田村。
轻舟浪遏人无措,兰枻[①]波摇客至津。
欲晓河川无限意,且将思绪寄闲云。

注　释

① 枻(yì):船桨;船舷。

千岛湖[①]

云帷雾幄锁洲头，千岛空蒙正泊舟。
翩翩[②]雨燕迷疏柳，缕缕炊烟袅画楼[③]。
一杯佳酿浓人醉，两盏香茗淡客愁。
唯冀吾侪息妄念[④]，红尘是处可清幽。

注　释

① 千岛湖：即新安江水库，位于浙江淳安境内，是修新安江水电站而成的人工湖，1955 年始建，1960 年落成。千岛湖与加拿大渥太华金斯顿千岛湖、湖北黄石阳新仙岛湖并称为“世界三大千岛湖”。千岛湖水在中国大江大湖中位居优质水之首，为国家一级水体，被誉为“天下第一秀水”。在最高水位时拥有 1 078 座大于 0.25 平方千米的陆桥岛屿，并以 2 平方千米以下的小岛为主，岛屿面积共 409 平方千米。

② 翩翩：形容飞快地跳舞，也形容动物飞舞；形容举止洒脱（多指青年男子）。

③ 画楼：雕饰华丽的楼房。

④ 妄念：虚妄的或不正当的念头。

黄果树瀑布[①]

横沟纵壑万重山，九曲清流入旷原[②]。
崩玉捣珠黄果树[③]，穿岩破壁洞帘天。
高倾低泻十八瀑，细浪微波一百潭。
今日重圆霞客梦，人生始信有千年。

注　释

① 黄果树瀑布：位于贵州安顺镇宁县，是世界著名大瀑布之一。古称

白水河瀑布，亦名"黄葛墅"瀑布或"黄葛树"瀑布。民间自古即流传黄果树瀑布的神话故事，其名称就来自神话故事中结"黄果"的树。黄果树瀑布以水势浩大著称，瀑高77.8米，其中主瀑高67米；瀑布宽101米，其中主瀑顶宽83.3米。闻名始于明代旅行家徐霞客，后经历代名人的游历、传播，更使其名震遐迩。

② 旷原：广阔的原野。

③ 崩玉捣珠：语出徐霞客《游白水河瀑布日记》："捣珠崩玉，飞沫反涌，如烟雾腾空，势甚雄厉。"

贵州天星桥[①]

九曲幽蹊[②]行若无，冬来草木尽凋枯。
根描藤写千年画，水剑风刀万象图。
碧水台倾银练瀑，石林影绰细波湖。
隐约听得歌一曲，笑语依稀话景殊。

注 释

① 天星桥：位于黄果树瀑布下游7千米处，其特色在于石、树、水的完美结合，是水上石林变化而成的天然盆景。天星桥石笋密集，植被茂盛，集山、水、林、洞为一体，被誉为"风刀水剑刻就"的"万顷盆景"和"根笔藤墨绘成"的"千古绝画"。

② 蹊：小路。

云南丘北普者黑[①]

万顷芰荷[②]浮百山，湖波九曲绕田园。
白墙黛瓦留仙住，漫桨轻舟济客闲。
稻陌禾塍萦翠柳，幽丘寂壑袅炊烟。
桃源难觅心中有，随处人间可碧天。

注　释

① 普者黑：位于云南文山丘北境内，属滇东南岩溶区，是发育典型的喀斯特岩溶地貌。以“水上田园、湖泊峰林、彝家水乡、岩溶湿地、荷花世界、候鸟天堂”六大景观而闻名。265 个景点，各具千秋：312 座孤峰星罗棋布，83 个溶洞千姿百态，54 个湖泊纵横交错，2 万亩水面湛清碧透，13 千米大峡谷幽邃壮观，3 千米茶马古道神秘古朴，4 万亩高原喀斯特湿地绿草萋萋。

② 芰(jì)荷：指菱叶与荷叶。

天柱山[①](一)

擎天一柱立华东，轻分玉指点苍穹。
关塞[②]千年藏岁月，奇崖百仞隐皖公[③]。
先贤胜迹铭岩室，三祖[④]禅宗尽毕生。
望远登高何处去，映山杜鹃在奚峰？

注　释

① 天柱山：位于安徽安庆潜山西部，又名潜山、皖山、皖公山、万岁山、万山等，为大别山东延余脉。天柱山具奇峰、怪石、幽洞、峡谷等自然景观，以雄、奇、灵、秀而著称。它拥有全国唯一、全球揭露面积最大、暴露最深的超高压变质带，尤以崩塌堆垒地貌景观而被地质学家誉为世界最美的花岗岩地貌，又称“地球的泄密者”。文学家将其形容为“山峰丛林”和“石头宫殿”。天柱山在汉武帝时即封为“南岳”，历代达官名宦、文人学士，如李白、白居易、李翱、李德修、王安石、苏东坡、黄庭坚、陆游、杨万里、李元阳、胡缵宗等，无不为天柱山胜景所吸引。他们或远眺，或登临，或结庐而居、筑亭而读，或吟诗作文、刻石勒名，留下了许多传世的诗文和珍贵的人文景观。

② 关寨：天柱山共有五个关寨，以总关寨最为险峻。总关寨位于飞来峰与三台峰、衔珠峰之间，为南宋末年刘源抗元的总指挥部所在地，这里山势险峻，洞穴幽深，奇松掩映，怪石峥嵘。

③ 皖公：是安徽潜山（天柱山）的历史人物，安徽之祖、春秋时期皖国的仁慈君主，安徽简称“皖”的由来。

④ 三祖：即禅宗三祖僧璨（510—606），又作僧粲，隋大业二年（606年）圆寂，生年及事迹不详，曾跟随二祖慧可学佛数年，后得授衣钵为禅宗三祖。三祖在入寂前，传衣钵于弟子道信为禅宗四祖。有《信心铭》传世。

天柱山（二）

南岳独擎一柱天，董郎[①]此处会七仙。
奇石错落遗千洞，飞瀑叠流涌百泉。
春媚青峰添翠色，云思沧海起波澜。
先贤墨迹题岩壁，悄伴禅宗到永年。

注　释

① 董郎：指董永。少丧母，家贫，父死无以为葬，乃卖身葬父。因孝感动天，玉帝幼女七仙女下凡，与其结得百日姻缘。此一民间故事流传甚早，汉魏即有文献记载。今以黄梅戏《天仙配》最为著名。

四姑娘山[①]

雪皑冰清阆苑乡，四峰联袂[②]似娇娘。
溪云漫渺期朝饰，玉露轻拂冀晚妆。
思倩方遗天府地，惜缘更峙佛国疆。
一夕俗客趋禅境，是处伽蓝[③]与庙堂。

注　释

① 四姑娘山：位于四川省阿坝州境内，地处四川盆地向青藏高原过渡地带，为横断山脉东部边缘邛崃山的最高峰。藏语名为石骨拉柔达，意为大神山。分别由海拔 6 250 米、5 664 米、5 454 米、5 355 米的四座山峰组成，

主峰为幺妹峰,高6 250米。四座山峰从北到南“一”字排开,且长年冰雪覆盖,如同头披白纱、姿容俊俏的四位少女,山名由此而来,被誉为“蜀山皇后”。

② 联袂:衣袖相连;喻携手偕行。

③ 伽(qié)蓝:梵语僧伽蓝摩译音的略称。意为众园或僧院,即僧众居住的庭园。后因称佛寺为伽蓝。

腾冲印象[①]

十峰何故九无头,远塞边陲自静幽。
煮蛋君烹依热海[②],释疲吾浴借清流。
明朝将士戍和顺,原住居民枕吊楼[③]。
云际空山犹细雨,江天万里待仙游。

注 释

① 腾冲:位于云南省西南部,南方丝绸之路上的历史文化名城,历经沧桑,积淀了丰实深厚的历史文化,边陲古道的马铃声,记录着中、缅、印的商贸历史;春秋战国时期的铜案、铜鼓凝集着两千多年悠久灿烂的文明;石雕佛像,是中原与东南亚文化交流的结晶。

② 热海:位于城西约8千米处。这里青山环抱,一水喧腾,北起硫黄塘,南接松山箐,东到忠孝寺,西连芭蕉园。

③ 吊楼:吊脚楼,为苗族、布依族、侗族、土家族等族传统民居。

贵州龙宫[①]

天崩地坼自仙宫,疑是蓬瀛梦百重。
斗角钩心[②]欺鬼斧,盘岩错壁藐神工。
曹衣出水凌波女,吴带当风腾雾龙。
曲径难穷绝胜处,犹遗幻境待空蒙。

注　释

① 龙宫：位于贵州安顺境内，集溶洞、峡谷、瀑布、峰林、绝壁、溪河、石林、漏斗、暗河等多种喀斯特地貌景观于一身，是喀斯特地貌形态展示最为全面、集中的溶洞，被誉为“天下喀斯特，尽在龙宫”。龙宫拥有两项吉尼斯之最：最大、最多的水旱溶洞群——“龙宫溶洞群”；天然辐射率最低的地方——“贵州龙宫风景名胜区”。拥有世界最大的植物汉字景观——“龙”字田。

② 斗角钩心：即钩心斗角。原指宫室建筑的内外结构精巧工致，后泛指诗文的布局结构精巧、回环错落。现多比喻人与人相互之间的明争暗斗。

秋日崂山[①]

浩渺蓬瀛隐水间，黄溟岸畔峙崂山。
千峰溯月云流翠，万壑栖秋林渥丹。
松径空遗一古寺，危崖拟隐几狐仙。
寻幽览胜多行遍，此处人间更洞天。

注　释

① 崂山：位于山东青岛崂山区，古代又曾称牢山、劳山、鳌山等。为中国海岸线第一高峰，有海上“第一名山”之称。又是道教名山，自春秋战国至秦汉，都有方士在此修炼，唐、宋时道教肇兴，元、明两代达到鼎盛，至清代不衰。而佛教则始于魏晋，盛于隋唐，明代又迭起高潮，清代后期渐衰。

崂山凭海

溟穹一色几微茫，谁意蓬瀛水路长。
碧漾时淘归棹影，明霞轻上绮云妆。
江湖身陷皆为客，钟鼎[①]情迷俱是伤。
何时踏浪逐波去，随处天涯即梓桑。

注　释

① 钟鼎：钟和鼎；喻富贵荣华。

楠溪江[1]即景

楠溪江畔霭云飞，山色依稀叠翠微[2]。
崖际耆翁闲钓去，塍间妇媪[3]采桑归。
陂[4]中白鹭寻鱼蟹，陌上烟波迷落晖。
碧漾濯足[5]人自醉，歌声天外讵知谁？

注　释

① 楠溪江：古名瓯水，是浙江东海入海河流瓯江的第二大支流。发源于永嘉、仙居交接的黄里坑，在括苍山、雁荡山山脉间，千回万转，自北而南，流经永嘉中心腹地，直注瓯江，干流总长140千米，流域面积约2 490平方千米，河道天然落差1 030米。主要支流有岩坦溪、张溪、鹤盛溪、小楠溪、花坦溪、五尺溪和陡门溪等，流域以水秀、岩奇、瀑多、村古、滩林美而闻名遐迩。两岸古村落是中国四大民居之一，共有大大小小200余座，被誉为中国乡土文化的史书库。

② 翠微：青绿的山色，也泛指青山。

③ 媪：年老的妇女，也泛指妇女。

④ 陂：池塘。

⑤ 濯足：洗脚。后喻清除世尘，保持高洁。

楠溪江秋游

岸畔枫林竞渥丹，河波依旧逝流年。
塍畦漠漠栖白鹭，烟雨濛濛翳稻田。
有幸今朝还夙梦，何曾翌载忘桑蚕。

逢秋再借谢公屐[1]，无数青山待我攀。

注　释

① 谢公屐：谢灵运登山时穿的一种木鞋。鞋底安有两个木齿，上山去其前齿，下山去其后齿，便于走山路。

富春江[1]（一）

碧带依依百里波，富春江上点青螺。
联峰夹岸栖烟雨，曲水穿城绕旧郭。
登云钓月思严子[2]，临江揽胜忆东坡。
霓虹远际成一抹，东海潮头狂浪多。

注　释

① 富春江：浙江中部河流，为钱塘江建德梅城镇至萧山闻家堰段的别称。富春江七里泷以“山青、水清、史长、境幽”为特色，七里泷全长23千米，分为“一关三峡”，即“乌石关、乌龙峡、子胥峡、葫芦峡”，沿途有梅城古镇、双塔凌云、胥江野渡、葫芦飞瀑、七里扬帆、严子陵钓台等名胜古迹。

② 登云钓月：在富阳鹳山富春江畔有一巨石，镌有“登云钓月”，系宋苏东坡游历此地所留墨迹。史称在秋月之夜，泛舟于江中，常见老龟浮于水面，吞吸江月之影，称之“龟川秋月”，为古时“春江八景”之首。严子：严光（前39—41），字子陵，东汉隐士。少有高名，与东汉光武帝刘秀同学，亦为好友。刘秀即位后，多次延聘，但其辞而不受，隐居富春山。后卒于家，葬于会稽余姚的客星山（陈山）。

富春江（二）

富春江上欲垂纶[1]，雨笠烟蓑[2]最本真。
严子高台藏圣迹，黄公[3]长卷绘山魂。

钱塘岸畔观潮涌，千岛湖边对月吟。
秀水灵山无限意，人生道法只唯心。

注　释

① 垂纶：垂钓。喻指隐居或隐士。

② 雨笠烟蓑：蓑衣笠帽，为渔夫的衣饰，借指渔夫；亦指隐士。

③ 黄公：黄公望(1269—1354)，元代画家。工书法，通音律，善诗词散曲。尤擅画山水，曾得赵孟頫指授，宗法董源、巨然、荆浩、关仝、李成等。水墨、浅绛俱作，以草籀奇字法入画，气势雄秀，笔简神完，自成一家，得“峰峦浑厚，草木华滋”之评。名列“元四家”(黄公望、吴镇、倪瓒、王蒙)之首。

荡舟漓江[①]

两岸悠悠碧玉篸，一楫划破水中天。
小鱼唼[②]手疑识客，鸬鹚[③]偷慵尚滞船。
时与临舟飞戏语，悄和伊人话婵娟。
如斯逝者夕阳晚，且将余思寄梦边。

注　释

① 漓江：发源于桂林兴安的猫儿山，流经桂林、阳朔，至平乐恭城河口，全长437千米。由桂林至阳朔84千米的漓江乃其景色之精华，它像一条青绸绿带，盘绕在万点峰峦间，奇峰夹岸，碧水萦回，削壁垂河，青山浮水，风光旖旎，景色万千。正如唐韩愈诗云：“江作青罗带，山如碧玉篸”，堪称百里画廊。

② 唼(shà)：水鸟或鱼吃食；泛指吃、咬。

③ 鸬鹚：俗叫鱼鹰、水老鸦，一种捕鱼的水鸟。

漓江上

一叶扁舟独去闲，河波九曲万重山。

依依壮寨栖峦嶂，列列青峰逝霭烟。
绝壁昔曾浮画马[①]，幽宫今拟隐谪仙[②]。
鸬鹚渔猎夕阳晚，几抹彩霞炫半天。

注　释

① 画马：指九马画山。其临江而立，石壁如削，景致迷人。尤其是人们竞相比赛猜出马的个数，此代表着能力，智力，幸运？都不是，是乐趣。

② 谪仙：受了处罚降到人间的神仙；用以称誉清越脱俗的人；后专指李白。

漓江九马画山[①]

一岩雄峙漓江中，九马画山欲啸空。
夕乘浮岚腾月色，朝偕渔叟踏歌声。
千重气韵疑神笔，百迴幽姿胜悲鸿[②]。
但恐何宵伊遁去，徒留空壁自临风。

注　释

① 九马画山：临江而立，石壁如削，九马时隐时现，仪态万千，是漓江最具特色的风景之一。游人皆以看出的马多为能事，为观景平添几分乐趣。

② 悲鸿：指徐悲鸿，以画马闻名于世。

偕登独秀峰[①]

独秀峰上欲凭栏，一睨难穷八桂[②]天。
闲猜三姐[③]留歌处，妄臆明王[④]祈雨坛。
奚座青山栖往圣，何川碧漾隐今贤。
天遥云渺情何寄，只在桃源五柳间。

注　释

① 独秀峰：位于桂林靖江王城内，孤峰突起，陡峭高峻，气势雄伟，素有“南天一柱”之称。山东麓有南朝宋文学家颜延之读书岩，为桂林最古老的名人胜迹。其咏独秀峰的诗“未若独秀者，峨峨郛邑间”是现存最早的桂林山水诗，独秀峰因此得名。每当晨曦辉映或晚霞夕照，孤峰似披紫袍金衣，故又名紫金山。独秀峰顶是观赏桂林全城景色的最好去处，自古以来为名士所向往。

② 八桂：原指桂林，后代指广西。韩愈《送桂州严大夫》诗：“苍苍森八桂，兹地在湘南。”

③ 三姐：即刘三姐，是民间传说的壮族人物，聪慧机敏，歌如泉涌，有“歌仙”之誉。

④ 明王：指桂林靖江王府，王城洪武五年(1372 年)在独秀峰下营建，洪武二十五年(1392 年)建成。从建成到明代覆灭的 257 年中，这里住过 12 代 14 位藩王。

桂　林

千峰竞秀桂原天，带水依依百里川。
凤尾竹中莺醉翠，芦笛岩①里客疑仙。
山歌缥缈②来穹外，村舍恬幽栖霭间。
遥见霓虹辉映处，鸬鹚渔猎正归船。

注　释

① 芦笛岩：位于桂林市西北郊。岩洞内有大量绮丽多姿、玲珑剔透的石笋、石乳、石柱、石幔、石花，琳琅满目，组成了狮岭朝霞、红罗宝帐、盘龙宝塔、原始森林、水晶宫、花果山等景观，令游客目不暇接，如同仙境，被誉为“大自然的艺术之宫”。从唐代起，历代都有游人踪迹，现洞内存历代壁画 77 幅。

② 缥缈：隐隐约约，若有若无的样子。

罗平[1]游春

和煦人间四月风，繁春吹落满罗平。
峦峰错落千重翠，墟陌参差百缕英。
蜂蝶醉舞迷芳渚[2]，宾客醺游悦碧汀[3]。
多少青阳[4]匆已过，犹留胜景在心中。

注　释

① 罗平：隶属云南省曲靖市，位于滇、桂、黔三省（区）的结合处，是全国旅游百强县之一。

② 渚：水中小块陆地。

③ 汀：水边平地，小洲。

④ 青阳：指春天。

韶　山[1]

陂塘碧水漾荷风，几间茅茨[2]尚敝楹。
少负鸿猷[3]辞父母，耆归桑梓[4]晤亲朋。
高堂茔[5]上一抔土，滴水洞[6]中三世功。
往事如烟悉已逝，今人犹谒韶山冲。

注　释

① 韶山：位于湖南湘中丘陵区，湘乡、宁乡、湘潭交界处。相传舜帝南巡到此，见风景优美，遂奏韶乐，引凤来仪，百鸟和鸣，韶氏三女得道于此，故此得名。这里群山环抱，峰峦耸峙，气势磅礴；翠竹盈野，禾稻覆陌，一派田园风光。更因是毛泽东家乡而成圣地。

② 茅茨：茅屋；泛指平民居所。

③ 鸿猷：鸿业、大业；深远的谋划。

④ 桑梓：喻指故乡。

⑤ 茔：坟地，坟墓。

⑥ 滴水洞：位于韶山以西约四千米处的峡谷中，此中建有毛泽东的别墅。

青城山[1]

茂树修竹细雨中，浓云淡雾锁青城。
依藜拄杖登蹊径[2]，拜庙焚香觅道踪。
庄老千年藏紫气[3]，玄观百载纳仙风。
人间何处期幽境，应在烟峰第九重。

注　释

① 青城山：位于四川都江堰西南，是全真龙门派圣地，十大洞天之一，道教四大名山之一，五大仙山之一。青城山群峰环绕、林木葱茏，享有“青城天下幽”的美誉。

② 蹊径：小路；途径。

③ 紫气：紫色云气。古代以为祥瑞之气，附会为帝王、圣贤等出现的预兆。

雁荡山[1]

云淡天高玉宇清，一山雄峙在浙东。
几行鸿雁巡秋色，两瀑龙湫[2]驭雨风。
错落群峰时剪影，参差众壑偶迷踪。
危崖渺渺栖幽径，欲上层峦第几重。

注　释

① 雁荡山：位于浙江乐清境内，因主峰雁湖岗上有着结满芦苇的湖

荡,年年南飞的秋雁栖宿于此,因而得名“雁荡山”。素以独特的奇峰怪石、飞瀑流泉、古洞畸穴、雄嶂胜门和凝翠碧潭蜚声海内外,被誉为“海上名山,寰中绝胜”,史称“东南第一山”。其中以峰、洞、瀑、石取胜,瀑布尤以大龙湫、散水岩、西大瀑、梅雨瀑、三折瀑等最负盛名。

② 龙湫:雁荡山著名瀑布,有大小两龙湫。

雁荡大龙湫①

高崖千尺降甘霖②,吐雾白龙啸宇坤。
连云嶂边寻圣迹,能仁寺③里觅佛魂。
不期大雅皆容物④,唯冀释禅可净心。
雁荡今朝分外寂,犹宜碧瀑洗红尘。

注　释

① 大龙湫:“雁荡三绝”灵峰、灵岩、大龙湫,以大龙湫独占鳌头,在宋代便有“龙湫一派天下无,万众赞扬同一舌”的美誉。大龙湫之水从雁荡山主峰百冈尖流出,自连云嶂崖顶飞流直下,单级落差为 197 米,为中国瀑布之最,有“天下第一瀑”之誉。它与贵州黄果树瀑布、黄河壶口瀑布、黑龙江吊水楼瀑布并称为中国四大瀑布。大龙湫之美美在因四季雨晴所展现出的无穷变化和万千仪态。大龙湫之美美在文化,古今文人墨客无不为大龙湫的美景所折服。

② 甘霖:久旱后下的雨;及时雨。

③ 能仁寺:始建于北宋咸平二年(999 年),原名常云院,政和七年(1117 年)改名能仁寺,南宋时达到全盛,成为雁荡十八古刹中规模最大者,出了多位高僧大德。

④ 大雅皆容物:出自清代书法家邓石如(1743—1805)的楹联:“春风大雅能容物,秋水文章不染尘。”春风能包容世间万物,秋水清澈不染丝缕纤尘,当真是难得的境界。喻超凡脱俗的境界。

昆仑山①

千里亘绵②莽昆仑,西天独蕴道佛魂。

瑶池[3]王母情孤寄，皓月嫦娥悔自吟。
崖峭期凝穹浩气，峰高冀沐宇氤氲。
玉虚[4]顶上三清地，几净红尘俗俚[5]心。

注　释

① 昆仑山：既是亚洲中部大山系，也是中国西部山系的主干。昆仑山脉西起帕米尔高原，横贯新疆、西藏，伸延至青海境内，全长约 2 500 千米，平均海拔 5 500—6 000 米，宽 130—200 千米，西窄东宽，总面积达 50 多万平方千米。神话传说中认为昆仑山中居住着神仙“西王母”，人头豹身，由两只青鸟侍奉，是道教正神，与东王公分掌男女修仙登引之事。在中华民族的文化史上具有“万山之祖”的显赫地位，为中华“龙脉之祖”。

② 亘绵：即绵亘。绵延不断。

③ 瑶池：古代神话传说中西王母所居之地，位于昆仑山上。

④ 玉虚：仙宫；道教称玉帝所居之处。

⑤ 俗俚：鄙俗，粗野。

长白[1]秋色

秋风一夜舞蹁跹[2]，染尽丛林独去闲。
众壑方息千翠绿，群峰已滞万斑斓[3]。
桦柯摇曳悉黄冠，橡树婆娑[4]俱绛颜。
廿载方圆故乡梦，人生炫彩[5]几重天。

注　释

① 长白：指长白山，位于吉林省东南的中朝边境上，是鸭绿江、松花江和图们江的发源地，是满族和朝鲜族的发祥地和文化圣山。属巨型复式休眠火山，明清之际曾三度喷发。因山体为火山喷出岩构成，多白色浮岩，故名。山顶有天地，为著名的火山口湖。由于其独特的地质结构形成不同于其他山脉的奇妙景观，海拔 2 500 米以上的山峰达十六座，主峰白头峰海拔 2 749 米，在朝鲜一侧。

② 蹁跹：飘逸飞舞貌;形容轻盈的舞姿。

③ 斑斓：色彩灿烂绚丽的样子。

④ 婆娑：盘旋舞蹈的样子。

⑤ 炫彩：闪耀光彩。

长白西坡

百绿千红万点黄，长白是处总秋光。
天池欲鉴栖峰迹，梯谷[①]期川隐漾长。
皑雪丛林衣缟素[②]，峭岩岸畔曲虬江。
白桦悄媚迷离眼，一览山河炫彩装。

注　释

① 梯谷：指长白山西坡的地下河。

② 缟素：纯白色的绢;比喻白雪。

长白天池

碧漾一湖十六峰[①]，雾岚袅袅薄纱轻。
犹疑幻境仙居处，自是红尘人沸中。
白首悉因千载雪，墨颜皆赖万年风。
高天崖泻银练瀑[②]，方始松江起浪声。

注　释

① 十六峰：指长白山上的十六座峰，分别是白云峰、芝盘峰、天文峰、华盖峰、天豁峰、龙门峰、紫霞峰、铁壁峰、观日峰、玉柱峰、冠冕峰、梯云峰、卧虎峰、孤隼峰、锦屏峰、白头峰等十六峰，千姿百态，其经过漫长岁月的风雨雕蚀，山峰嶙峋峭奇，姿态各异，环列成一个大圆周，或白或黄、或青或绿护佑着一池碧水天池。

② 银练瀑：即长白瀑布，位于天池北侧，乘槎河尽头，乘槎河流到 1 250 米处便形成落差为 68 米的瀑布，谓长白瀑布，是松花江正源。

长白山望天鹅谷[①]

望天鹅谷正清秋，绿女红男画卷游。
飞瀑千重穿壁过，潺溪九曲抱山流。
岩因地坼叠书帙[②]，树倩旻泠[③]姹壑沟。
万物人间皆造化，从今再不羡王侯。

注　释

① 望天鹅谷：位于长白山腹地吉林长白十五道沟，这里古树参天，花草竞秀，怪石嶙峋，是以奇石飞瀑见长的峡谷。望天鹅山海拔 2 051. 4 米，是东北第二高峰，距离天池 35 千米，两座火山构成长白山脉的峰脊。望天鹅山是一巨大的中心式喷发和溢流的玄武质火山锥，是一个巨大的破火山口，沟内因破火山作用形成的火山地址遗迹和景观非常独特。

② 书帙：书卷的外套；泛指书籍。此处指望天鹅谷中像书排列的岩石，奇特壮观异常。

③ 旻(mín)：天空；又特指秋季的天。泠：清凉。

长白秋日即景

歌尽人间九月风，逶迤丘壑正嫣萦[①]。
清溪东漾偕波碧，鸿雁南归杳霁虹。
稻谷千重疏野旷，牛羊百缀济农耕。
力穷犹欲山河尽，不枉长白化境行。

注　释

① 萦：缭绕。

偕游长白

羁旅南国已惘然[①],萦回梦里梓桑天。
一枚枫叶犹情寄,两掬清漪可润湔[②]。
何处峰危偕未陟,奚时涧险两难攀。
期穷世上桃源地,只问山幽不计年。

注　释

① 惘然:若有所失的样子;迷糊不清的样子。
② 清漪:水清澈而有波纹。湔:洗涤。

中朝边境有感

地渺天赊一望空,中朝边境三秋行。
横沟纵壑孤独树,高岭低丘寂寞风。
巷陋屋残悉破敝,牛犁马耨尚农耕。
今夕犹忆饥肠辘[①],致富脱贫谢邓公[②]。

注　释

① 饥肠辘:即饥肠辘辘。肚子饿得咕咕直响,形容十分饥饿。
② 邓公:指改革开放的总设计师邓小平先生。

新疆戈壁

萧萧残叶柳枝头,千载胡杨几度秋。
绵亘三山遗砾[①]碛,横陈两谷[②]自沙流。
风蚀旷野成戈壁,雪漫丘陵掩旧楼。
今日稀闻羌笛曲,高歌应是信天游[③]。

注 释

① 三山：指阿尔泰山、天山和昆仑山。砾：小石，碎石。

② 两谷：指新疆三山夹两盆的地形特点，北为阿尔泰山，南为昆仑山，天山横亘中部，把新疆分为南北两半，南部是塔里木盆地（内有塔里木河，塔克拉玛干沙漠），北部是准噶尔盆地。

③ 信天游：是流传在中国西北广大地区的一种民歌形式。

丽水云品湖[①]

眠波枕浪水中央，残月晓风入梦乡。
绿岸赤丘分两界，渔翁钓客各一方。
八弯索道凌沟壑，四面青峰掩画廊。
五柳桃源遗世外，人间是处匿春光。

注 释

① 云品湖：位于浙江丽水缙云县大洋镇环湖村，有中国马尔代夫之称。群峦环绕，碧波荡漾，宛如世外桃源。栈道式居屋深入湖中，眠波枕浪。擎一觞美酒，举邀明月，对友倾谈，天人合一，半醒半梦，真乃人生一大快事。

登江郎山[①]

凌霄孤仞屹浙中，畅望乾坤自宇穹。
王粲[②]登楼一赋就，易安[③]羁旅几词工。
凭高似欲穷山嶂[④]，任远疑难到海蓬[⑤]。
对弈烂柯[⑥]终是梦，应宜聆尽鸟啼声。

注 释

① 江郎山，古称玉郎山、金纯山，位于浙江衢州江山境内。传说古时三

个江姓兄弟登山变为三大巨石,故名江郎山。三巨石拔地冲天,高360余米。形似石笋天柱,自北向南呈“川”字形排列,依次为:郎峰、亚峰、灵峰,人们叫“三爿石”,被称为“神州丹霞第一峰”。江郎山聚岩、洞、云、瀑于一山,集奇、险、陡、峻于三石,雄伟奇特,蔚为壮观;且群山苍莽,林木叠翠,窟隐龙潭,泉流虎跑,风光无限旖旎。

② 王粲(177—217):字仲宣,东汉末年文学家,“建安七子”之一。著有《登楼赋》。

③ 易安:李清照(1084—1155),号易安居士,宋齐州章丘(今山东济南章丘西北)人,居济南。南宋女词人,婉约派代表,有“千古第一才女”之称。此处指李清照晚年曾居金华,临近江郎山。

④ 山嶂:状如屏风的山。

⑤ 海蓬:指蓬莱。代指仙境。

⑦ 对弈烂柯:指晋王质遇仙烂柯故事,江郎山距烂柯山不远。

云台山[①]

雾翳云蟠欲锁山,一溪碧漾几潺湲。
峡间寒树初伏雪,峰际飞流正泄天。
风雨丹崖千窦[②]迹,波涛赤壁百皱颜。
诗佛[③]遍插茱萸处,揽胜怀昔自永年。

注　释

① 云台山:位于河南焦作修武境内,是以太行山岳水景为特色,峡谷地质景观和历史文化为内涵,集科学和美学价值于一身的山水名胜。因山势险峻,峰间常年云锁雾绕而得名。主峰茱萸峰海拔1 297.6米,云台天瀑单级落差314米,是我国乃至亚洲单级落差最大的瀑布,被誉为华夏第一高瀑。地质遗迹丰富,新构造运动的强烈抬升和水蚀作用的深度下切,造就其双崖对峙的峡谷群和各种动态的瀑、泉、溪、潭,共同构成了“云台地貌”景观。

② 窦:孔穴。

③ 诗佛:指王维(701—761),字摩诘,号摩诘居士。河东蒲州(今山西

永济)人,唐朝诗人、画家。

云台山百家岩[1]

纵壑横沟百渥丹,一川碧漾几重天。
桥架岩间连地堑,径循壁罅[2]曲危岩。
千载楼台栖献帝[3],百里竹林醉七贤[4]。
子房[5]湖中清悠水,倒影依稀映翠山。

注 释

① 百家岩:古称“柏岩”。高 170 米,岩间古松苍翠,因“岩下平坦可容百家”,另含“百家言”“百家争鸣”之意,故称百家岩。有“北国龙湫”之称的天门瀑布,与叠立悬崖边的寺塔,乃百家岩两大胜景。汉献帝刘协被曹丕废为山阳公后,经常在此赏景游玩,留下了“避暑台”“二乐台”遗址。魏晋时期的“竹林七贤”,嵇康、阮籍、刘伶、向秀、阮咸、山涛、王戎,相与友善,在此流连,尚存“嵇康淬剑池”和“刘伶醒酒台”。

② 罅(xià):缝隙,裂缝。

③ 献帝:汉献帝刘协(181—234),汉灵帝之子,东汉末代皇帝,189—220 年在位。即位时东汉政权已名存实亡。

④ 七贤:竹林七贤指的是三国魏正始年间(240—249),嵇康、阮籍、山涛、向秀、刘伶、王戎及阮咸七人。因常在当时的山阳县(今河南焦作修武县,可能为现今云台山一带)竹林之下,喝酒、纵歌,肆意酣畅,世谓七贤,后与地名竹林合称。

⑤ 子房:指张良(? —前 190),字子房,相传为城父(今河南襄城)人。西汉开国功臣,政治家,与韩信、萧何并称为“汉初三杰”。

焦作峰林峡[1]

一湖风景数重山,叠嶂峰林隐霭间。
潜壁清波时弄影,伏崖碧漾总皴颜。

轻舟仅载三人渡,野鸟犹遗百啭闲。
大王峰上登高望,豫岭晋丘极目天。

注　释

① 峰林峡:位于河南焦作与山西晋城交界处北25千米处,自然风光特色独具,人文景观内涵丰富,是一处兼具南北山水特色的山岳型风景名胜。区内河流、湖泊幽静,高山、峡谷险峻,悬崖、溶洞遍布,奇峰、怪石林立。

秋游九寨①(一)

群峰无虑也白头,碧漾有情抱树流。
五花海②中鱼竞戏,珍珠滩③上客遗讴。
芦荻瑟瑟一潭寂,岚霭茫茫两谷幽。
化境红尘唯九寨,人生犹契是清秋。

注　释

① 九寨:指九寨沟,位于四川阿坝九寨沟漳扎镇境内,地处岷山南段弓杆岭的东北侧,嘉陵江上游白水江源头的一条大支沟中。得名缘于区内的九个藏寨,又称“和药九寨”。其中有艳丽典雅的群湖,奔泻湍急的溪流,飞珠溅玉的瀑群,古穆幽深的林莽,连绵起伏的雪峰。碧水,是九寨沟的精灵,而海子(湖泊)是这一特色最完美的体现。湖水终年碧蓝澄澈,明丽见底,且随着光照变化、季节推移,呈现不同的色调与水韵。

② 五花海:海拔2 472米,水深5米,面积9万平方米,被誉为“九寨沟一绝”和“九寨精华”。五花海入秋后便笼罩在一片绚丽的秋色中。由于海底的钙华沉积和各种色泽艳丽的藻类,以及沉水植物的分布差异,使一湖之中形成了许多斑斓的色块,宝蓝、翠绿、橙黄、浅红,似宝石镶嵌的巨型佩饰,珠光宝气,雍容华贵。

③ 珍珠滩:在坡度平缓,长满了各种灌木的浅滩,长约100米的水流经过多级跌落河谷,宽约160米,面积9.5万平方米。激流在凹凸不平的乳黄色钙化滩面上溅起无数水珠,阳光下,点点水珠就像粒粒珍珠,此即珍珠滩

名称的来历。

秋游九寨(二)

神笔难穷仙界秋，十年九寨已三游。
流叠诺日[1]千重瀑，影绰五花[2]一蜃楼。
峰树凌寒悉殚紫，湖波蕴雪总闲舟。
犹欣林杪[3]时悬月，无限苍茫天地悠。

注　释

① 诺日：即诺日朗瀑布，海拔 2 365 米，瀑宽 270 米，高 24.5 米，是中国大型钙化瀑布之一，也是中国最宽的瀑布。藏语中诺日朗意指伟岸高大，因此诺日朗瀑布即雄伟壮观的瀑布。

② 五花：即五花海。

③ 树杪：树梢。杪：末尾，末端。

秋游九寨(三)

悠悠海子映青山，枫叶红弥九月天。
清溪有意悄萦树，野鱼无心乱跳船。
欹树芦荻偕倒影，苍苔碧漾聚珠滩。
兴浓未觉夕阳晚，今夜可期梦黑甜[1]。

注　释

① 黑甜：酣睡。宋苏轼《发广州》诗："三杯饮饱后，一枕黑甜余。"

重游九寨

世外红尘讵等闲，谁知九寨最桃源。

珍珠滩上频掬水，诺日瀑边屡浣颜。
长海轻篙逐梦去，彩池漫杖待蟾[1]圆。
一枚枫叶留心底，有梦人生即涅槃。

注　释

① 蟾：传说月亮中有蟾蜍，代指月亮。

去九寨途中

羌村藏寨最堪情，一管长笛几缕风。
碧水千萦欣涧曲，联峰万矗[1]媚穹空。
危途意恐皆因惘，幻境心迷总赖暝。
莫冀人生时化境，佛疆道界伴君行。

注　释

① 矗：高耸直立。

震后重游九寨

红男绿女画中游，最契人间九寨秋。
笑语悉惊长海[1]碧，欢声咸叹五花幽。
珍珠滩上珍珠泻，玉树瀑中玉树啾[2]。
道法自然应有据，人生不忝只风流！

注　释

① 长海：长达四千米，呈墨蓝色，“S”形分布。海旁林木茂密，一眼望去，巍巍雪峰，沐浴在蓝天白云之中，壮观奇丽。长海海拔在 3 000 米以上，是沟内海拔最高的海。

② 啾：指小声、细声；可用于形容动物细小的叫声。

咏九寨镜湖

九寨四游梦几重，风光无限我独钟。
树沉碧漾千年寂，苇曳澄波百世情。
湖上鱼游时借浪，天中鸟翥[①]只凭风。
亲朋至爱今一聚，化境悄藏冀永恒。

注　释

① 翥(zhù)：(鸟)向上飞。

黄　龙[①]

犹疑仙境落人间，玉液琼浆欲鉴天。
列列青峰留雪迹，萋萋[②]翠嶂露春颜。
百池碧漾泠泉聚，千树龙须杨柳悬。
古寺钟声时报晚，悠悠未负几潺湲。

注　释

① 黄龙：位于四川阿坝州松潘县境内，是中国唯一保护完好的高原湿地。黄龙以彩池、雪山、峡谷、森林“四绝”著称于世，再加滩流、古寺、民俗称为“七绝”。沟内遍布钙华沉积，并呈梯田状排列，享有“世界奇观”“人间瑶池”等美誉。以规模宏大、结构奇巧、色彩丰艳的地表钙华景观为主景，以罕见的岩溶地貌蜚声中外，堪称人间仙境。

② 萋萋：草木茂盛的样子。

重游黄龙

黄龙迤逦水潺湲，宝鼎[①]雪痕渺宇边。

古刹钟声繁瀑籁，秋林霜叶济池斓。
何惊天界迷人境，只诧黄龙碧玉盘。
情思百缕期何寄，明月清风任等闲。

注　释

① 宝鼎：指雪宝鼎。为岷山主峰，海拔 5 588 米。山势雄伟，崖壁陡峭，终年积雪，冰川倒悬。是道教、藏传佛教圣地，藏族同胞尊之为神山。

游毕棚沟①

雾绕岚萦蜀地天，毕棚沟里几悠然。
崖悬高瀑白龙泻，谷聚清流草海潺。
万点黄松遗涧壑，千重皑雪渥峰峦。
风光无限期何往，可否今宵到梦边。

注　释

① 毕棚沟：位于四川阿坝理县梭罗沟境内，以其优美的自然风光、优良的生态环境而著称。这是个五彩斑斓的世界，这里有浓绿的树，深红的叶，青青的湖，湛蓝的天，纯白的雪。沟内自然环境和景观资源原始古朴，涵盖冰川、雪峰、海子、原始森林、溪流、瀑布、高山草甸、红叶、花海、彩林等自然风光，以山雄、水异、林秀、情奇为特色。

雅鲁藏布江大峡谷①

万仞高峡疑宇开，千重雪顶破天来。
禅佛涅槃归仙境，神女遗情到圣台。
俯谷苍鹰寻鸟迹，萦崖碧水寄溟怀②。
思穷雅鲁深幽处，明月清风几壮哉！

注　释

① 雅鲁藏布大峡谷：位于西藏林芝境内，是由于喜马拉雅造山运动和

江水冲刷双重作用而形成，不仅以其深度、宽度名列世界峡谷之首，更以其丰富的科学内涵及宝贵资源而引世界瞩目。其特点可用十字概括：高、壮、深、润、幽、长、险、低、奇、秀。

纳木错湖[①]

雨霁风和正暮春，泛舟湖上几游宾。
青林潜碧偕鱼趣，白鹭栖岚醉客心。
浪滞溪云疑宇近，波浮圣庙欲佛亲。
人生何处堪禅境，世外最宜洗涴[②]尘。

注　释

① 纳木错湖：位于西藏中部，是西藏第二大湖泊，也是中国第三大咸水湖。“纳木错”为藏语，蒙古语名称为“腾格里海”，都是“天湖”之意。纳木错是西藏的“三大圣湖”之一，是古象雄佛法雍仲苯教的第一神湖。雍仲苯教的经典中记载：“纳木错有七十二个圣地。”伸入湖心的扎西多半岛上的札西寺，香火旺盛。

② 涴（wò）：污，弄脏。

庐　山[①]

一曲高歌欲啸天，香炉峰[②]上几盘桓。
仙人洞[③]里思昔圣，飞瀑流[④]边忆往贤。
椽笔青莲[⑤]星汉落，檄文中正[⑥]寇倭寒。
江天极目犹吴楚，情寄溟涯烟霭间。

注　释

① 庐山：又名匡山、匡庐，位于江西九江境内。东偎鄱阳湖，南望滕王阁，西邻京九铁路，北枕滔滔长江，耸峙于长江中下游平原与鄱阳湖畔。以

雄、奇、险、秀闻名于世，素有"匡庐奇秀甲天下"之誉。其文化内涵深厚，名胜古迹遍布，千百年来，无数文人政客在此留下了丹青墨迹，是集教育、文化、宗教、政治于一身的名山。

② 香炉峰：位于庐山西北，终日烟雾缭绕聚散，峰顶尖圆，形似一个硕大的香炉，故称为"香炉峰"。

③ 仙人洞：位于庐山天池山西麓，是一个由砂崖构成的岩石洞。因其形似佛手，故名佛手岩。这里的飞岩可栖身，清泉可以洗心，俯视山外，白云茫茫，江流苍苍，颇有远离尘世的感觉。相传唐代名道吕洞宾曾在此洞中修炼，直至成仙。后人为奉祠吕洞宾，将佛手岩更名为仙人洞。

④ 飞瀑：庐山瀑布是由三叠泉瀑布、开先瀑布、石门涧瀑布、黄龙潭和秀峰瀑布、王家坡双瀑和玉帘泉瀑布等组成的庐山瀑布群。最为著名的三叠泉瀑布，落差达155米，有"不到三叠泉，不算庐山客"之美句。唐李白《望庐山瀑布》诗："日照香炉生紫烟，遥看瀑布挂前川，飞流直下三千尺，疑是银河落九天。"为人熟知，名扬天下。

⑤ 椽笔：指大手笔，称誉他人文笔出众。青莲：指李白，号青莲居士。

⑥ 檄文：指蒋介石发表的抗日演说。中正：指蒋介石(1887—1975)，原名瑞元，学名志清、中正，字介石。

德天瀑布[①]

中越边陲隐瀑身，流鸣漾哮几牵魂。
千湍峭壁萦禅意，百泄清潭浣倦心。
画舫[②]笙歌偕俚曲，岸亭墟贾[③]攘游人。
难在红尘寻化境，且将神思寄壑林。

注　释

① 德天瀑布：位于广西大新硕龙镇德天村，归春河上游，瀑布气势磅礴、蔚为壮观，与越南板约瀑布相连，是亚洲第一、世界第四大跨国瀑布，年均水流量约为贵州黄果树瀑布的三倍。浩浩荡荡的归春河水，从北面奔涌

而来，高崖三叠的浦汤岛横阻江流，江水从高达50余米的山崖上跌宕而下，远望似缟绢垂天，近观如飞珠崩玉。瀑布三级跌落，最大宽度200多米，纵深60多米，落差70余米，年均流量50立方米/秒。

② 画舫：装饰华美的船。

③ 墟贾：指在墟场做买卖的商贩。

天台石梁飞瀑[①]

嵚崟[②]苍宇几青峰，银练高悬正啸空。
畏吼猿猴悉遁迹，悦鸣鸥鸟尚凭风。
何崖碧水堪飞瀑，奚谷石梁可化虹。
古寺千年晚钟磬[③]，天台宗[④]偈有和声。

注　释

① 石梁飞瀑：位于浙江天台山中，是浙东“唐诗之路”的精华所在，被誉为“天下第一奇观”。石梁长7米，宽不盈尺，如苍龙耸脊，横亘在两山峭壁上，巧夺天工，世所罕见。梁上金溪和大兴坑溪汇聚，飞流直下，形成落差30余米、宽10余米飞瀑。每遇大雨，瀑水冲梁而过，水力飞泻，声若惊雷，极其雄伟壮丽。

② 嵚崟（qīnyín）：高大，险峻。

③ 钟磬：钟和磬，古代礼乐器；佛教法器；钟、磬之声。

④ 天台宗：中国佛教宗派之一。实际为隋僧智𫖮所创，因住天台山，故名。其教义主要依据《法华经》，故亦称法华宗。主张一切事项都是法性真如的表现，并用一念三千、三谛圆融加以发挥。唐、宋后分别传入日本、朝鲜。

贺兰山[①]

漠漠贺兰如骏马，千年栖憩[②]牧羊人。
长车踏破岳飞[③]迹，岩画[④]镌遗西夏魂。
屡敞胸襟期纳壑，频开怀抱欲拥茵。

身在北疆何落寂，悄来自去几溪云。

注　释

① 贺兰山：又称阿拉善山。突厥语“贺兰”，意为骏马。位于宁夏与内蒙古交界处，北起巴彦敖包，南至毛土坑敖包及青铜峡。东北—西南走向，长200多千米，宽15—50千米，平均海拔2 000米以上，同名主峰3 556米。

② 栖憩：停留休息。

③ 岳飞（1103—1142）：字鹏举，相州汤阴（今属河南）人。南宋时期抗金名将、军事家、民族英雄、诗人，位列南宋“中兴四将”之首。其《满江红》词有“驾长车，踏破贺兰山缺”句。

④ 岩画：在南北长200多千米的贺兰山腹地，有20多处遗存岩画。其中最具有代表性的是贺兰口岩画。这是自远古以来活跃在这一地区的羌戎、月氏、匈奴、鲜卑、铁勒、突厥、党项等民族的杰作，时间大致从春秋战国到西夏时期。

癸卯岁末游柯岩

匠心独运若神工，合契[①]天人意万重。
波上石佛凌谷壑，湖边岩柱俯丘屏。
萦回曲径寻贤迹，漫溯庙堂觅道踪。
千载山阴[②]文物盛，携归旖旎醉平生。

注　释

① 合契：相符合，相一致；融洽，意气相投。

② 山阴：指绍兴。

甲辰春节游濮院[①]

今朝濮院最堪情，无限风光任尔凭。

石板桥边同指顾，乌篷船里共飞声。
乡餐细品宋肴味，昆戏倾聆元曲风。
巷转街回不迷路，夜深处处有禅灯。

注　释

① 濮院：位于浙江嘉兴桐乡，南连长水，北枕运河，有近千年历史，曾以“日出万匹绸”被誉为“嘉禾一巨镇”；由驸马濮凤带公主定居建镇于南宋，宋元已具雏形，明清时又加以扩展，是明清时期江南五大名镇之一。

癸卯岁末游孤山随感

一扫红尘万事空，人间道法总冥冥。
繁星朗月嫦娥冀，鹤子梅妻和靖[1]钟。
不羡坟前香屡祝，唯期榭上酒频倾。
娑婆[2]列列谁能外？净土西天总有凭。

注　释

① 和靖：林逋（967—1028），字君复，世称和靖先生，北宋著名诗人。

② 娑婆：意为能忍、堪忍，谓在这个世界的众生要忍受各种苦和烦恼。指释迦牟尼佛所教化的世界，也就是我们这个世界。

甲辰海湾赏梅

冬末又逢雨潇潇，轻牵红袖过溪桥。
折枝送汝留芳艳，采朵赠君竞傲娇。
宋榭犹遗和靖韵，唐亭尚绽正言[1]条。
恰值料峭惊蛰日，先遣梅花报春潮。

注　释

① 正言：指唐诗人张谓（？—约778），字正言，排行十四，怀州河内（今河南沁阳）人。有《早梅》诗："一树寒梅白玉条，迥临村路傍溪桥。不知近水花先发，疑是经冬雪未销。"

甲辰春回故乡

谁谓初春皆寂寥，盈眸草木尚萧萧[①]。
山间百点青松翠，河岸千袭弱柳娇。
坳里炊烟时缕缕，丘巅绮云尚飘飘。
悠悠应是古槐树，犹伴乡人过溪桥。

注　释

① 萧萧：稀疏的样子。

甲辰春见院竹

正恰江南料峭兹，萧竹曳曳漾春迟。
朝依雨露湿青鬓，暮倩斜阳沓碧姿。
未远红尘生粉箨[①]，难疏阆苑滞幽思。
风流千载谁人记？应在东坡食肉[②]时。

注　释

① 粉箨（tuò）：竹笋的外壳。

② 东坡食肉：出自宋苏轼《於潜僧绿筠轩》："宁可食无肉，不可居无竹。无肉令人瘦，无竹令人俗。"

癸卯秋游栖霞寺[①]

古刹萧森碧宇清，栖霞秋染正丹枫。

溪云百抹萦甍翼，陂水一泓潜落英。
宝塔[2]经年犹肃立，石龛[3]历载已残空。
红尘不计桑榆晚，道法自然应有凭。

注　释

① 栖霞寺：位于南京栖霞山西麓，始建于南齐永明二年（484年），迄今已有一千五百多年的历史，是中国四大名刹之一，佛教“三论宗”的祖庭，在中国佛教史上具有重要地位，南朝时期与鸡鸣寺、定山寺齐名，是南北朝时期中国的佛教中心。

② 宝塔：始建于南齐永明元年（483年），后于隋朝仁寿元年（601年）复修原为五层方形木塔。现存石塔系五代南唐（937—975）重建。

③ 石龛：供奉神像或神主的小石阁。此处指栖霞寺两百余处石龛造像。

癸卯栖霞山赏枫

濛濛烟雨正栖霞，千载伽蓝佛道家。
姹紫君寻登危顶，嫣红吾觅陟高崖。
一泓泉水濯尘梦，百抹溪云恋物华[1]。
无限秋光匆已逝，人生路漫话桑麻[2]。

注　释

① 物华：万物的精华；自然景物。

② 桑麻：桑与麻。为农家养蚕、纺织所需，后借为农事之代称。

癸卯秋携妻游灵谷[1]

五彩缤纷满壑林，今朝幸作踏秋人。
无梁殿[2]里英魂祭，灵谷寺中圣骨[3]寻。

揽胜与君同陟塔，探幽和汝共临茵。
携归姹紫酬金素，天地唯唯佛道心。

注　释

① 灵谷：位于南京紫金山南麓中山陵东，因古灵谷寺而得名。

② 无梁殿：始建于明洪武十四年(1381 年)，原为灵谷寺内供奉无量寿佛的无量殿，因整座建筑采用砖砌拱券结构、不设木梁，故又称“无梁殿”。

③ 灵谷寺：古名开善寺、开善道场、宝公院、太平兴国寺、蒋山寺。始建于南梁天监十四年(515 年)，明洪武十四年(1381 年)迁址重建。圣骨：灵谷寺内供奉珍藏玄奘法师的部分顶骨。

癸卯雪后游个园[①]

修修翠箐曳冬光，雪后个园更靓装。
四季叠石藏紫气，八时生肖隐斜阳。
徘徊榭上同瞻顾，息憩亭中共鉴商。
莫叹人非物犹是，贤达千载可流芳。

注　释

① 个园：位于扬州，是清代盐商私家园林，以遍植青竹而名，以春夏秋冬四季假山而胜。

癸卯岁末游九溪十八涧[①]

茅茨错落散丘峦，满目梯田叠翠山。
曲径通幽藏古刹，蜿溪扶箐隐茗轩。
蒙蒙日色冷青嶂，汩汩泉声咽危岩。
莫道桃源无觅处，只因陶令[②]未得闲。

注　释

① 九溪十八涧：位于西湖边的鸡冠垅下。北接龙井，南贯钱塘。发源翁家山杨梅岭下，途汇清湾、宏法、唐家、小康、佛石、百丈、云栖、清头和方家九溪，曲折隐忽，流入钱江。

② 陶令：陶渊明（约 365—427），名潜，字元亮，别号五柳先生，私谥靖节，世称靖节先生，东晋末到刘宋初杰出的诗人、辞赋家、散文家。曾任江州祭酒、建威参军、镇军参军、彭泽县令等职，最后一次出仕为彭泽县令，八十多天便弃职而去，从此归隐田园。

甲辰初夏游金山寺[①]

晴霁携俦登碧峦，欲穷吴越几重天。
金山寺里寻佛迹，法海洞中冀道槃。
水漫[②]何曾驱鬼怪，心虔方可笃情丹。
今朝谁堪幸仙子，一生能结百世缘。

注　释

① 金山寺：位于江苏镇江西北金山上。东晋始建时称“泽心寺”，唐赐名“金山寺”，北宋真宗时赐名“龙游寺”，清康熙时赐名“江天禅寺”。民间传说《白蛇传》中的金山寺即指此。

② 水漫：指水漫金山。为中国古代神话传说故事，在民间流传广泛，是中国著名四大爱情传说之《白蛇传》中的一段情节。

甲辰初夏游北固山[①]

偕登北固望江天，一派苍茫锁翠烟。
蜀楚樯帆时杳海，越吴禾稻正丰田。
稼轩[②]坐断神州寂，玄德招亲社稷磐[③]。

多景楼中莫踯躅[4],河山万里待凭栏。

注　释

① 北固山:在江苏镇江市东北江滨,三面临水,山下临长江,形势险固,故称为北固山。与金山、焦山合称为"京口三山"。其因三国故事而名扬千古,"甘露寺刘备招亲"即发生于此。

② 稼轩:辛弃疾(1140—1207),原字坦夫,后改幼安,中年后号稼轩,济南历城人。南宋文学家,豪放派词人。与苏轼合称"苏辛",与李清照并称"济南二安"。

③ 玄德:指刘备(161—223),字玄德,涿郡涿县(今河北涿州)人。三国时蜀汉的建立者,即蜀汉昭烈帝。磐:大石;纡回层叠的山石。比喻坚固。

④ 多景楼:位于镇江北固山甘露寺内,宋郡守陈天麟于唐临江亭故址修建。踯躅:徘徊不进貌。

甲辰初夏游焦山[1]

一山孤峙碧波中,凭顶欲穷千里程。
定慧寺[2]中寻定慧,慈公[3]坟上拜慈公。
不思炮垒残魂杳,唯记碑林瘗鹤铭[4]。
百代谁堪称处士,焦光[5]今日可寻踪。

注　释

① 焦山:位于镇江市东北的长江中,传东汉末焦光隐居于此,因而得名。又因满山苍松翠竹,宛如碧玉浮江,亦称浮玉山。屹立江中,海拔70.7米。向为江防要地。南宋初,韩世忠曾驻此抗击金兵。

② 定慧寺:始建于东汉兴平年间,距今已有1 800多年历史。原名普济寺,宋时称普济禅院,元改称焦山寺,清康熙南巡来游焦山时将春改名为"定慧寺",一直沿用至今。

③ 慈公:指太史慈(166—206),字子义,东莱黄县(今山东龙口)人,东汉末年名将,后投东吴。焦山有史太慈墓。

④ 瘗(yì)鹤铭：原是刻于焦山西麓崖壁上的摩崖石刻，其书者传为南朝梁书法家陶弘景。原石刻因山崩坠入江中，后打捞出只存五残石，现陈列于焦山碑林，被誉为“大字之祖”。

⑤ 焦光：东汉末隐士，字孝然，河东郡(治今山西夏县)人，后居镇江。汉灵帝三度下诏不仕。隐居河边草庐，见人不语，冬夏不穿衣，数天吃一顿饭，相传活了一百多岁。

甲辰初夏游镇江南山①

水澹林幽鸟啭鸣，携俦踏遍几峦峰。
文心阁②上雕龙阅，读书台中太子③凭。
一睨红尘皆杳杳，百瞻圣迹尚芃芃④。
竹林禅寺⑤皆游遍，无限夕阳梵磬钟。

注　释

① 南山：位于镇江市区南侧，为宁镇山脉的余脉，主峰为九华山。

② 文心阁：为南山的主景建筑，内陈列刘勰生平及不同时期《文心雕龙》的版本书籍。

③ 太子：指昭明太子萧统(501—531)，梁武帝萧衍长子。主持编撰的《文选》(史称《昭明文选》)，选录先秦至梁的诗文辞赋七百余首，是中国现存最早的大型诗文总集，后世形成专门研究《文选》的“选学”。

④ 芃芃(péngpéng)：草木繁茂的样子。

⑤ 竹林禅寺：始建于东晋，为法安禅师所创，初名“夹山禅院”。雍正年间，为竹林寺全盛时期，全寺有殿宇两百多间，到民国尚有僧侣数百。现已圮毁不存，只留残垣断壁。

如皋水绘园①

水绘岚波澹古园，依稀往事渺如烟。
风骚独领唯襄②客，知己频倾只宛③颜。

但见碑亭犹列列，犹欣溪漾尚潺潺。
红尘是处堪栖梦，只问清幽不计年。

注　释

① 水绘园：位于江苏如皋，始建于明朝万历年间。原是邑人冒一贯的制业，历四世至冒辟疆时始臻完善。

② 襄：指冒襄(1611—1693)，字辟疆，号巢民，一号朴庵，又号朴巢，江苏如皋人。明朝副使起宗之子，明末清初文学家，明末四公子之一。

③ 宛：指董小宛(1624—1651)，明末秦淮名妓。名白，字小宛。后为冒襄妾。清兵南下时，同辗转于离乱之间达九年，后因劳顿过度而死。冒曾著《影梅庵忆语》，追记二人生活。有说其为清顺治帝宠妃，系由附会董鄂妃事而来。

甲辰五一南通夜游

曲水潺湲绕小城，携俦踏遍几空蒙。
五亭桥上邀明月，八角楼中醉契朋。
桃李春风奚客寄，江湖夜雨谁人钟？
濠河[①]景观绝佳处，满目霓虹耀宇星。

注　释

① 濠河：江苏南通古城护城河，现周长10千米，是国内保留最为完整且位居城市中心的古护城河，是国内仅存的四条古护城河之一。

甲辰五一游通州狼山[①]

五山拱北意难穷，登顶夷犹吾倩风。
僧伽[②]驱狼尊大圣，宾王讨曌[③]乃文英。
悠悠画舫悉慈渡，杳杳钟声俱释行。

正洽气清天朗日，怀幽揽胜醉冥冥。

注　释

① 狼山：位于南通通州区，西临长江，海拔109米，峻拔挺秀，骆宾王墓坐落山脚下。剑山、军山、马鞍山、黄泥山如众星拱月，与之组成狼山风景名胜区。狼山是佛教八小名山之首，有“江海第一山”的美誉。

② 僧伽：唐代高僧，江苏通州狼山广教寺开山祖师。自言何国人，因以何为姓。唐中宗尊为国师。宋太宗加封其“大圣”谥号，后世尊之为“大圣菩萨”，又称“泗州大圣”“狼山大圣”。李白尝为作《僧伽歌》。

③ 宾王：指骆宾王（约638—或684），婺州义乌（今属浙江）人，曾任临海丞。后随徐敬业起兵反对武则天，兵败后下落不明。与王勃、卢照邻、杨炯齐名，誉为“初唐四杰”。有《骆宾王文集》。讨曌：唐光宅元年（684年）九月，徐敬业自称匡复府大将军，骆宾王为其写《讨武曌檄》，朝野震动。十一月，兵败后被杀。

甲辰盛夏携妻游锦溪①

莲花寺里吊陈妃②，往事依稀犹可追。
幡幢千年皆列列，佛龛百世尚巍巍。
逡巡湖畔寻遗迹，漫溯河边迷落晖。
最是风光无限处，飞英流水沓然归。

注　释

① 锦溪：指锦溪古镇，地处江苏省昆山市西南，是一个拥有两千多年历史的江南水乡古镇，素有“中国民间博物馆之乡”的美誉，留存诸多人文景观、古迹名胜和无数独具明、清特色的建筑。著名的景点有通神御院、陈妃水冢、莲池禅院等。

② 陈妃：宋孝宗的妃子，死后葬于锦溪。锦溪原名“陈墓镇”，即缘于此。1992年更为现名。

秋游锦溪

锦溪湖畔任徜徉,秋色盈眸似彩裳。
倒映白云澄宇碧,双栖苍鹭①戏波长。
兰楫漫荡姑苏曲,桂桨轻摇禾稻香。
古刹钟声忽报晚,此心安处即家乡。

注释

① 苍鹭:鹭的一种。体高三尺许,顶羽黑色,背苍灰色,故称。

神州记游

凤　凰[①](一)

梦里依稀到凤凰，几多云雾锁清江。
吊脚楼上观船渡，木兰舟中话酒香。
情歌缥缈湘西女，箫鼓[②]铿锵苗寨郎。
野塞边城隐文曲，风骚独领属沈黄[③]。

注　释

① 凤凰：指凤凰古城，坐落在湖南湘西凤凰县沱江边上，是国家历史文化名城。始建于清康熙四十三年(1704年)，历经三百多年的风雨沧桑，古貌犹存。北东门古城楼和吊脚楼别具一格，飞檐斗角的万寿宫、大成殿、天王庙、遐昌阁、万名塔，构成了一幅美丽的画卷，素有"中国最美的小城"之誉和"画乡"之称。凤凰人杰地灵，孕育了一批名人，民国第一任内阁总理熊希龄，现代著名文学家、文化史家沈从文，享誉国内外的著名画家黄永玉都出自这里。

② 萧鼓：箫与鼓。泛指乐奏。

③ 沈黄：指沈从文和黄永玉。沈从文(1902—1988)，原名沈岳焕，乳名茂林，字崇文，笔名休芸芸、甲辰、上官碧、璇若等，湖南凤凰人，中国著名作家、历史文物研究者。著有《边城》。黄永玉(1924—2023)，曾任瓷场小工、小学教员、中学教员、家众教育馆员、剧团见习美术队员、报社编辑、电影编剧及湖南省吉首大学终身教授、中央美术学院教授、中国美术家协会副主席。自学美术、文学，为一代"鬼才"。

凤　凰(二)

《边城》[①]读罢羡西湘，翠翠[②]依稀犹凤凰。

家酿醅[③]薄藏果味，手工糖美潜姜香。
清溪舟上倾歌尽，篝火堆旁耽舞狂。
吊脚楼上不眠夜，对酌明月未渠央。

注　释

①《边城》：沈从文的中篇小说名。

② 翠翠：《边城》中的女主角，是作者理想与爱情的寄托对象。

③ 醅：没有过滤的酒。

婺　源[①]

水绕孤村起霭烟，树明残照几重天。
千畦[②]花海栖村舍，百坳丘山隐婺源。
野渡舟横羁岁月，宗祠祖祭滞流年。
犹欣巢筑春归燕，依旧呢喃[③]阡陌间。

注　释

① 婺源：地处赣东北，与皖南、浙西毗邻，被誉为"中国最美丽的乡村"。婺源古村落除山川、峰峦、幽谷、晒秋、花海梯田、溪涧、林木、奇峰、异石、古树、驿道、亭台、廊桥、溶洞和鸟类奇多外，当数古民居建筑，其堪称九州一绝。婺源古村落建筑，是当今中国古建筑保存最多、最完好的地方之一，今仍完好保存着明清古祠堂113座、古府第28栋、古民宅36幢和古桥187座。古村落的民居建筑群，依山而建，面河而立，户连户，屋连屋，鳞次栉比，灰瓦叠叠，白墙片片，黑白相间，布局紧凑而典雅。门前听水响，窗外闻鸟啼。婺源民居中的"三雕"（石雕、木雕、砖雕）是中国古建筑中的典范。

② 畦：田园中分成的小区。古代称田五十亩为一畦。

③ 呢喃：拟声词，燕子的叫声。形容轻声细语。

平　遥[1]

初春携侣到遥城，亭榭楼台尽古风。
王二烧锅赊美酒，张三铁铺练刀功。
行商华夏云千里，经贸神州路九重。
百世风流多晋士，人间何处不征蓬。

注　释

① 平遥：指平遥古城，位于山西平遥县内。始建于周宣王时期，并在明洪武三年(1370 年)进行了重修与扩建。现完好地保留着明清时期县城的基本风貌，是中国汉民族地区现存最为完整的古城。平遥旧称“古陶”，自公元前 221 年秦政府实行“郡县制”以来，一直是县治所在地。明初年，为防御外族南扰，始建城墙。后景泰、正德、嘉靖、隆庆和万历各代进行过十次的补修和修葺，更新城楼，增设敌台。康熙四十三年(1703 年)因皇帝西巡路经平遥，而筑了四面大城楼，使城池更加壮观。平遥城墙总周长 6 163 米，墙高约 12 米，把面积约 2. 25 平方千米的平遥县城分隔为风格迥异的两部分。

宏　村[1]

悠悠碧水映宏村，巧设牛形运匠心。
百世皆为商海客，一朝偶作宦门[2]人。
明清寺院栖烟雨，元宋厅堂锁雾云。
流逝尘间多少事，何妨桃李总争春。

注　释

① 宏村：位于黄山西南，始建于南宋绍兴年间(1131—1162)。是一座“牛形村落”，整个村庄从高处看，宛若一头斜卧山前溪边的青牛。雷岗

为牛首,参天古木是牛角,民居为牛躯,水圳为牛肠,月沼为牛胃,南湖为牛肚,河溪上架起的四座桥梁作为牛腿。三面环山,布局基本上保持坐北朝南状,基址处于山水环抱的中央。古建筑为徽式建筑,粉墙青瓦分列规整,檐角起垫飞翘,整个村落选址、布局和建筑形态,强调天人合一,尊重自然、利用自然;基于这样的设计理念,故使村落的整体轮廓与地形、地貌、山水等自然风光有机结合,做到和谐统一。现完好保存明清民居140余幢。

② 宦门:做官的人家。

西　递①

曲巷幽街庭院深,清溪碧水绕田村。
文房四宝书香客,徽派三雕②匠艺人。
几座牌坊③铭烈女,一袭寺庙塑忠魂。
浮云总被风吹去,何妨春来柳色新。

注　释

① 西递:地处黄山南麓、黟县盆地南侧,始建于北宋皇祐年间,发展于明朝景泰中叶,鼎盛于清代初期。村整体呈船形,四面环山,两条溪流穿村而过。村落以一条纵向的街道和两条沿溪的道路为主要骨架,呈现东向为主、向南北延伸的村落街巷布局。所有街巷均以黟县青石铺地,古建筑多为木、砖结构,木雕、石雕、砖雕三雕丰富多彩,巷道和建筑布局协调。村落空间变化灵活,建筑色调朴素淡雅,是中国徽派建筑艺术的典型代表。

② 徽派三雕:指具有徽派风格的砖雕、石雕、木雕三种传统民间雕刻工艺的简称,以歙县、黟县、婺源县最为典型,保存也相对较好。

③ 牌坊:古代表彰功勋、科第、德政以及忠孝节义所立的建筑物。

鼓浪屿①

小岛墀②阶任步行,时光倒转百年中。

四面琴音时入耳，八方浪漾暗和声。
飞甍时隐疏榕翳，古榭常栖落日红。
岩顶凭栏欲东望，孤石傲立郑成功。

注　释

① 鼓浪屿：原名“圆沙洲”，别名“圆洲仔”，南宋时期叫“五龙屿”，明朝改称“鼓浪屿”。以日光岩、笔架山、升旗山等为主体，辅以不同类型的建筑、园林等人工景观，是自然和人工景观的综合体。建筑或兀立，或依山，或凭水。自19世纪中叶起，伴随着基督教的传播，西方音乐开始涌入鼓浪屿，与鼓浪屿优雅的人居环境相融合，形成了鼓浪屿特有的音乐传统，培养出周淑安、林俊卿、殷承宗、陈佐煌、许斐平等一批杰出的音乐家。

② 墀(chí)：台阶上的空地；也指台阶。

奉化溪口蒋公故里①

妙高台②上望湖天，银瀑飞倾千丈岩③。
圆寂苍山④遗笑乐，囚絷陋舍⑤渡劫关。
丰镐堂⑥里堪贤少，亡母坟前自孝男。
千载越中多壮士，介公三隐⑦总超然。

注　释

① 溪口：位于浙江宁波奉化境内，地处奉化江支流剡溪之口，故名。东枕武山，西揖龟山，北倚白岩山，南倾笔架山。群山环翠，剡溪横贯，山光水色，清秀幽胜。雪窦寺历史悠久，晋开山时称“瀑布院”，已有1 700年历史。相传弥勒菩萨化身布袋和尚，在奉化江水中现身，被长汀村人收养，后到奉化岳林寺出家，常到雪窦寺讲经弘法，因而岳林寺、雪窦寺被人们同称为“弥勒应迹圣地”，是公认的弥勒道场。

② 妙高台：1927年，蒋介石下野归里，选中雪窦山这处胜绝之地，拆去栖云庵，修筑了一幢中西合璧的两层别墅，为之题堂额“妙高台”。

③ 千丈岩：千丈岩瀑布来自雪窦寺东西两边山谷，寺东那条涧水，从

中峰白龙洞环流到雪窦寺南边;寺西涧水从屏风山雪峰玉龙洞经过十八折而泻,抵达雪窦寺南侧。两条涧水在雪窦寺前面伏龙桥下相汇合,流到锦镜池,穿过关山桥,冲出崖口。

④ 圆寂苍山:雪窦寺作为“大慈弥勒应迹道场”,不仅是传说中布袋和尚弘法之地,更有历代祖师弥勒示现的记载。智觉延寿禅师弘法雪窦,时人叹为慈氏下生,至清雍正十二年(1734 年),世宗盛赞为“慈氏下生,慈氏再来,现同慈氏本说”。

⑤ 囚絷:拘禁。陋舍:指张学良将军幽禁地雪窦山招待所(中旅社旧址),位于雪窦寺西侧山坡,青砖黛瓦平房。

⑥ 丰镐堂:位于宁波武岭路西段,坐北朝南,临街而筑。是蒋介石、蒋经国父子故居。房号“丰镐”,宅名“素居”。

⑦ 三隐:指蒋介石的三次下野。

仙都鼎湖峰[①]轩辕庙

时值端午入仙都,百祖朝宗在鼎湖。
布道独岩[②]桑梓地,依居丽水草茅庐。
因需祭拜非虔[③]客,无欲笃[④]诚乃信徒。
揽胜寻幽何处去?山川胜迹此为殊。

注 释

① 鼎湖峰:位于浙江缙云仙都,状如春笋,直刺云天,高 170.8 米,顶部面积为 710 平方米,底部面积为 2 787 平方米,堪称“天下第一笋”。峰巅苍松翠柏间蓄水成池,四时不竭。唐诗人徐凝曾用“黄帝旌旗去不回,空余片石碧崔嵬。有时风激鼎湖浪,散作晴天雨点来”的诗句来描绘这一天下奇观。据说轩辕黄帝在峰顶用鼎炼丹,鼎重达千斤,把峰压成了凹形,下雨积水成了一片湖——鼎湖。轩辕黄帝升天后,这个地方就被人们称为鼎湖峰。

② 独岩:指鼎湖峰。

③ 虔:恭敬。

④ 笃:忠实,一心一意;厚实,结实;病沉重。

嘉兴南湖[1]

寂寂南湖一叶舟，载承华夏百年愁。
儒生仗剑谋国事，壮士舍身粪王侯。
隔岸石桥凌碧水，孤洲烟雨满红楼。
依依拂面垂杨柳，见证人间几度秋。

注 释

① 嘉兴南湖：旧称陆渭池，又称马场湖、滮湖。地处浙江嘉兴城东南部，由运河各渠汇流而成，上承长水塘和海盐塘，下泄平湖塘和长纤塘。湖南北长，东西狭，水域面积约624亩，水深2至4米。红船泊于南湖之上，是中国共产党第一次全国代表大会的举办场所。

重游厦门

烟波浩渺海无疆，远际千帆归竞航。
隔岸金门[1]残晓月，毗邻鼓浪[2]半斜阳。
三番登岛情难尽，五次览城梦更长。
水色山光无限意，人生唯寄是苍茫。

注 释

① 金门：指金门岛。
② 鼓浪：指鼓浪屿。

武 威[1]（一）

何王豪情万丈天，欲驰骐骥踏飞燕[2]。
马超[3]喋血夷边塞，去病[4]劳军饮酒泉。

元藏会盟白塔寺[5],左公[6]驱虏祁连山。
清风明月犹如故,莫负清秋叶正繁。

注　释

① 武威:简称“武”或“凉”,古称凉州、姑臧。地处河西走廊东端,东接兰州,南靠西宁,北临银川和内蒙古,西通新疆。历史悠久,早在四五千年前,就有戎、崔、月姓氏、乌孙等北方民族聚族而居。武威因汉武帝派骠骑将军霍去病远征河西,击败匈奴,彰显大汉帝国“武功军威”而命名,已有2 100多年的历史。

② 骐骥:千里马的别称。飞燕:指马踏飞燕,又名“马超龙雀”。1969年10月出土于武威雷台汉墓,现藏于甘肃省博物馆,为镇馆之宝。

③ 马超(176—222):字孟起,扶风茂陵(今陕西兴平)人,三国名将,勇武超群。蜀汉建立,任骠骑将军,领凉州牧。

④ 去病:霍去病(前140—前117),河东平阳(今山西临汾)人。西汉名将、军事家。汉武帝皇后卫子夫及大司马大将军卫青的外甥,前后六次出击匈奴,解除其对汉王朝的威胁。

⑤ 元藏会盟:即历史上的“凉州会盟”。1247年,为解决西藏归属问题,西藏萨迦派宗教领袖萨迦班智达与蒙古汗国皇子、西路军统帅阔端在武威白塔寺举行了著名的“凉州会谈”,并颁布《萨迦班智达致蕃人书》,西藏从此正式纳入中华版图。白塔寺:又名百塔寺,藏语称夏珠巴第寺,为佛教凉州四寺(白塔寺、莲花山寺、海藏寺、金塔寺)之一。白塔寺始建于元代,距今已有750多年的历史。

⑥ 左公:指左宗棠(1812—1885),字季高,一字朴存,号湘上农人,湖南湘阴人。晚清政治家、军事家,洋务派代表人物之一,与曾国藩等人并称“晚清中兴四大名臣”。

武　威(二)

窗外依稀一抹阳,未消残醉我疏狂。
昨宵纵酒凉州地,今日扬鞭武威乡。

建业难疏千碌事，期功不曲百愁肠。
伊人[1]应已梳妆毕，悄问何时返梓桑。

注　释

① 伊人：作者夫人。

武　威（三）

迤逦祁连四障屏[1]，马踏飞燕凉州城。
驱匈已定千年计，诉武难成百世功。
铁骑萧萧悉匿迹，羌笛瑟瑟尚余声。
人生挥洒风一袖，往事如烟梦几重。

注　释

① 四障屏：指祁连山北麓中东部的武威、酒泉、张掖和敦煌四城。

武　威（四）

祁连瑟瑟杪秋凉，漫漫黄沙几幻茫。
遥嶂绵延犹宇际，溪云缥缈正赊疆。
羌笛何夜能吹柳，浊酒奚宵可暖肠。
莫道盈眸咸[1]寂草，人间是处稻花香。

注　释

① 咸：全，都。

游三星堆[1]

茹毛饮血度洪荒[2]，惊见三星岁月长。

陶土巧工皆伟器，青铜妙手俱珍镶。
丈余神树[3]情难已，尺半玉璋意未央[4]。
人首鸟身[5]何所寄，自然道法总无疆。

注 释

① 三星堆：位于四川广汉城西三星堆镇鸭子河畔，其发现让人们重新认识了巴蜀文化，改变历史学界的传统观点：古代巴蜀地区相对封闭，与中原文明没有联系或联系很少。三星堆发现证明，早在夏商时期，甚或更早，在巴蜀地区就有一个重要的文化中心，并与中原文化保持着联系；这也验证了古代文献中对古蜀国的记载。长期以来，历史学界认为中华民族的发祥地是黄河流域，后渐渐地传播至全国。三星堆的发现将古蜀国的历史推前到 5 000 年前，证明了长江流域与黄河流域一样，同是中华民族的发祥地。

② 茹毛饮血：茹：吃。谓原始人类不知用火，连毛带血地生吃禽兽。洪荒：混沌蒙昧的状态。借指远古时代。

③ 神树：即通天神树。用青铜铸造，高达 384 厘米，最上端已缺失，估计全部高度应该在 4 米以上。神树分上、中、下三层，每层有三枝，共九枝，每枝朝不同方向弯成弓形，上面挂满了“果实”。神树上还有一条龙，从树顶上蜿蜒而下，栩栩如生。其结构复杂的造型、精美独特的工艺，可谓举世无双。

④ 玉璋：玉璋和玉圭相似，呈扁平长方体状，一端斜刃(也有叉形刃)，另一端有穿孔。未央：未尽；没完。

⑤ 人首鸟身：与古蜀远祖有关，可与古史神话中的古蜀祖先神“大鸟王”帝颛顼发生联系，就其神职内涵象征而言，很可能是“中央之神”并兼有太阳神神职的最高权威象征物。

杜甫草堂[1](一)

茅屋草舍最遗情，诗圣千年巴蜀踪。
何冀人间悉广厦，但思黎庶[2]总安平。

枫林丹渥今秋祭，柏树青盈往世铭。
漫溯[3]吾将静幽处，一洗红尘万里征。

注　释

① 杜甫草堂：为唐诗人杜甫流寓成都时的居所。唐肃宗乾元二年（759年）冬，杜甫为避安史之乱，携家由陇右入蜀来到成都。乾元三年（760年）春，在成都西郊浣花溪畔修建茅屋，次年春落成，在此居住近四年，创作诗歌240余首。杜甫离开成都后，草堂便倾毁不存。五代前蜀时，诗人韦庄寻得草堂遗址，重结茅屋，意在“思其人而成其处”。宋代又重建，并绘杜甫像于壁间，始成祠宇。后草堂屡兴屡废，其中最大的两次重修，明弘治十三年（1500年）和清嘉庆十六年（1811年），基本上奠定了今日草堂的规模和布局。

② 黎庶：平民，百姓。

③ 漫溯：随意地逆流而上，向着水中某个目标前进。

杜甫草堂（二）

笔落文成神鬼惊，谁人华夏埒诗宗。
心忧天下怜寒士，情系草堂怨朔风[1]。
巴蜀思归云万里，洛阳期往路千重。
《三别》未已犹《三吏》，《秋兴》正浓《春望》中。

注　释

① 朔风：北风，寒风。

夜游秦淮

一楫摇落满船风，迢递秦淮醉杳冥。
王谢乌衣[1]休舞宴，六朝宫女罢歌笙。
绰约罕可侔[2]八艳，权势稀堪比九卿。

梦里繁华皆易醒，游余不计五更钟。

注　释

① 乌衣：指乌衣巷，位于南京秦淮河南岸，邻近朱雀桥，为三国吴孙权禁军驻地，因禁军俱穿黑衣，故名。是晋代王导、谢安两家豪门大族的宅第所在地，从这里走出了王羲之、王献之，及山水诗派鼻祖谢灵运等文化巨匠。

② 侔（móu）：相等，齐。

偕游秦淮

秦淮河畔欲登船，未尽逍遥不夜阑。
漫桨悠悠时醉月，清歌袅袅正和弦。
悄寻八艳绰约地，时仰谢王煊赫[1]天。
此际人生自寥廓[2]，苍茫暮色几云烟。

注　释

① 煊赫：名声、气势等；盛大。

② 寥廓：高远空旷。

癸卯秋夜游秦淮

酒绿灯红谁竞欢，秦淮千载尚依然。
乌衣巷里游人醉，王谢堂中雨燕翩。
莫憾今朝难盛世，唯期翌日可桑田。
往昔八艳歌声杳，何处江南不夜天。

莫愁湖[1]

倩女谁家谓莫愁，年华豆蔻[2]几藏羞。

春棹漾尽清波水，秋卉簪穷云鬓头。
有待真情逢挚爱，何因孔方[3]没俗流。
红裙千载犹铭记，杨柳依依舞未休。

注　释

① 莫愁湖：位于南京市水西门外。相传南齐洛阳少女莫愁远嫁江东卢家时居此，故名。六朝时，长江南岸线北移，湖形成。南唐时，称横塘，因其依傍石头城，亦称石城湖。明初年，沿湖畔筑楼台十余座；明中叶，其为徐达后裔、魏国公徐氏别业，成为金陵名园之一。清时有“金陵第一名胜”之美誉。

② 豆蔻：植物名。外形似芭蕉，花淡黄，果实扁球形，有香味，可入药。亦喻少女。出自杜牧《赠别》：“娉娉袅袅十三余，豆蔻梢头二月初。”

③ 孔方：钱的谑称。旧时铜钱外圆，中有方孔，故名。

苏州拙政园[1]

拙政园中踏雨霏，低徊[2]幽径不思归。
徵明[3]笔底生春色，王府宴庭迷落晖。
迤逦湖石栖沆瀣[4]，参差虬树蕴葳蕤[5]。
流云世事堪千载，莫负青阳几翠微。

注　释

① 拙政园：位于苏州娄门内东北街，始建于明正德初年（16世纪初），是江南古典园林的代表。四百多年来，拙政园几度分合，或为“私人”宅园，或做“金屋”藏娇，或是“王府”治所，留下了许多遗迹和典故。拙政园与北京颐和园、承德避暑山庄、苏州留园被誉为中国四大名园。

② 低徊：萦绕回荡；徘徊，流连。

③ 徵明：文徵明（1470—1559），明代书画家、文学家。长洲（今江苏苏州）人。原名壁（或作璧），字徵明，以字行，别字徵仲，号衡山居士。

④ 沆瀣（hàngxiè）：夜间的水汽，露水。比喻气味相投。

⑤ 葳蕤：枝叶繁密、草木茂盛的样子。

癸卯秋游拙政园

携妻漫溯旧时光，拙政千年谁梓桑？
将相萍踪悉杳杳，贤达遗迹俱茫茫。
水榭鱼逐荷竞曳，陂亭茗瀹[1]酒流芳。
纵然九曲难迷路，滚滚红尘未有疆。

注　释

① 瀹（yuè）：煮；浸渍；疏导（河道）。

偕游太湖

莫道蓬瀛只梦边，怡心处处是桃源。
一湖碧漾悉舒目，两岸青山俱醉颜。
远棹渔翁时罟[1]获，临篱村媪自茶闲。
伊人悄对吾绵语，此境最宜偕百年。

注　释

① 罟（gǔ）：渔网。引申为法网。

黄　河

行遍神州黄土地，一河九曲最萦心。
千流壑聚倾壶口[1]，万水田壅[2]润谷根。
昔日狂龙时泛水，今朝驯蟒已孱[3]身。
苍溟欲赴何辞远，亘古悠悠华夏魂。

注　释

① 壶口：指壶口瀑布，东濒山西临汾，西临陕西延安，为两省共有。为中国第二大瀑布，世界上最大的黄色瀑布。

② 壅：堵塞。用土或肥料培在植物的根部。

③ 孱：瘦弱，软弱。

终南山①

千年大隐欲终南，多少风流寄往贤。
老子青牛出函谷，摩诘偈语话辋川②。
昌黎③拥雪难行马，五柳采菊自度仙。
洗耳许由④聆万籁，林深莫忘有鸣泉。

注　释

① 终南山：又名太乙山、地肺山、中南山、周南山，简称南山，位于陕西秦岭山脉中段，古城西安之南。是中国南北天然的地质、地理、生态、气候、环境乃至人文的分界线，有“中国天然动物园”“亚洲天然植物园”之称。为“道文化”“佛文化”的发祥地，“寿比南山”“终南捷径”等典故的诞生地。

② 摩诘：指王维。辋川：河川名，在陕西蓝田南，自辋谷出，唐诗人王维隐居于此，筑有别墅。

③ 昌黎：韩愈(768—824)，字退之，河南河阳(今河南孟州)人，自称“郡望昌黎”，世称“昌黎先生”。唐文学家、思想家、哲学家，唐宋八大家之一。

④ 许由：(由又作繇)，相传为尧时人，字武仲，许姓始祖。尧闻其贤，欲以天下让之，不受而隐于颍水之阳箕山之下；尧又欲召为九州长，不愿闻，遂洗耳于颍水之滨，死后葬箕山(今河南登封东南)。

天涯海角①

溟水悠悠映碧天，一石孤立镌豪言。

天涯神鹿[2]悄回首，海角观音[3]自涅槃。
亚龙湾中聆浪语，蜈支岛[4]上踏波闲。
人生多少风流日，尽在蓬壶瀛宇间。

注 释

① 天涯海角：位于海南三亚市西的海滨，其岩石镌刻的演变过程是：康熙五十三年(1714年)的“海判南天”是最早的石刻，为清初测绘《皇舆全览图》的三位钦差奉旨剖立，为清版图的“南交”所在。清雍正五年(1727年)，崖州知州程哲于此海滨巨石题刻“天涯”二字。清宣统元年(1909年)，崖州知州范云梯题字“南天一柱”。抗战期间的1939年，国民党琼崖守备司令王毅少将在其相邻巨石之上复题写“海角”二字。

② 神鹿：指鹿回头景观，位于三亚西南端鹿回头半岛内，有大小五座山峰。三面环海，一面毗邻市区，是登高望海和观看日出日落的制高点，是俯瞰三亚全景的唯一佳处。

③ 观音：指南山海上观音。在三亚南山寺前的海中塑108米高之海上观音圣像，一体化三尊，巍峨壮观，实乃世界造像之最。

④ 蜈支岛：即蜈支洲岛，坐落在三亚海棠湾内，北面与南湾猴岛遥遥相对，南邻美誉天下第一湾的亚龙湾。

卢沟[1]晓月

燕京城外雨潇濛，千载悠悠四季风。
永定河边残晓月，卢沟桥上隐狮踪。
铁骑飒飒终无迹，利剑铮铮尚有声。
一缕红尘悉不滞，唯欣熠熠满天星。

注 释

① 卢沟：指卢沟桥，亦称芦沟桥，位于北京丰台永定河，是北京现存古老的石造联拱桥。金大定二十九年(南宋淳熙十六年，1189年)六月，卢沟桥始建，金明昌三年三月十一日(1192年4月24日)建成。金章宗定名“广

利”,因跨芦沟河(即永定河),改名为芦沟桥。1937 年 7 月 7 日日本发动全面侵华战争,史称“卢沟桥事变”(亦称“七七事变”)。古时,每当黎明斜月西沉之时,明月倒映水中,更显明媚皎洁,所以“卢沟晓月”从金章宗年间就被列为“燕京八景”之一。1698 年重修时,康熙帝下令在桥西头立碑,记述重修卢沟桥事。桥东头立有乾隆帝御笔“卢沟晓月”碑。

仙居[1]村宿

雾嶂烟峦正画屏,清溪九曲自村萦。
鸡笼豚栅栖槐影,茅顶茨檐漾柳风。
有幸仙居遗世外,何须阆苑落尘中。
与君对饮方初兴,一睨层林满宇星。

注　释

① 仙居:地处浙江中南部,为台州市所辖县。境内多山,素有“八山一水一分田”之说。域内千嶂叠翠,沟谷幽深,清流急湍,林茂竹秀。素有神仙居之奇、景星岩之雄、公盂之巍、淡竹之清、十三都之幽的美誉。

宜兴竹海[1]

万里晴空一抹云,山光水色两氤氲。
高崖滴翠时栖夏,深箐筛金欲度春。
岩壑[2]悄遗千客迹,清泉自溯五湖魂。
时值冬暮犹抽笋,不负竹林四季新。

注　释

① 宜兴竹海:位于江苏宜兴湖㳇镇,上接“苏南第一峰”,下涵镜湖秀色,孕育“太湖第一源”。宜兴竹海绵延苏、浙、皖三省,纵横八百余里,有“华东第一竹海”之美誉,是中国竹风景、竹风情和竹文化的代表。

② 岩壑：山峦溪谷；借指隐者的住所或隐者。

戈壁行

大漠苍烟一望中，羌笛何处只凭风。
千家毡帐食殊味，百院葡萄摘古藤。
魔鬼城[①]中难鬼迹，楼兰国[②]里尚楼踪。
人生但得逍遥日，踏尽黄沙万里行。

注　释

① 魔鬼城：又称乌尔禾风城，位于新疆准噶尔盆地西北边缘的佳木河下游乌尔禾矿区。是一处独特、典型的雅丹地貌。当地蒙古人将此城称为“苏鲁木哈克”，维吾尔人称为“沙依坦克尔西”，意为魔鬼城。魔鬼城呈西北、东西走向，长宽约在5千米以上，方圆约10千米公里，海拔350米左右。

② 楼兰国：即楼兰古国，是古丝绸之路上的一个小国，位于罗布泊西部，处于西域的枢纽，王国的范围东起古阳关附近，西至尼雅古城，南至阿尔金山，北至哈密。在古代丝绸之路上占有极为重要的地位。现今只留一片废墟。

塞　上

阳关[①]漫溯欲黄昏，塞上依稀蕴古今。
寂寂贺兰赊绰影，寥寥毡帐邀琴音。
荒丘烽火突厥迹，旷野王陵[②]西夏魂。
有幸今朝堪策马，何时可做牧羊人。

注　释

① 阳关：位于甘肃敦煌西南古董滩附近。中国古代陆路对外交通咽喉，丝绸之路南路必经的关隘。西汉置关，因在玉门关之南，故名。和玉门

关同为当时西域交通的门户。

② 王陵：即西夏王陵，又称西夏帝陵、西夏皇陵，是西夏历代帝王陵以及皇家陵墓。西傍贺兰山，东临银川平原，海拔 1 130 米至 1 200 米之间，是中国现存规模最大、地面遗址最完整的帝王陵园之一，也是现存规模最大的西夏文化遗址。其建造年代约自 11 世纪初至 13 世纪初，受佛教建筑的影响，有机结合汉族、佛教、党项文化，使其在中国陵园建筑中别具一格。景区占地面积 58 余平方千米，核心景区 20.9 平方千米，分布 9 座帝王陵墓，200 余座王侯勋戚的陪葬墓，规模宏大，布局严整。

风雨阻伊春旅程

骤雨无端阻旅程，几多诗意付秋风。
白山梦里唯洁皑，黑水忆中只湛清。
嶂姹峦嫣峰翠碧，湖幽川寂岸彩凝。
觥筹多少人酩酊①，豪饮方酬挚友情。

注　释

① 觥筹：酒器和酒令筹。酩酊：大醉貌。

秋登香山①

香山一叶可知秋，欲尽斑斓攀未休。
漠漠长空行塞雁，寥寥古刹减心忧。
雪芹②奚壑红楼梦，纳兰③何岩鬼见愁。
有幸今朝借豪气，谢屐登顶自雄纠。

注　释

① 香山：位于北京市西北郊，是一座具山林特色的皇家园林。区内主峰香炉峰俗称“鬼见愁”，海拔 575 米。早在元、明、清时，皇家即在此营建

离宫别院，每逢夏秋皇帝都要到香山狩猎纳凉。区内名胜古迹众多，香山寺、洪光寺、双清别墅均是宝刹名墅。“香山”得名有两种说法：一说是来自民间，据说早年香山曾栽种大面积杏花，每逢花季，清香馥郁，故而得名；二说是源于《香山永安寺记》，据载山中一大石，状若香炉，因此得名。

② 雪芹：指曹雪芹，据传其曾住在香山附近。

③ 纳兰：纳兰性德（1655—1685），叶赫那拉氏，字容若，号楞伽山人，满洲正黄旗人。清初词人，亦工诗。有《通志堂集》《侧帽集》《饮水词》等。

虎　跑[1]

隐隐密林几虎踪，今朝悦耳只泉声。
叔同[2]弘法皆心寂，骚客虔佛俱笃行。
谷壑纳贤藏紫气，丘山住圣蕴清风。
游余未觉夕阳暮，聆醉悠悠晚磬钟[3]。

注　释

① 虎跑：位于杭州西湖西南大慈山白鹤峰下。唐元和十四年（819年），性空大师在此定居建寺；宋高僧济公，初出家在灵隐寺，后居净慈寺，圆寂于虎跑寺；被佛门称为“重兴南山律宗第十一代主师”的高僧弘一法师披剃出家的也是虎跑寺；性空、济公和弘一三位名僧，给古老的寺宇增添了传奇庄严的色彩。

② 叔同：李叔同（1880—1942），幼名成蹊，学名广侯，字息霜，别号漱筒。著名音乐家、美术教育家、书法家、戏剧活动家，是中国话剧的开拓者之一。从日本留学归国后，担任过教师、编辑，后剃度为僧，法名演音，号弘一，晚号晚晴老人，后被尊为弘一法师。

③ 磬钟：两种古乐器名。

癸卯岁末游虎跑

南岳移来童子泉，清甘冽冽越千年。

犹思虎跑皆缘梦,尚臆释行多赖禅。
破帽济公循法迹,律宗[1]弘一笃佛天。
洽值岁末风尘杳,西方净土正人寰。

注　释

① 律宗:中国佛教派别之一,唐释道宣所创,以持戒律为主,谓戒律为佛教之根本,解脱之要道,故称。

六和塔[1]

悠悠雄峙钱塘前,阅尽沧桑多少年。
时与海潮偕落日,悄和碧嶂驻春颜。
僧寮尚倚金庸[2]剑,方丈犹参智深[3]禅。
一塔六和欲何意?自然道法总无边。

注　释

① 六和塔:位于杭州西南钱塘江畔,取佛教"六和敬"之义,命名为六和塔;又名六合塔,取"天地四方"之意。北宋开宝三年(970年),吴越王钱弘俶为镇江潮而建。历代屡毁屡建。今塔外部本檐为光绪二十六年(1900年)重建,但仍存宋代砖木塔身。八角形,外观十三层,内为七层,高59.89米。登塔望远,周围美景可一览无余。

② 金庸(1924—2018):本名查良镛,生于浙江海宁,当代武侠小说作家、新闻学家、政治评论家、社会活动家,被誉为"香港四大才子"之一。其小说《书剑恩仇录》和六和塔相关。

③ 智深:指鲁智深,《水浒传》中的人物,最后在六和塔圆寂。

严子陵钓台[1]

富春江畔严子陵,何处垂纶欲钓空。

加腹无须酬倜傥[②],辞爵有待拒功名。
红尘百代悭[③]高士,宦海[④]千年逊此卿。
江水滔滔今又逝,且留明月与清风。

注　释

① 严子陵钓台：位于浙江桐庐城南的富春山麓,因东汉严子陵隐居于此而得名。

② 倜傥：洒脱不受约束的样子。

③ 悭：小气,吝啬;缺欠。

④ 宦海：仕途,官场。

赣　州[①]

二水潆洄[②]绕赣行,三台鼎峙欲穷空。
玉岩宝盖张穹幕,晓镜储潭潜地龙。
石窟寺[③]中聆偈语,通天岩上悦神声。
慈云塔[④]际禅佛境,是处人间总道踪。

注　释

① 赣州：简称“虔”,别称虔城、赣南,江西南大门。地形以山地、丘陵、盆地为主,章江、贡江在赣州合流为赣江。历来有八景之说,清时八景定为：“三台鼎峙、二水环流、玉岩夜月、宝盖朝云、储潭晓镜、天竺晴岚、马崖禅影、城堞桥浮。”中国历史文化名城,历代文人墨客在此留下许多名篇佳作。

② 潆洄：水流回旋的样子;引申为回旋貌。

③ 石窟寺：位于通天岩内,有“江南第一石窟”之称。

④ 慈云塔：又名舍利塔,位于赣州市城东,是一座典型的宋代高层楼阁式砖塔,为赣南古塔中的佳作。

婺源四绝[①]

水碧山青赣婺源，人杰地迥两婵娟[②]。
绿茗万展国殊誉，红鲤御赠荷肚腩。
歙砚无辜源自壑，白梨有幸悦皇颜。
谁知桑梓栖龙脉，江氏祖祠[③]在江湾。

注　释

① 四绝：江西婺源有四样产品独具特色。一是婺源绿茶，又叫婺绿，是中国传统名茶；因地处山区，土地肥沃，降水丰沛，故婺源有“绿丛遍山野，户户有香茶”之说。二是中华荷包红鱼，它集食用与观赏于一体，是国内外独有鱼种，其色彩红艳，形似荷包，肉质细嫩，味道鲜美，为宴席珍肴。三是龙尾砚，享有“砚国明珠”“石冠群山”等盛誉，为中国四大名砚之一，因婺源古隶歙州，故又称“歙砚”。四是江湾雪梨，据史载：明代婺源从歙县引进梨苗，与当地野生棠梨嫁接而成婺源独有的雪梨，品种有“六月雪”“西降坞”“白梨”“苏梨”等多种。

② 婵娟：姿态美好，多形容女子，也指月亮、花等。

③ 江氏祖祠：指江泽民的祖祠。

游烂柯山[①]

红尘滚滚欲迷踪，世外思寻岩壑行。
对弈山间难寄梦，烂柯洞里枉遗情[②]。
兰成[③]憔悴作哀赋，卫玠清癯洗冠缨[④]。
大隐谁言不阛阓[⑤]，桃源无觅只心中。

注　释

① 烂柯山：又名石室山、石桥山，位于浙江衢州东南。烂柯山黛峰翠嶂，景极幽邃，被誉为“围棋仙地”。

② 遗情：留下情思。出自三国魏曹植《洛神赋》："于是背下陵高，足往神留，遗情想像，顾望怀愁。"

③ 兰成：北朝文学家庾信(513—518)，小字兰成，作《哀江南赋》，后期诗文极苍劲悲凉。憔悴：瘦损、瘦弱无力的样子。

④ 卫玠(286—312)：字叔宝，河东安邑(今山西夏县北)人，晋朝玄学家、官员，美丰姿，但身体羸弱，二十七岁病逝。清癯：清瘦。冠缨：帽带；指仕宦。

⑤ 阛阓(huì)：街市，街道；借指店铺；商业。借指民间。

偕游华山有怀

登顶华山望长安，遥思渺渺越千年。
何时老子出函谷，奚载蒙恬镇崤关[①]。
武帝吟鞭[②]挥朔漠，太白椽笔号谪仙。
谁言西岳唯凭险，见证神州几涅槃。

注　释

① 蒙恬(?—前210)：姬性，蒙氏，名恬，齐国蒙山(今山东临沂蒙阴)人。秦名将，上卿蒙骜之孙，内史蒙武之子。崤：即崤山，以古崤县得名，又称嵚崟山，在河南三门峡境内，洛宁县西北，长安、洛阳之间，常与函谷关并称崤函，是中国古代军事战略要地，以地势险峻、关隘坚固、易守难攻著称。天下"九寨"之一。

② 吟鞭：诗人的马鞭；多以形容行吟的诗人。此指汉武帝挥鞭。

偕游长白天池遇雪

千里梓乡[①]欲胜游，天池一霎[②]几白头。
雪飘阆苑施皓黛，岚滞苍梧漾绮绸。
共挹清波驱溽暑[③]，同拥浩气写春秋。

与君幸作逍遥旅，偕陟人间十二楼[4]。

注 释

① 梓乡：故乡。

② 一霎：顷刻之间。

③ 挹：舀，把液体盛出来。溽暑：暑湿之气，指盛夏。

④ 十二楼：传说中的仙人居处。

携赏梅园

粉萼[1]罗衣两映红，一枝擎手漾春风。
梅妻君在吾犹惧，鹤子孥[2]赊予欲应。
莫道凌寒天有意，谁知踏雪客无情。
人生有待趋禅境，再伴吾娇万里征。

注 释

① 萼：花瓣下部的一圈叶状绿色小片。

② 孥：子女，亦指妻子和儿女。

偕谒灵山[1]

灵山趺坐[2]意难穷，一邈风尘万事空。
何处修行脱六道[3]，奚时顿悟惠三生[4]。
菩提树下佛禅迹，莲花座中释圣踪。
有待濯缨[5]沧浪水，桃源世外几躬耕[6]。

注 释

① 灵山：位于无锡马山秦履峰南侧。灵山历史可追溯到一千多年前的唐代，相传玄奘西天取经归来，游历东南来到小灵山，见“层峦丛翠”，大

为赞赏,曰“无殊西竺国灵鹫之胜也”。印度的灵鹫山,是释迦牟尼得道成佛之所,著名的佛教圣地。玄奘将此山名作小灵山,并嘱大弟子窥基于此主持开法,小灵山寺即由此逐渐发展起来。矗立在小灵山南麓的灵山大佛,包括莲花座在内通高为 88 米,比“山是一尊佛,佛是一座山”的乐山大佛还高 17 米,是国内第二高的巨型佛像。

② 趺坐:即互交二足,将右脚盘放于左腿上,左脚盘放于右腿上的一种坐姿。

③ 六道:佛教语。谓众生轮回的六去处:天道、阿修罗道、人道、畜生道、饿鬼道和地狱道。

④ 顿悟:佛教语。谓不假时间和阶次,直接悟入真理。三生:指前生、今生、来生;三辈子。

⑤ 濯缨:洗濯冠缨。喻超脱世俗,操守高洁。

⑥ 躬耕:亲自耕种。

偕游鼋头渚[①]夕望

鼋头渚上望三山,疑在蓬壶瀛海间。
缥缈吴云浮落日,逶迤越岭袅墟烟。
何丘子胥堪埋骨,奚水范蠡可隐帆。
追古怀今犹寄梦,清风明月几婵娟。

注　释

① 鼋头渚:太湖游览胜地之一。在无锡西南太湖中,是南犊山西端突入湖中的半岛,形如鼋头,故名。

甲辰夏游鼋头渚

鼋头渚上望湖天,无限苍茫云霭间。
隐隐吴山仍醉翠,悠悠越水尚漪澜[①]。
陶朱未晓归何处,子胥不知葬哪边。

道法自然总依旧，几多沧海变桑田。

注　释

① 漪澜：水波纹。出自晋左思《吴都赋》："雕琢蘷藻，刷荡漪澜。"

甲辰暮春游蠡园

浩渺震泽[1]笼翠烟，蒙蒙疑似隐谪仙。
浣纱西子君寻迹，归隐陶朱吾觅帆。
亭榭今朝犹列列，情缘翌载尚绵绵。
天悲人悯何须寄，一抹夕阳到梦边。

注　释

① 震泽：太湖的古名。

甲辰偕游太湖三山

何处人间有丈蓬[1]，三山岛上最迷情。
莲花曳曳承朝露，碧水悠悠漾晚明。
梵磬寥寥偕爽籁[2]，山泉汩汩悦啼莺。
娑婆万物皆心造，阆苑红尘任君行。

注　释

① 丈蓬：指方丈、蓬莱。
② 梵磬：佛寺之磬；亦指佛寺击磬声。爽籁：指清风。

甲辰偕游寄畅园[1]

一园山水可留踪，三径徘徊我畅情。

乾隆六巡遗圣迹，秦金[2]百拓筑芳名。
含贞斋[3]里含贞祭，秉礼堂[4]中秉礼行。
涵碧亭[5]边同指顾，僧人可打五更钟?

注　释

① 寄畅园：又名凤谷行窝、凤谷山庄、秦园，位于无锡惠山，毗邻惠山寺。始建于明正德十五年(1520年)，兴盛于明万历至清康乾年间，是江南私家园林的集大成者，与瞻园、留园、拙政园并称江南四大名园。寄畅园主要有门厅、法帖碑廊、秉礼堂、庭院、碑墙、含贞斋、九狮台、先月榭、八音涧、案墩、梅亭、嘉树堂、大石山房、涵碧亭、七星桥、锦汇漪、鹤步滩、知鱼槛、凌虚阁等建筑景观。

② 秦金(1467—1544)：字国声，号凤山，无锡人，明朝弘治六年(1493年)进士，官至南京礼部尚书、南京兵部尚书、户部尚书、南京户部尚书、工部尚书，加太子太保，卒赠少保，谥端敏。

③ 含贞斋：三门古屋，曾经是寄畅园第三代园主秦耀的书斋。

④ 秉礼堂：位于寄畅园门厅檐廊西墙的月门后，共有厅屋三间，有厅堂、碑廊、水池、花木和太湖石峰。

⑤ 涵碧亭：七星桥东面临水的飞檐翘角亭。

偕游壶口瀑布

龙吟虎啸欲何堪? 一束狂流壶口悬。
老子函关[1]遗道迹，炎黄阪泉罢烽烟。
虬川屡沃三秦地，曲水频萦九晋山。
无限低徊欲奚往? 宜将归宿寄溟天。

注　释

① 函关：即函谷关。位于河南三门峡灵宝函谷关镇王垛村，该关西踞高原，东临绝涧，南接秦岭，北塞黄河，因其地处“两京古道”，紧靠黄河岸边，关在谷中，深险如函，故称函谷关。

携游西湖断桥[①]

残雪谁疑可断桥，白娘许子几遗娇。
金山水漫情犹在，碧酹形脱[②]爱未消。
法海心中皆谓怪，雷峰塔里俱堪妖。
寒来暑往逾千载，多少凄情慰寂寥。

注　释

① 断桥：在杭州白堤上，因孤山的路至此而断，故至唐代以来皆称“断桥”。断桥残雪是西湖十景之一。

② 形脱；指白娘子饮雄黄酒后现身白蛇事。

癸卯岁末游灵隐寺[①]

桃源钟鼎两难全，灵隐寺中谁涅槃。
罗汉凝神思普度，济公[②]破帽掩疯癫。
飞来峰上溪云绕，冷泉亭[③]边岩洞悬。
正洽今朝逢岁末，纳新吐故待来年。

注　释

① 灵隐寺：在浙江省杭州市西湖西北灵隐山麓。东晋咸和元年（公元326年）始建，明重建，清康熙时曾御赐题名“云林禅寺”。至今保留有五代吴越时两座八面九层的石塔，北宋开宝二年（969年）建的两座经幢。天王殿后韦驮像，由独块香樟木雕成，是南宋遗物。大雄宝殿高33.6米，单层重檐，殿宇辉煌，1953年重修。寺前有飞来峰、冷泉、龙泓洞等胜景，高崖深穴，有宋、元石刻造像。为杭州游览胜地。

② 济公：南宋高僧，后人尊为“济公活佛”。俗名李修缘，号湖隐，法号道济，台州天台（今属浙江）人。初在国清寺出家，后到杭州灵隐寺居住，随

后住净慈寺。不受戒律拘束,嗜好酒肉,举止痴狂,但却是学识渊博、行善积德的得道高僧。被列为禅宗第五十祖,杨岐派第六祖。

③ 冷泉亭:位于灵隐寺山门之左。一千多年来,冷泉亭一直是诗人们流连忘返的处所。

偕游灵隐

灵隐寺中拜圣陀,人生侘傺[①]岂无多。
频吟僧偈休千事,屡颂济颠[②]罢百魔。
眷恋溪边思胜迹,盘桓峰上冀天国。
卅年合卺初春日,悄起禅心欲向佛。

注 释

① 侘傺(chàchì):失意的样子。

② 济颠:指济公。

偕游龙井[①]

梅家坞里采茶忙,漫袅汤中岁月长。
泉瀹何须宗陆羽[②],茗工注定法钱塘。
墟边尚滞东坡迹,树上犹留纤指香。
未枉乾隆亲品鉴,千年难埒是清芳[③]。

注 释

① 龙井:龙井茶不仅汇茶之色、香、味、形四绝于一身,且集名山、名寺、名湖、名泉和名茶五名于一体。冠名的西湖龙井茶有狮、龙、云、虎、梅之别,以狮峰、龙井地之茶为最优,其中奥妙,唯有亲去龙井村品茗问茶方可悟出,因此就有了“龙井问茶”之趣说。龙井本名龙泓,又名龙湫、龙井,它和虎跑泉、玉泉被誉为杭州三大名泉。龙井茶外形扁平挺秀,色泽绿翠,

素以“色翠、香郁、味甘、形美”四绝著称,驰名中外。

② 陆羽(733—约804):唐学者。字鸿渐,复州竟陵(今湖北天门)人,号竟陵子、桑纻翁、东冈子。撰有《茶经》,尊为“茶圣”,祀为“茶神”。

③ 清芳:清雅的香味。

偕游长白

气舒天朗正清秋,悄伴伊人画境游。
陟顶白头[①]期踏雪,涉足涧底欲行舟。
久别世外疏乡味,今旅桃源减夙愁。
犹羡翩翩天际雁,回归桑梓意难休。

注　释

① 白头:指白头山,即长白山。

偕游周庄[①]

青纱漫袅绮罗[②]裳,携侣孟春游水乡。
千载寺中禅岁月,百年桥上阅流光。
一脔[③]烧肉东坡味,两尾青鳞沈万[④]香。
欹倚雕栏悄对酒,绵绵细语佐宵长。

注　释

① 周庄:位于苏州东南,昆山、吴江、上海三地交界处,江南六大古镇之一。始建于北宋元祐元年(1086年),因邑人周迪功郎捐地修全福寺而得名。四面环水,因河成镇,依水成街,以街为市。井字型河道上完好保存着14座元、明、清石桥,800多户原住民枕河而居,60%以上的民居依然保存着明清时的建筑风貌。

② 绮罗:华丽的丝织品或丝绸衣服。

③ 脔：切成小块的肉。

④ 沈万：指沈万三（生卒年不详），本名沈富或者沈秀，字仲荣，号万山，浙江乌程南浔镇人，寓居周庄。元末明初，是“资产巨万、田产逾吴下”的江南第一富豪。

偕登途中

蒙蒙朝露日初晞[①]，无限苍茫正上衣。
披发登高天作冠，跣足陟顶云为屐[②]。
人间奚处宜仙住，阆苑何时有客栖？
侠影恒踪[③]两携往，一穷宇际几虹霓。

注　释

① 晞：干，干燥；此指破晓。

② 跣足：赤脚。屐：用木头做鞋底的鞋，泛指鞋。

③ 侠影恒踪：妻郑侠，本人郭本恒。

偕登蓬莱阁

偕陟高阁邈暮溟，人生笑纳满襟风。
凭栏海上仙无迹，纵目天边云有踪。
瀛岛秦皇寻寿药，迷津徐福舣漂舲[②]。
倏忽百载谁虚度？海阔天空任我行。

注　释

① 徐福：亦作“徐市”，字君房，琅邪（今青岛琅邪台西北）人，秦方士。据《史记·秦始皇本纪》载，秦始皇二十八年（前219年），徐福受秦始皇之令，率童男童女三千人东渡瀛洲，为皇帝寻找长生不老药。据《日本国史略》载：“孝灵天皇七十二年，秦人徐福来。”在一定意义上讲，徐福不仅是人

类远洋历史的第一人，也是开启中日文化交流历史的第一人。舣：停船靠岸。舲：有窗户的小船。此处指船。

扎龙自然保护区[1]

烟波浩淼水苍茫，身影依稀隐苇塘。
偶见仙踪湖远际，时闻鹤唳[2]草中央。
长足细颈凌波步，丹顶白衣淡雅妆。
一世结缘无两爱，谁人不信鸟情长。

注　释

① 扎龙自然保护区：位于黑龙江齐齐哈尔东南部松嫩平原、乌裕尔河下游湖沼苇草地带，边界平面呈东北至西南不规则橄榄形，南北长 80.6 千米，东西宽 58 千米，总面积 21 万公顷。扎龙是亚洲第一、世界第四的湿地生态类型自然保护区，拥有世界最大的芦苇湿地。扎龙保护区以鹤类等大型水禽为主，是世界上最大的丹顶鹤繁殖地。世界上现有鹤类 15 种，中国有 9 种，其中扎龙就有 6 种；世界丹顶鹤不足 2 000 只，扎龙有 400 多只。

② 唳：鹤、雁等鸟高亢的鸣叫声。

林中清泉

蹊径蜿蜒逝翠峦，岩林深处有清泉。
波流云影千层缎[1]，浪涌霞痕百朵莲。
寂寂寒枝擎野果，悠悠碧草点幽兰。
澄溪不尽桃源水，取饮可期得永年。

注　释

① 缎：中国特产的质地厚密、一面光滑的丝织品。

呼伦贝尔草原[①]

四季呼伦皆旖旎[②]，风光八月最称奇。
云霞交错织天帐，花草杂陈结地衣。
碧水畏途成九曲，远山思黛自一谜。
畴昔久困樊笼[③]里，何不由缰任马蹄。

注　释

① 呼伦贝尔草原：位于内蒙古东北部，大兴安岭以西的呼伦贝尔高原上，因呼伦湖、贝尔湖而得名。其地势东高西低，海拔在650—700米之间，东西宽约350千米，南北长约300千米，总面积1 126.67万公顷，其中可利用草场面积833.33万公顷。是世界著名的天然牧场，世界四大草原之一，被称为世界上最好的草原。孕育了众多的古代文明，是游牧民族的发祥地。东胡、匈奴、鲜卑、室韦、回纥、突厥、契丹、女真、蒙古等民族曾在此繁衍生息，被史学界誉为“中国北方游牧民族的摇篮”，在世界民族史上具有重要的历史地位。

② 旖旎：柔和美丽。

③ 樊笼：关鸟兽的笼子，喻受束缚而不自由的境地。

游呼伦贝尔草原

野旷天高绿碧坤，呼伦八月最销魂。
潇潇细雨拂幽草，阵阵和风起籁音。
澄湖洗去尘间味，曲水潆洄仙界心。
何处人生不羁旅，唯期信马由缰人。

草原白云

遥见西天霓彩云，悄和落日共氤氲。

时浮五岭萦罗带，偶绕三山系绮裙。
绰绰[1]仙姿迷远嶂，悠悠倩影落湖心。
风光阅尽情归处，悄逝崦嵫一抹痕。

注　释

① 绰绰：宽裕舒缓貌。

草原夜色

无边月色正朦胧，远际依稀几帐灯。
啖炙[1]天庭宜酒兴，歌吟地宇畅舞浓。
寥丘揽月宜驱马，寂岭摘星可乘风。
五柳今宵还旧梦，何不醺醉到暾[2]明。

注　释

① 啖炙：吃烧烤。
② 暾：日光明亮温暖；刚升起的太阳。

草原即景

霏雨苍原草色新，牛羊天际伴溪云。
荒湖侧畔孤独树，曲水河边寂寞林。
偶自敖包[1]传喜讯，时从白帐起琴音。
风光饱览情难尽，莫负红尘世外心。

注　释

① 敖包：亦作“鄂博”。蒙古族人做路标和界标的堆子，用土、石、草等堆成。后来逐步演变成祭山神、路神和祈祷丰收、家人幸福平安的象征。

早春草原

塞上茫茫不见边，凄凄枯草惹春怜。
雄鹰苍宇犹翮[1]展，野兔旷峦正洞闲。
莫滞今朝河谷寂，有期翌日本心坚。
应循世事皆无谓，自然道法总能圆。

注　释

① 翮(hé)：鸟翎的茎，翎管；鸟的翅膀。

草原畅游有怀

一曲高歌万里疆，锦茵无际任徜徉[1]。
寻中方晓鸣虫在，食罢才知野果香。
渴解有川供碧漾，游余无路踏夕阳。
人生能几风流日，只管他乡作故乡。

注　释

① 锦茵：锦制的垫褥；喻指芳草。徜徉：犹徘徊。安闲自在的样子。

草原手把肉

一口大锅扬沸汤，手持利刃细甄[1]羊。
冷泉煮肉期原味，烈酒佐餐化齿香。
舞袖翩翩缘蒙女，余晖杳杳自夕阳。
人酣胆壮宜驱马，不负呼伦万里疆。

注　释

① 甄：审查鉴定(优劣、真伪)。

云南坝美[1]世外桃源

四面青峰隐坳[2]村，一川曲水向东林。
千家何幸栖槐影，百户奚缘翳柳荫。
鸿儒白丁悉过往，田间陌上总耕耘。
莫道红尘难世外，人间是处有清芬[3]。

注 释

① 坝美：是壮语的音译，意为“森林中的洞口”。位于云南广南东北部，属喀斯特地貌。群山环抱，境内“驮娘江”一年四季水清波碧。此村寨的神奇之处在于，进出都需乘船经过幽深、昏暗的水洞，这和东晋文学家陶渊明《桃花源记》中的桃花源极为相似。

② 坳：低凹的地方或山间的平地。

③ 清芬：喻高洁的品德；清香。

婺源熹园[1]

水绕山环草自青，物华天宝育钟灵。
婺源百世铭朱子，震旦[2]千年忆儒宗。
莫道三纲传谬理[3]，可言五典[4]辟鸿蒙。
神州今就无穷业，一盏清醪酹[5]晦翁。

注 释

① 熹园：位于江西婺源紫阳镇汤村，左倚锦屏山，右傍星江水，面水依山，古树掩映，是一处融“徽派文化、朱子文化、砚文化”于一体的江南文化园林。此地原名“朱家庄”，是朱熹二世祖、三世祖居住的地方。

② 震旦：印度对中国的称呼，音译自梵文。

③ 三纲：指父为子纲、君为臣纲、夫为妻纲。谬理：错误的道理。

④ 五典：传说中的上古五部典籍；指《诗》《书》《易》《礼》《春秋》五经。

⑤ 酹：指将酒洒在地上，表示祭奠或立誓。

浣花溪双壁[①]

玉垒浮云牵绛衣，锦官城外浣花溪。
草堂工部一椽笔，兰若薛涛[②]几壁题。
春沓犹堪波荡漾，诗萦未挽世浇漓[③]。
地灵有幸栖双璧，追忆今朝犹攘熙[④]。

注　释

① 浣花溪双壁：指杜甫和薛涛。

② 兰若：梵语“阿兰若”的略称，原意是森林，引申为寂静处，躲避人间热闹处之地。也泛指一般的佛寺。薛涛(？—832)：唐女诗人。字洪度，长安人。幼时随父入蜀，后为乐妓，晚年居成都浣花溪。创制深红小笺写诗，人称薛涛笺。

③ 浇漓：浮薄不厚，多指社会风气。

④ 攘熙：犹熙攘。人来人往，喧嚷纷杂的样子。

移居吴中

久居阛阓欲苏中，秀水灵山吴越风。
游榭登台逢故旧，吟诗作赋遇邻翁。
荷锄园圃[①]闲农趣，戴笠渔舟佯野踪。
有梦人间皆化境，与君琴瑟[②]醉余生。

注　释

① 园圃：种植果木菜蔬的园地。

② 琴瑟：两种弦乐器，古代常合奏。比喻夫妻和合。

吴江汾湖秋日

秋光无限正姑苏①，弱柳芰荷犹绕湖。
蟹脚痒宜黄酒醉，藕丝断助馔肴②殊。
木犀③香送风骚客，田野禾描画卷图。
云际悠悠南去雁，徘徊疑是恋三吴。

注 释

① 姑苏：苏州的别称，因城西南有姑苏山而得名。
② 馔肴：泛指饭菜。
③ 木犀：桂花。

春游辰山

无穷春色正辰山，菰蒲①悠悠与客闲。
蝶恋牡丹方紫姹，蜂迷月季已红嫣。
荷遗清韵波中秀，苇曳仙姿浪里眠。
轻荡小舟欲何往，落英悄觅水溪边。

注 释

① 菰蒲：菰和蒲；借指湖泽。

同里退思园①

亭榭楼台百曲廊，花蹊草径绕池塘。
风清丝柳摇新绿，月澹②幽荷浮暗香。
卉木扶疏惜昼短，竹石掩映愿宵长。
退思园里思归隐，寄梦应宜是梓桑。

注　释

① 退思园：位于苏州同里，始建于清光绪十一年至十三年(1885—1887)，是清官员任兰生罢官返回故里后建造，园名源自《左传·宣公十二年》："林父之事君也，进思尽忠，退思补过。"退思园以"退"为横线，"思"为核心；园内简朴无华，素静淡雅，具有晚清江南园林建筑风格。主要建筑贴水而建，结构紧凑，中心突出。园内的每一处建筑既可独自成景，又与另一景观相对应。退思园的设计人是画家和园林家袁龙，他将春、夏、秋、冬和琴、棋、书、画全部融入园中，在有限的地域和空间内，使其成为小型园林的典范。

② 澹：水波摇动的样子；恬静安然的样子。

舟山夜宿

舟山夜宿远红尘，疑是桃源世外人。
明月出山寻籁迹，寒星落水觅龙痕。
悄随家犬巡街巷，虔谛梵音[1]净魄魂。
禅境今宵能幸得，应缘此际酒微醺。

注　释

① 谛：谛听，仔细听。梵音：诵唱佛经的声音。

小村夜宴

水绕山环一野村，今宵犹羡种田人。
诚招远客频添酒，盛待临宾屡上豚[1]。
鸟语声声偕寂籁，花香缕缕送清芬。
谁言尘世难归隐，是处泉林可寄心。

注　释

① 豚：指鸡鸭鱼肉。

童年忆旧

依稀昨夜到长白，往事如烟入梦来。
北麓河中时戏水，南山林里偶拾柴。
春秋捉鸟寻巢树，冬夏藏猫[1]隐垛台。
秾李夭桃[2]兼黄杏，余香今日尚萦怀。

注　释

① 藏猫：儿童互相躲藏寻找的游戏，即捉迷藏。

② 秾李夭桃：比喻年少美貌，多用为对人婚娶的颂辞。此处专指桃李。

家　乡

多少梦中到北疆，山村仍是旧时光。
冬听瞎话[1]魂难在，秋戏迷藏情更长。
树上寻鸠三夏乐，河里觅蚌九春忙。
南国羁旅今犹客，未晓何时返梓桑。

注　释

① 瞎话：指听恐怖故事。古代说书人多瞎子，故称。

崇明东滩湿地[1]

小鸟隐身在苇丛，难寻踪迹只闻声。
横行沼地青衣蟹，盘绕晴空白羽翁。
枕浪睡莲超百朵，凌波仙子逾千蓬。
一行鸿雁翔天际，捎寄人间多少情。

注 释

① 崇明东滩湿地：为东亚最大的候鸟保护区之一，位于候鸟南北迁徙路线东线中段，属国际迁徙鸟类必需的栖息地，它已成为国际生态区的核心组成部分，展现着世界上罕见的快速演替生态系统。东滩记录鸟类 312 种，分布 97 种，迁徙鸟类每年达 200—300 万只。每年到此越冬的小天鹅数量达 3 000—3 500 只，是我国小天鹅最大的越冬栖息地。东滩湿地临大海，通长江，靠岛屿，加之 300 多平方千米的滩涂植被，使其成为鸟类的理想栖息地。

丽 江[①]（一）

云起西南飞玉龙，三溪曲绕数分城。
家家临水鱼读月，户户依桥柳戏风。
细品方迷东巴字[②]，初闻已恋纳西声[③]。
千年木府[④]今犹在，悄锁桃源梦几重。

注 释

① 丽江：指丽江古城，坐落在丽江坝中部，始建于宋末元初（公元 13 世纪后期），地处云贵高原，面积为 7. 279 平方千米。古城依山傍水，街道以红色角砾岩铺就，具有鲜明的民族特色和风格。

② 东巴字：即东巴文，是一种居于西藏东部及云南北部的纳西族所使用的兼备表意和表音成分的图画象形文字。其文字形态十分原始，属于文字起源的早期形态，但亦能完整记录典藏。东巴文源于纳西族的宗教典籍兼百科全书的《东巴经》，由于这种文字由东巴智者掌握，故称东巴文。

③ 纳西声：即纳西古乐，源于唐、宋、元时期中原的词牌、曲牌、道教、洞经和皇经音乐，相传作为宋乐保留下来的只有来源于词牌、曲牌和洞经音乐的部分。据传原有汉语经文配唱，传到纳西族民间后，逐渐变为单纯的乐曲。

④ 木府：是丽江木氏土司衙门的俗称，位于丽江古城狮子山下，是丽

江古城文化之“大观园”。纳西族人原来没有汉族的姓氏，朱元璋建立明王朝后，远在滇西北丽江纳西族土司阿甲阿得审时度势，于公元 1382 年“率从归顺”，举人臣之礼，此举大获朱元璋赏识，朱将自己的姓去掉一撇和一横，钦赐其汉姓“木”，从此纳西传统的父子连名带姓改成汉姓名字。木府的建筑艺术，充分反映了明中原建筑的风采，同时保留了唐宋中原建筑古朴粗犷的流风余韵，而其坐西朝东，府内玉沟纵横，活水长流的布局，则又展示了纳西族的传统文化精神。

丽　江(二)

皑皑玉龙雪渐消，丽江何处不妖娆[1]。
穿城碧漾三分水，临户清波二百桥。
六臆[2]难猜东巴字，初聆已恋纳西箫。
残灯朗月无眠意，犹伴吾醺到翌朝。

注　释

① 妖娆：妩媚艳丽动人。

② 臆：凭臆测而下的决断。

丽　江(三)

暮色苍茫正自闲，欲消残醉怅[1]溪边。
流澄似便鱼读月，花静疑犹鸟啭天。
袅袅清歌偕宇籁，悠悠落日黛山颜。
田园唯愿心中有，何处人生不百年。

注　释

① 怅：失意、不痛快的样子。

丽　江(四)

朗朗犹疑世外天，群峰雄峙玉龙蟠。
纳西古乐偕霄籁，东巴形文迷醉颜。
枕水悉辰皆入梦，依桥是昼俱宜闲。
红尘缕缕何须恋，佛法唯唯[1]只涅槃。

注　释

① 唯唯：应答之词。顺从貌。

大　理[1](一)

白墙黛瓦落谁家？道骨仙踪遗圣塔。
洱海[2]波涛藏雪月，苍山[3]云雾起风花。
葫芦丝里流羌韵，茶马途中话东巴。
宜趁清幽明月夜，高歌一路到天涯。

注　释

① 大理：指大理古城。在云南西部东临洱海，西倚苍山，形成了“一水绕苍山，苍山抱古城”的城市格局。从 779 年南诏王异牟寻迁都阳苴咩城，已有 1 200 年的建城历史。现存的大理古城是在明初阳苴咩城的基础上恢复的，城呈方形，开四门，上建城楼，下有卫城，有南北三条溪水作为天然屏障，城墙外层砖砌；城内由南到北横贯五条大街，自西向东纵穿八条街巷，整个城市呈棋盘式布局。大理一年四季风景如画，在诸多风景之中，以风、花、雪、月四景最为著名，即“下关风、上关花、苍山雪、洱海月”。

② 洱海：位于云南大理北部，因形似人耳而得名“洱海”。洱海南北长 41.5 千米，东西宽 3—9 千米，周长 116 千米，面积 251 平方千米。平均水深 10.5 米，最深处达 20.5 米。洱海属澜沧江水系，湖水从西洱河流出，与漾

江汇合注入澜沧江。有小普陀、南诏风情岛、罗荃半岛、双廊等景观,“洱海月”是大理四大名景之一。

③ 苍山:是云岭山脉南端的主峰,由十九座山峰由北向南组成,北起洱源邓川,南至下关天生桥。苍山十九峰,巍峨雄壮,与秀丽的洱海风光形成强烈对照。其峰自北向南依次为:云弄、沧浪、五台、莲花、白云、鹤云、三阳、兰峰、雪人、应乐、观音、中和、龙泉、玉局、马龙、圣应、佛顶、马耳、斜阳。

大　理(二)

地邈天高一望空,人生只待是征蓬。
携妻洱海同船渡,将女苍山共日行。
朝采风花宜戴鬓,宵眠雪月可飞觥[①]。
是处红尘皆寄梦,唯期化境醉余生。

注　释

① 飞觥:传杯。

大理秋思

漠漠人生几度秋,残花落日总关愁。
苍山寂顶犹遗雪,洱海寥波尚漾舟。
千载古城遗塞外,一轮明月上西楼。
江湖谁是风骚客,无限风光天地悠。

大理隐居

误以大理作桃源,此载何曾是晋年[①]。
利索锁喉犹未已,名缰绕颈尚难删[②]。
剑伤臂上须刮骨,气郁胸中莫闭关[③]。

洱海今朝藏雪月，风花翌日绽苍山。

注　释

① 晋年：陶渊明在晋灭之后，其所著文章只记甲子，而不书新朝年号。后遂以“晋年”指故朝之思。

② 删：削除；勾划掉。

③ 闭关：指不与外界接触，独自修行。

泸沽湖[①]

泸沽湖畔女儿国，春色山光两映和。
百里清波一湖水，千重碧漾几船歌。
嫁男渐变居家客，婚女终成主政婆。
母系奇俗遗塞外，留与岁月细消磨。

注　释

① 泸沽湖：位于四川盐源与云南宁蒗交界处，为川滇共辖。泸沽湖由高原断层溶蚀陷落而形成，属长江上游干流金沙江支流雅砻江支流理塘河水系，为小金河上源，经雅砻江流往金沙江。湖区坐落于永宁盆地，是中国第三大深水湖泊。湖区居住着蒙古、彝、汉、纳西、藏、普米、白、壮等民族，共约 1.3 万人，其中蒙古族约 6 000 人，主要是摩梭人（云南泸沽湖畔的摩梭人为纳西族，四川泸沽湖畔的摩梭人则为蒙古族）。

古镇小酌

凭水临轩任小酌，一河碧漾几船歌。
千丝甘冽[①]张家酒，百缕余香李店馍。
漫网塘鱼翁雨笠，轻摘园蔬媪烟蓑。
何憾今朝无至味[②]，悄藏脆藕在池荷。

注　释

① 甘冽：甘美清澄。

② 至味：最美好的滋味；最美味的食物。

古镇春日

最美人间四月天，风光独领数江南。
絮戏黄莺[①]方几日，梁巢紫燕[②]已十年。
杨栏柳栅居花海，河巷桥街曲水间。
犬吠鸡鸣时入耳，犹欣古镇尚桃源。

注　释

① 黄鹂：黄莺的别名。背黄色，腹灰白色，尾有黑羽，鸣声婉转动人。亦称黄鸟、鸧鹒。

② 紫燕：也称越燕。颔下紫色，营巢于门楣之上，分布于江南。

古镇秋日行舟

荡桨摇舟何处闲，秋光无限自田园。
蒹葭[①]湖水栖白鹭，杨柳河桥隐噪蝉。
渔女吴歌悠岁月，古祠梵磬逝流年。
今宵泛棹[②]五湖去，暮色苍茫正梦边。

注　释

① 蒹葭：特定生长周期的荻与芦。蒹：没长穗的荻。葭：初生的芦苇。泛指芦苇。

② 泛棹：泛舟。

乌镇[①]春游

偕游乌镇喜春多，翠钿[②]柳腰漾绮罗。
牡丹亭中聆古韵，桃花扇上画蚕蛾[③]。
轻舟漫桨摇幽梦，碧醑倾杯醉逝波。
宜藉今宵明月夜，时光无限任消磨。

注　释

① 乌镇：位于浙江桐乡北端，地处富饶的杭嘉湖平原中心。历史上曾是两省（浙江、江苏）、三府（嘉兴、湖州、苏州）、七县（桐乡、石门、秀水、乌程、归安、吴江、震泽）错壤之地。乌镇有 1 300 多年的历史，约 7 000 年前，乌镇的先民已在此繁衍生息，属新石器时代的马家浜文化。十字形的内河水系将全镇划分为东南西北四个区块，分别称之为东栅、南栅、西栅、北栅。是典型的江南水乡古镇，素有“鱼米之乡，丝绸之府”之称。

② 翠钿：用翠玉制成的首饰。

③ 蚕蛾：喻指蛾眉；借指美女。

乌镇夜宿

小城夜宿不思眠，枕浪人家酒正酣。
隔岸耆翁时犬戏，临舟渔女尚歌闲。
残灯无意霓[①]波水，明月有心照客船。
因幸吾侪植五柳，红尘是处总桃源。

注　释

① 霓：霓是太阳光进入小水滴里，经过两次折射和两次反射形成的，通常出现在虹的旁边，呈一种色彩的圆弧，色彩要比虹淡一些，也叫副虹。此处作动词。

同里春游

孟春[1]和煦济繁青，花雨正偕杨柳风。
鸿雁横波遗倩影，鸬鹚潜碧羡鱼情。
退思园里寻贤迹，老戏楼中悦曲声。
古角灯前香几缕，一帘幽梦到蓬瀛。

注 释

① 孟春：即是春季的首月，指立春至惊蛰期间。

古 镇(一)

曲巷幽街黛瓦檐，小桥流水乌篷船。
阿婆茶饮诚舒胃，老叟佳醅忒醉颜。
古寺钟鸣悠岁月，宗祠[1]祖祭锁流年。
人生何憾尘缘了，留待清风明月还。

注 释

① 宗祠：即家庙。同族人祭祀祖先的祠堂。

古 镇(二)

时光荏苒[1]越千年，古镇依稀是故园。
柳绿桃红绕庭院，晨钟暮鼓伴炊烟。
乡音俚曲时萦耳，土酿家醅尚醉颜。
有待清宵伴明月，苍茫无限共婵娟。

注 释

① 荏苒：(时间)渐渐过去；常形容时光易逝。

古　镇(三)

细雨蒙蒙四月中,暮春悄伴丽人行。
凭栏榭上同瞻顾[①],把酒舟中共醉酲[②]。
禅寺礼佛期道寂,野坰寻蔌[③]待宵烹。
休言阛阓皆俗事,是处桃源可寄情。

注　释

① 瞻顾:瞻前顾后。
② 酲:形容醉后神志不清。
③ 坰(jiōng):离城远的郊野。蔌(sù):蔬菜的总称。

古　镇(四)

石街曲巷百回廊,黛瓦斗檐栉比[①]墙。
半掩柴扉[②]栖岁月,洞开天井聚流光。
园蔬佐酒寥宵醉,清冽瀹茗[③]寂昼香。
缥缈依稀俗俚曲,扰梦无心竟夜长。

注　释

① 栉比:像梳齿那样密密地排列着。
② 柴扉:柴门;亦指贫寒的家园。
③ 清冽:澄清而寒冷;此处代指泉水。瀹茗:煮茶。

太湖春日

堤笼晓雾柳藏烟,一片春光百里帆。
白鹭翩翩迷细浪,黄鹂啭啭悦空山。

船翁罟网期渔乐，茶女吴歌对客闲。
欲去蓬瀛何惮远，应知墟里[1]亦桃源。

注　释

① 墟里：村落。

太湖船宴

吴侬软语漾秋风，画舫悠悠绮浪中。
几盏碧螺[1]酬老友，一杯土酿醉新朋。
简烹青蟹倾鲜尽，繁饪白鱼任味浓。
鸿雁南翔送旻[2]暮，人间盛宴夕阳红。

注　释

① 碧螺：即碧螺春茶。
② 旻（mín）：秋天；天，天空。

太湖秋韵

日落寒涛水渐平，太湖百里正空蒙。
烟波雾浪吞吴地，姹嶂嫣峰秀越中。
墟里清茗香老友，肆[1]中土酿醉新朋。
泛舟期往三山去，幽梦一帘到蓬瀛。

注　释

① 肆：店铺。

太湖秋思

湖幽崖寂乐登台，潋滟[1]风光渐次开。

余晖落日逐波去,远影孤帆踏浪来。
百里吴山堪佐酒,千寻[2]越水可抒怀。
一瞥排雁随风逝,无限秋思何壮哉。

注　释

① 潋滟:水波荡漾的样子。
② 千寻:古以八尺为一寻。

太湖秋望

百里震泽秋望间,嫣红姹紫正秋阑。
岁月不曾浮越水,风流注定寄吴山。
一行鸿雁翔南地,几叶扁舟逝北天。
落寞疑应堤岸柳,扶风送雨已千年。

太湖三山[1]

太湖波上渺三山,疑在蓬壶瀛海间。
时叙归帆衔落日,随栖白鹭下夕烟。
屿中欹枕宜圆梦,寺里梵音可计年。
有幸今宵倾醑尽,情思宜越九重天。

注　释

① 三山:指太湖三山岛,因北山、行山、小姑山三峰连缀而得名,面积 1.6 平方千米。北山为三峰之首,海拔 83.3 米。三山岛虽无高峻巍峨之态,却有层峦叠嶂之姿。逶迤铺展,舒起缓伏,山水契默和谐,情致衍逸。

西湖孤山[1]暮游

西湖携侣任徜徉,暮色暝暝几幻茫。

鹤逝云天犹影迹，梅遗林坳尚残香。
孤山和靖诗难尽，画舫东坡酒未央。
吾欲今宵歌一曲，尘心应寄在何方？

注　释

① 西湖孤山：历史上因此山风景优美，一直被皇家占有，故称孤山。唐宋时已闻名，南宋理宗曾在此兴建规模宏大的西太乙宫，把大半孤山划为御花园。清康熙在此建造行宫，雍正改行宫为圣因寺，与当时的灵隐寺、净慈寺、昭庆寺并称“西湖四大丛林”。“孤山不孤，断桥不断，长桥不长”被称为西湖三绝。

西湖忆旧

西湖岁月几蹉跎[1]，忆旧犹思春梦婆[2]。
寂寂黄鹂巢屿树，翩翩白鹭戏凉波。
岸堤居易春植柳，画舫东坡秋赋歌。
童子何时悄放鹤？孤山梅下故人多。

注　释

① 蹉跎：光阴白白地过去。

② 春梦婆：表示世事变化无常，虚幻不实。典出宋赵令畤《侯鲭录》卷七，叙东坡故实。

西湖夜泊

一叶扁舟泊屿津，疏星朗月共氤氲。
丝丝桐露湿蝉翼，缕缕荷风化籁魂。
雾渺层峦浮蜃景，钟鸣古刹起佛音。
人生契阔[1]情难尽，唯愿丹心付际云。

注 释

① 契阔：分离；久别。

西湖曲院风荷①

和煦春光几缕风，游人曲岸踏歌声。
浮波莲叶接天碧，枕浪荷花映日红。
偶见群鱼迷倩影，时观白鹭上青峰。
良辰有幸携佳侣，隐隐悄行画境中。

注 释

① 曲院风荷：位于西湖西侧，岳王庙前。南宋时，此有一座官家酿酒作坊，取金沙涧的溪水造曲酒，闻名国内。附近的池塘种菱荷，每当夏日风起，酒香荷香沁人心脾，故名“曲院风荷”。“接天莲叶无穷碧，映日荷花别样红”，正是其生动写照。

西湖秋游

梧桐叶落更婆娑，倩女依稀尚碧罗。
曲院残荷犹滞绿，苏堤丝柳正伏波。
雷峰塔上观夕日，灵隐寺中礼圣佛。
梦里依稀断桥雪，仙情人爱两执着。

西湖夜游

影绰灯昏天地幽，笙歌漫缈几湖楼。
迷山细雾犹羁顶，恋岸漪波尚漾舟。
紫燕偕飞传爱讯，黄鹂对语诉离愁。

寂寞莫过堤边柳，送雨扶风总未休。

西湖凭栏

满目秋光心欲空，无边萧瑟锁疏桐。
一湖雾浪蓬瀛迹，百嶂烟波阆苑踪。
鱼趣残荷犹倒影，琴鸣画舫尚遗风。
凭栏塔上舒一望，诗酒东坡梦百重。

西湖即景

一湖碧漾几重天，十里苏堤笼翠烟。
孤山难孤犹寿鹤，断桥未断自仙缘。
雷峰夕照羁今客，南屏晚钟忆古贤。
绿女红男欲何往，悄和小小[①]述缠绵。

注　释

① 小小：即苏小小，钱塘（今浙江杭州）人，南朝齐时著名歌妓。历代文人多有传颂，唐白居易、李贺、张祜、温庭筠以及明张岱，都有关于苏小小的诗文。苏小小能书善诗，自制一油壁车，遍游湖畔山间。其故事最早出现于《玉台新咏》，而《乐府广题》也有相关记载。

中秋石浦[①]庆五十生日

万顷漪波欲漾城，远山含黛蕴葱蒙[②]。
晨抛钓网澄天碧，午饪鱼虾醇酒浓。
夜赏一轮林上月，宵眠几缕谷中风。
侣朋齐聚生诞日，半百戏称老寿翁。

注 释

① 石浦：位于浙江沿海中部、象山半岛南端，北接新桥、定塘，西扼三门湾，南与鹤浦、高塘隔港相望，东临大目洋、猫头洋，素有“浙洋中路重镇”之称。为中国历史文化名镇、全国六大中心渔港之一。历史悠久，始建年代无考，因先民聚落于大金山麓峡谷中，三面环山，以“溪流入海处山岩直逼海中”而得名石浦。

② 葱蒙：云雾朦胧貌。

趵突泉[1]

名冠神州第一泉，波澄流碧趵突然。
易安汲水时茗瀹，稼轩倚栏自剑寒。
昔日王侯游兴地，今朝黎庶憩息[2]天。
应宜洗却征尘去，齐鲁子孙岂等闲。

注 释

① 趵突泉：济南三大名胜之一，位于济南历下，东临泉城广场，北望五龙潭，位居济南七十二名泉之首。宋曾巩在《齐州二堂记》中记载：“自(渴马)崖以北，至于历城之西，盖五十里，而有泉涌出，高或至数尺，其旁之人名之曰趵突之泉。”所谓“趵突”，即跳跃奔突之意。乾隆南巡时因趵突泉水泡茶味醇甘美，曾册封趵突泉为“天下第一泉”。历代文化名人诸如曾巩、苏轼、元好问、赵孟頫、张养浩、王守仁、王世贞、蒲松龄、何绍基等，均对趵突泉有所题咏。

② 憩息：休息。

游大明湖[1]

大明湖畔任徜徉，无限情思未遽央。
漱玉[2]兰舟犹瘦迹，稼轩醉剑尚锋芒。

凭栏云渺千佛顶，憩榭茗余趵突芳。
齐鲁本吾桑梓地，何时误作是他乡。

注　释

① 大明湖：济南三大历史名胜之一，是由众多泉水汇流而成。大明湖，在北魏郦道元《水经注》中称“历水陂”，唐时又称莲子湖，北宋曾巩称“西湖”“北湖”，金代元好问在《济南行记》中始称“大明湖”。风景秀丽，岸上翠柳垂荫，婀娜多姿；湖中碧波荡漾，荷花似锦；水面小舟争渡，画舫徐行；更有楼台亭榭，隐现其间。

② 漱玉：指李清照，因其著有《漱玉词》。

青岛栈桥①

凭槛②栈桥一水间，千帆渺去几云烟。
钟离已隐蓬山际，蜃景偶浮瀛宇天。
曲岸垂纶栖岁月，潮汐赶海住流年。
而今欲乘溟风去，只羡红尘不慕仙。

注　释

① 青岛栈桥：俗称前海栈桥、南海栈桥、大码头，地处青岛湾北侧，与小青岛隔水相望，始建于清光绪十七年(1891 年)，素有“长虹远引”之誉，是青岛最具代表性和知名度的地标之一。

② 槛：栏杆。又指圈禽兽的栅栏。

旅顺凭高

凭高一望海天空，锦绣盈眸旅顺城。
碧港难余俄舰迹，青峰尚圮①日壕踪。
山河千载犹昔画，人物百年俱逝蓬。

睥睨[2]何曾寰宇尽，有期吾辈再出征。

注　释

① 圮：塌坏，坍塌。

② 睥睨：斜着眼看，侧目而视，有厌恶或高傲之意；窥伺。

妻友同游雪乡[1]

白山黑水俱银装，携侣呼朋到雪乡。
壑点苍松一抹绿，峰遗白桦百重霜。
偕游岭上情难已，伴戏河中意未央。
袅袅炊烟缥缈处，何辜野味有余香。

注　释

① 雪乡：位于黑龙江牡丹江西南部，地处长白山脉张广才岭与老爷岭的交汇处。因贝加尔湖冷空气与日本海暖湿气流在此交汇频繁，加之山高林密，造就了这里“夏无三日晴，冬雪漫林间”的奇特小气候。每年10月降雪，至次年4月，雪期长达7个月，积雪厚度可达2米。由于特殊的雪质，雪乡冬季的山峦、沟壑、树木、房屋等都呈现有别于毗邻地区的风貌。

雪乡月夜

雪乡月色正朦胧，寂壑幽丘点点灯。
野味谁家堪佐酒，山珍何饪可凭觥。
悄和老友歌一曲，再与新朋醉百盅。
情尽人间无限意，同瞻熠熠满天星。

雪乡有怀

千里迢迢[1]到雪村，琼瑶踏遍远红尘。

亭亭白桦洁林色，郁郁青松绿野魂。
昔滞北疆期建业，今居南国已浮云。
人生何处堪归宿？杯酒林泉两鉴心。

注　释

① 迢迢：遥远的样子；漫长的样子；高耸的样子。

启东秋日

九曲河川水路长，东溟是处只涛狂。
积沙蓄壤桑蚕地，筑坝浚渠渔米乡。
洞宾①放鹤仙归去，骆子②登舟诗未央。
千载悠悠多少事，人生境界总无疆。

注　释

① 洞宾：传说吕洞宾曾四次到启东吕四镇，吕四镇也因此而得名。清张宗绪所撰《慕仙楼志》对吕洞宾四到吕四有过描写：第一次卖药治病，第二次炼丹隐居，第三次售糕赈荒，第四次喝酒赠金。

② 骆子：指骆宾王。史载骆宾王曾亡命启东吕四一带。

长江新济洲岛①（一）

烟波浩渺水苍茫，九曲湖河入大江。
野鸟依枝鸣翠色，杂林叠杪筑长廊。
新朋鸠猎星引路，老友鱼烹柴聚香。
家犬悄眠槐荫下，客来难扰梦悠长。

注　释

① 新济洲岛：地处江苏长江段上游，包括新济洲、新生洲、再生洲、子

母洲和子汇洲，是南京仅次于八卦洲、江心洲的第三大江中岛屿。由于新济洲的存在，长江南京段被一分为二，形成北汊、南汊两股水道。

长江新济洲岛（二）

万里长江潮水平，悠悠孤屿漾秋情。
野凫[①]群起溪云际，渔叟独归暮霭中。
湖畔芦荻时鹭迹，岸头蒲柳偶豚[②]踪。
残荷漠漠擎雨盖，悄伴夕阳入杳冥[③]。

注　释

① 凫：野鸭。

② 豚：指白鱀豚，亦作“白鳍豚”。是中国特有的一种小型淡水鲸，仅产于长江中下游水系，有“水中大熊猫”之称。

③ 杳冥：指天空，高远之处。或深远幽暗貌。

夜宿古村

秋风萧瑟夜微凉，野渚残荷浥[①]露霜。
鸟落寒枝偕冷月，山栖翠树伴斜阳。
农家土酿一杯酒，古寺晨钟几炷香。
尽去浮名消块垒[②]，江天万里只苍茫。

注　释

① 浥：湿润。

② 块垒：累积的块状物。比喻郁积在心中的气愤或愁闷。

古镇行舟

波光一橹到西桥，曼妙渔歌无限娇。

叟瀹香茗饶岁月，媪烹乡菜引醪糟[①]。
千年古刹钟声寂，百载庙堂人迹消。
何惧红尘犹滚滚，桃源世外任轻篙。

注　释

① 醪糟：未滤去渣滓的酒。指酒酿，江米酒。

山墅听雨

山中听雨试新茶，曼妙氤氲漾雾纱。
曳曳琅玕[①]盈翠嶂，潺潺溪水曲危崖。
清风似醉新峦色，黄鹂疑啼旧月华。
遍洒红尘浴甘露，人间是处尽烟霞。

注　释

① 琅玕(gān)：神话传说中的仙树，其实似珠；比喻珍贵、美好之物。似玉的美石。翠竹的美称。

山中夜梦

避暑山中逸事多，华胥国里任消磨。
峰高似待云羁月，溪碧疑期鱼漾波。
白鹿衔花思客戴，青猿献果冀君歌。
黄鹂啼夜嘤间啭，清梦何曾只南柯[①]。

注　释

① 南柯：指“南柯一梦”。喻世事如梦，富贵易失，一切都是空欢喜。

故乡行

山花依旧笑春风，玩伴难识耋耄容。

野陌萋萋多谷稻，村墟漠漠只童翁。
溪流漫溯寻鱼迹，林壑逡巡觅鸟踪。
红尘是处堪栖梦，何人能泯故园情。

哈市松花江

飞架三桥凌北东，穿梭碧漾几游龙。
钓竿任放期渔月，闲步漫趋欲乘风。
故土是宵皆爱绕，梓乡无昼不情萦。
匆匆岁月催人老，最愧少暇伴媪翁[1]。

注　释

① 媪翁：老妇与老翁的并称；亦指年老的父母。

哈市冰灯

银花火树映穹空，光怪陆离几幻蒙。
王母难知居哪殿，嫦娥未晓住何宫。
琼楼欲上积仙气，玉宇期登沐道风。
有幸今朝堪羽化，悄圆绮梦到冥冥。

游松花江

松花江畔任徜徉，未忘冰城是梓桑。
卅载椿萱粱稻地，十年妻女诞学乡。
不惜商贾[1]徒为客，唯憾教坛枉作郎。
今日畅怀歌一曲，清风明月未渠央。

注　释

① 商贾：商人。

游　春

远去嚣尘[①]觅本真，折枝在手且留春。
分花拂柳游山客，荡桨摇楫戏水人。
一线云天牵纸鹞[②]，百重青帐隐渔身。
梅妻鹤子[③]潇湘意，明月清风鉴此心。

注　释

① 嚣尘：喧闹扬尘；指纷扰的尘世。

② 纸鹞：风筝。

③ 梅妻鹤子：以梅为妻，以鹤为子。比喻隐逸生活和恬然自适的清高情态。

江南春晓

依稀零落五更钟，搅扰清幽梦几重。
昨夜疏风捎甫[①]绿，今朝细雨洗残红。
萧竹月澹纤纤影，弱柳岚栖漠漠容。
一旦江南染春色，丝花缕絮总关情。

注　释

① 甫：刚刚，开始。

江南秋意

冷雾寒烟起幻茫，天边鸿雁正南翔。
幽香渺渺缘丹桂，落叶纷纷自柳杨。
北渚栌[①]枫方姹紫，南塘菰蒲已嫣黄。

潇竹有负秋风意，四季犹着翠绿装。

注　释

① 栌：即黄栌，落叶灌木，花黄绿色，秋天变成红色。

春日寄怀

四月江南最畅情，春光无限隐约中。
梅香暗送清寒去，柳翠悄随和煦生。
云欲赠人唯秀色，书期下酒只诗风。
时值万物复苏日，莫忘游郊唤耆翁。

春夜遐思

碌碌[①]浮生只等闲，恰值中老寄田园。
一丝烟雨三公禄，半壁云山万贯钱。
醉眼迷天霞送晚，狂歌啸月籁同欢。
吾侪何日悟禅境，只羡风流不慕仙。

注　释

① 碌碌：平庸的样子。

作客山中

麦浪黍[①]风丘壑间，红尘何处是田园。
晨起雄鸡时报晓，夜息天籁总偕眠。
白丁送往一杯酒，鸿儒迎来百帙[②]缘。
摇曳门前犹五柳，应知元亮[③]更千年。

注 释

① 黍：黍子，一年生草本植物。碾成米叫黄米，性黏，可酿酒。

② 帙：古代书画外面包着的布套；此处代指书。

③ 元亮：指陶渊明。一名潜，字元亮，号五柳先生。曾任彭泽令，因不愿为五斗米折腰而归隐。后常用为隐居不仕的典实。

钓 翁

无名湖畔任垂纶，耆岁犹怀世外心。
渺渺波涛衔落日，悠悠霓霭溯溪云。
投竿吕尚[①]难知处，殉楚屈原未寄魂。
千载红尘皆滚滚，古今独善是谁人？

注 释

① 吕尚：周代齐国始祖。姜姓，吕氏，名望，字尚父，一说字子牙。西周开国元勋，封为太师（武官名），尊为“师尚父”。辅佐武王消灭商纣，建立周朝，册封齐侯，定都于营丘（今山东淄博东北）。民间传有其钓于渭滨为周文王罗致之说，有“太公”之谓，俗称姜太公。

植物园早春

一树梨花压海棠，竞开只为乞春光。
杜鹃期媚悄藏蕊，菡萏[①]思娇已绽芳。
轻棹宜趋深水渡，兰舟误入野荷塘。
落英尽被风吹去，几缕残香尚染裳。

注 释

① 菡萏：荷花的别名，睡莲科莲属多年生水生草本植物。亦称水芙

蓉、芙蕖、莲花等。

小院幽记

河边湖畔任居家，小院春来种菜瓜。
几缕春风吹柳絮，一衾夜雨瘦梨花。
林荫树下时垂钓，品月轩中偶煮茶。
莫负闲情须纵酒，桃源世外只桑麻。

一日即事

今晨慵起日三竿，宿醉昨宵犹梦残。
漫卷珠帘花气溅，轻聆篱落鸟声喧。
横枝纵蔓应时剪，绿菜青瓜随季鲜。
笔走龙蛇偶诗赋，此生欲寄只田园。

梦中吟

昨宵梦里上西楼，舞劲歌狂几未休。
谈笑鸿儒[1]千盏酒，往来俗客百金裘[2]。
浮云渺渺皆东逝，碧水悠悠尽北流。
雨笠烟蓑欲何往，五湖浪际隐归舟。

注　释

① 鸿儒(hóngrú)：大儒；博学的人。
② 裘：毛皮的衣服。

甲辰夏游共青森林公园

林园漫步溯溪行，何处桃源可觅踪。

夹岸柳杨疑醉翠,点坪兰蕙似醺风。
轻掬碧漾尘心净,百睨绮云[①]俗腹空。
不是娑婆难佐梦,烟蓑雨笠宇清清。

注　释

① 绮云:美丽如绮的彩云。

森林公园赏梅

森园漠漠漫梅香,暗随泠风绕水塘。
冷艳蹊径枝点雪,暄妍[①]驿道干盈芳。
蕊红不没屈原骨,萼绿犹羁黛玉妆。
何故凌寒独怒放,人间此处有斜阳。

注　释

① 暄妍:气候温暖,景物鲜明而美丽。

暮冬赏宋梅

千年风雨未耆枝,正是宋梅欲绽时。
阅尽波光水底色,飐[①]穷曲干碧柯姿。
成泥零落放翁[②]意,疏影横斜和靖[③]诗。
莫道暗香[④]少禅境,独清神韵几人知!

注　释

① 飐:风吹物使颤动。

② 放翁:指陆游。成泥零落出自其《卜算子·咏梅》:“零落成泥碾作尘,只有香如故。”

③ 和靖:指林逋。疏影横斜出自其《山园小梅》二首其一:“疏影横斜

水清浅,暗香浮动月黄昏。”

④ 暗香:幽香;代指梅花。

湖滨赏梅

漠漠寒梅正竞春,陂前岭上几香魂。
悄沿蹊径寻芳迹,漫溯湖滨觅落芬。
百载虬柯千点雪,十年曲干万花林。
时逢天降潇潇雨,莫负时光五色[1]心。

注　释

① 五色:本指青、黄、赤、白、黑五种颜色,后泛指各种颜色。

偕妻再游海湾森林公园

孟春漫赏在梅园,清客[1]妖娆映碧天。
未晓唐枝[2]增几岁?难知宋蕊陨[3]何年。
暗香浮动放翁韵,疏影横斜和靖弦。
有幸今朝携侣醉,寒英[4]最契是情缘。

注　释

① 清客:梅花别称。
② 唐枝:指唐朝梅花。
③ 宋蕊:指宋朝梅花。陨:坠落;毁坏。
④ 寒英:寒天的花。喻指梅花、菊花、雪花等。

暮冬雨霏郊游

漫溯郊垌踏煦阳,阴霾尽去我疏狂[1]。

欣闻鹊鸟林间噪，乐嗅寒梅枝上香。
破土青芜[②]羞照水，扶风丝柳弱依江。
垂纶莫问鱼栖处，雨笠烟蓑入幻茫。

注　释

① 阴霾：天气阴晦、昏暗；喻人的心灵上的阴影和不快的气氛；也指一种压抑、沉闷的气氛。疏狂：豪放；不受拘束。

② 青芜：杂草丛生的草地；杂草丛生貌。此指青草。

咏　梅

蜡梅二月未花姿，何故报春今已迟。
鹤子梅妻和靖意，尘泥馨韵放翁诗。
千泠难奈凌寒骨，百冽未倾傲雪枝。
岁岁群芳竞开日，香消落寞几人知。

登东方明珠

一塔凌空黄浦边，碧水九曲绕城垣[①]。
楼宇参差舒望眼，舳舻浩荡渺长天。
溪云哪朵堪栖雨，广厦何间可避烟。
移居沪上廿余载，钟鼎泉林若等闲。

注　释

① 城垣：城池的墙垣。此为虚指。

与妻游城隍庙

华灯初放踏春园，九曲廊桥[①]尽霭烟。

接踵难疏淘宝乐，摩肩无碍啖食欢。
何缘与汝同携手，奚幸和君共驻颜。
今欲游穷城隍地，不辜月色照婵娟。

注　释

① 九曲廊桥：指豫园的九曲桥。

偕郊游

长鬋[①]飘飘偕彩裳，漫游坰野几疏狂。
一枝折柳留春住，两线纸鸢[②]凌宇长。
蹊下桃花诗醉语，湖边碧漾靓梅妆。
摇舟荡桨何溪去，悄觅青阳未遽央。

注　释

① 鬋(jiǎn)：(女性的)鬓发。
② 纸鸢：风筝的别名。

春日游佘山[①]

沪上无峦丘是山，正堪骚客任凭栏。
一堂[②]耸顶祈天主，几镜[③]窥空觅星缘。
南畦栉比千楼宇，北渚连绵百水田。
悦目君宜向东望，童耆多少放纸鸢。

注　释

① 佘山：位于上海松江，分西佘山和东佘山。西佘山海拔 100.8 米，是上海陆地第一高峰；东佘山海拔 72.4 米。佘山上有圣母大教堂、秀道者塔、地震基准台、月湖和佘山天文台等。

② 一堂：指佘山顶的圣母大教堂。

③ 几镜：指天文台中的望远镜。

佘山晚晴

佘山晚霁自清幽，翠嶂云霓一望收。
漠漠稻塍消暑气，悠悠白鹭杳平畴[①]。
昔时垌野千顷碧，今日华堂百幢楼。
纵使桑田变沧海，无人能耐是乡愁。

注　释

① 平畴：平坦的田野。

偶见墙隅春竹

摇曳荆篱一簇筠[①]，岂嗟无奈落红尘。
时期梦里偕松影，有待暝[②]中伴月魂。
昔借东风先破土，今羁瑞雪尚余荫。
植根墙隅何寥寂，唯盼人间早是春。

注　释

① 筠：竹子的别称。

② 暝：日落；黄昏。

安吉竹海[①]

茅屋错落箐丘屏，犬吠鸡鸣两济声。
月下听琴花弄影，溪边濯跣酒临风。
春茶青炒趋滋淡，野菜简烹冀味浓。

此处人间称妙境，只缘绮梦在心中。

注　释

① 安吉竹海：位于浙江湖州安吉，依山傍水，竹连山，山连竹，满目苍翠，是一幅层层叠叠的竹画长卷。以“竹、乡、山、水”为背景，是集“竹海观光、竹乡休闲、文化体验、影视娱乐、山乡人居、度假养生”等功能为一体的生态养生的好去处。

春游大观园[①]

霏霏细雨正缠绵，春色无边几姹然。
嫩草萋萋先破土[②]，老梅漠漠尚凌寒[③]。
浮云树杪植根蒂[④]，湖水溪边漾蔚蓝[⑤]。
一载轮回犹四季，千姿百态大观园。

注　释

① 大观园：此指位于上海市青浦区的大观园。

再游大观园

大观园里欲达观，依旧春波漾柳闲。
无觅潇湘[①]葬花处，难寻怡红[②]品茗轩。
沧桑世事谁能料？福祸人生吾自圆。
百载春风能几度，红楼有梦即婵娟。

注　释

① 潇湘：指林黛玉居住的潇湘馆，代指黛玉。

② 怡红：指贾宝玉居住的怡红院，代指宝玉。

清明江阴品三鲜[1]

清明时节品三鲜，始晓江刀[2]值万钱。
老友情添频盏罄，新朋意洽屡杯干。
园中蔬果倾滋尽，桌上牌局待夜阑。
小喜犹宜成大乐，人生境界谓达观[3]。

注　释

① 三鲜："竹外桃花三两枝，春江水暖鸭先知。蒌蒿满地芦芽短，正是河豚欲上时。"可见宋时，长江三鲜之一的河豚，已是苏老夫子心中的美味。三鲜者，刀鱼、鲥鱼、河豚也。据说，长江三鲜以江阴最佳，它们都属长江洄游鱼类，咸淡水两栖，每逢春季溯江而上，在淡水中产卵后再回到大海，因此，其肉质和长江中的其他鱼类不同。

② 江刀：指刀鱼。

③ 达观：心胸开朗，见解通达。

阳澄湖品蟹

清波碧漾介士[1]多，随处渔家皆傍河。
晨起时依啼晓鸟，宵眠偶伴报更锣。
品茗湖上一轮月，食蟹船中几首歌。
萧瑟犹宜吾酒兴，微醺深醉梦南柯。

注　释

① 介士：耿介正直的人。螃蟹的别称。

中秋游苏州旺山

有幸今朝双庆[1]游，乾元寺[2]里阅春秋。
萧竹曳翠青峦嶂，丹桂飘香馥画楼。

茅酒[3]千倾人已醉，豪言百絮意难休。
红尘此处堪栖梦，无限风光天地悠。

注 释

① 双庆：指中秋节和国庆节。

② 乾元寺：始于五代，吴越王钱镠拥兵江浙，统十三州，定都杭州。第六子元璙“仪态瑰杰，风神俊迈；性俭约恭靖，便弓马”。钱元璙与其子文奉统治苏州六十年，治苏三十年，促使农业、手工业得到一定的发展，当地百姓安居乐业，因此父子同祀沧浪亭五百名贤祠。文奉在七子山顶月光滩建祀墓之所，称广福禅寺，后改名为乾元寺；清嘉庆二十二年（1817 年）重修，20 世纪 60 年代后期被毁，2001 年后修复。

③ 茅酒：指茅台酒。

海 棠

墙隅悄栖一海棠，未输风雨几多狂。
羞和众卉争明艳，耻与群英较暗香。
月色溶溶[1]时倩首，华光澹澹总凝妆[2]。
早芳只为捎花信，不负嫣红万里疆。

注 释

① 溶溶：明净且洁白的样子。

② 凝妆：盛妆，妆饰华丽。

空谷幽兰

默默栖身空谷中，倩姿只为月胧明[1]。
春来蓊郁[2]惜飞絮，秋去绰约笑败蓬。
张岱[3]湖心一点雪，山人[4]笔底几孤峰。

犹知风雨濯清骨，连理菊梅与翠松。

注　释

① 胧明：微明。

② 蓊郁：草木茂盛或浓密，浓郁。

③ 张岱(1597—1689)：一名维城，字宗子，又字石公，号陶庵、蝶庵，晚年号六休居士。浙江山阴(今浙江绍兴)人，祖籍四川绵竹(故自称“蜀人”)，侨寓杭州。明清之际史学家、文学家。

④ 山人：指朱耷(1626—1705)，谱名统䥅，字刃庵，有八大山人、雪个、个山、人屋、道朗等别号。一度出家，又当道士。江西南昌人，明宁王朱权后裔。明末清初画家，中国画一代宗师。

海边棕榈

亭亭摇曳在风中，聆尽涛狂浪漾声。
时伴归帆迎落日，常栖倦鸟悦啼鸣。
犹如战士披银甲，疑是农夫戴斗篷。
悄请婵娟遗幻影[①]，宜将无际付葱蒙。

注　释

① 幻影：虚幻而不真实的影像。

桃　源

雾笼峰峦浪吻沙，情思无限寄天涯。
林泉冽涌宜淅[①]米，梅雪香羁可煮茶。
野味山珍一盏酒，杨绵柳絮几枝花。
人生终老寻何地？随处桃源即是家。

注　释

① 淅：淘米。

桃源寄望

本有桃源世外心，夙缘[1]无奈入红尘。
西山芝熟偕香醑，南涧芹生伴绿茵[2]。
地远方能藏隐士，天长正可纳高人。
来兮归去东篱下，明月清风五柳魂。

注　释

① 夙缘：前生的因缘；命中注定的缘分。

② "西山、南涧"联：出自元周权《沁园春·笑此山人》："瓶无粟，有西山芝熟，南涧芹生。底须役役劳形。

齐云山[1]云海

岚谲雾诡起云潮，携侣正宜上九霄。
谷壑苍茫犹箐嶂，峦峰缥缈尚松涛。
何方客迹唯闻语，奚处莺声只悦娇。
览尽齐山无限秀，人间仙境看今朝。

注　释

① 齐云山：位于江西崇义境内，是五岭诸广山脉主峰，海拔 2 061 米，有齐云日出、玉女云海、天生仙桥、奇峰怪石"四大奇观"。这里山高林密，水系纵横，山势巍峨，云腾雾绕，物种繁多，百鸟鸣唱，宛若仙境。若逢天朗气清时登顶，湘、粤、赣三省八县尽收眼底。其名源于传说：因天宫七仙女踩赤橙黄绿青蓝紫七色彩云降临过，故名"七云山"，又因"七"与"齐"谐音，久之将此山叫成了"齐云仙"和"齐云山"。

河南滑县

麦浪黍波春意浓，杨花柳絮正值风。

瓦岗[1]草莽扶英主，书院文宗[2]号醉翁。
县若称滑添水骨[3]，城宜纳贵隐贤踪。
倾情纵酒小鸡蹦[4]，多少幽思寄梦中。

注　释

① 瓦岗：即瓦岗寨，隋朝末年由翟让、李密领导的瓦岗军起义发生地，位于河南安阳滑县瓦岗寨乡。兵败后，其中将领徐世勣、秦叔宝、程咬金等人被秦王李世民网罗，为唐王朝的建立立下汗马功劳。

② 书院文宗：指欧阳文忠公书院，是北宋文学家、史学家欧阳修任滑州通判时的住所，为全国四大书院之一。位于滑县古城东南隅，原名秋声书院，亦称欧阳书院，又名画舫书院。修字永叔，号醉翁、六一居士，吉州永丰（今属江西）人。

③ 水骨：源自王安石曰"波"乃"水之皮"，苏东坡得知后打趣道："波"若是"水之皮"，则"滑"乃"水之骨"也。

④ 小鸡蹦：即"小鸡蹦酒"，原名"老烧酒"，据史书记载：1761 年，清朝乾隆皇帝南巡，途经道口，夜宿兴盛悦来客栈，当时滑县万家立灶，千村飘香，乾隆皇帝趁此良辰美景正好享受一番。乾隆皇帝品尝了道口烧鸡、老烧酒后，一时兴致大增，询问店家此酒叫何名？掌柜说当地人称老烧酒，喝了小鸡也会蹦。乾隆皇帝当即笑赐名为"小鸡蹦酒"。

山　村

村边柳下几耆翁，对弈千年犹未终。
牛背牧童悭岁月，田畦黔首[1]耽躬耕。
夕归慢啜[2]家中酒，晨起轻掇[3]篱上英。
五柳何时圆绮梦，人间不枉有清风。

注　释

① 黔首：黎民，老百姓。

② 啜：饮；吃。

③ 掇：拾起；摘取。

长春忆旧[1]

卅年一瞬几峥嵘，重觅乡音溯旧踪。
夜咏南湖[2]时伴月，晨读鸣放[3]不离宫。
同窗远去八方客，莫逆分居四地城。
纵使天涯人半老，此生难舍故园情。

注 释

① 长春忆旧：20世纪80年代初本人在吉林大学求学，在长春度过七年时光，学习、恋爱，天真、懵懂，清贫、快乐……转眼三十年过去，故地重游，恍若隔世，物是人非，其心境五味杂陈，命笔欣然。

② 南湖：位于长春西南部。1933年日寇拦蓄第二松花江水系伊通河支流西河沟形成城市备用水源地。1949年后在库区建立了南湖公园，总面积222万平方米，是市内最大的公园，为全国第二大园，仅次于颐和园。

③ 鸣放：即鸣放宫，是伪满时期的建筑物，当时叫神武殿。该建筑采用日本传统建筑形式，黑色陶瓦的大屋顶，雪白的墙壁，花岗石的基座。当时是供日本人习练武术和祭祀神武天皇的场所。本人在吉林大学读书时，是我们的电影院。

吉林随感

四面青山一水中，曲江横贯半分城。
群峰昔日曾伏虎，众壑今朝尚潜星。
秋眄奇观冰挂树[1]，冬瞻幻景雾伏凇[2]。
何时烂漫[3]随春至，悄在花丛拾落英。

注 释

① 冰挂树：即树挂，是降水碰到温度等于或低于零摄氏度的物体（树）

表面时所形成玻璃状的透明或无光泽的表面粗糙的冰覆盖层。

② 雾伏淞：即雾凇，俗称冰花、树挂等，是低温时空气中水汽直接凝华，或过冷雾滴直接冻结在物体上的乳白色冰晶沉积物，是非常难得的自然奇观。

③ 烂漫：颜色鲜明而美丽；也指坦率自然，毫不做作。

白城①郊坰

蓝天碧水两相和，谁谓白城乃朔漠。
坰甸秋来飞鹤鹭，苇丛春去隐巢窝。
期寻鱼蟹先置网，欲唤牛羊始放歌。
揽月摘星何处去，洮河②岸畔任消磨。

注　释

① 白城：简称洮，旧称洮安。是吉林省辖地级市，在西北部。

② 洮河：即洮儿河，黑龙江水系松花江西源嫩江右岸最大支流。位于内蒙古兴安盟境内与吉林西北部。源出内蒙古大兴安岭东南麓高岳山阿尔山市白狼镇九道沟。由西北向东南流至乌兰浩特汇集归流河，至吉林洮南转向东北流入嫩江。

旅石家庄有怀

慷慨悲歌燕赵天，萧萧易水几多寒。
今朝吾尚怀荆士①，翌日谁犹忆子丹②。
漠漠风尘千载逝，如如佛道万年传。
人生唯愿随心去，是处乾坤总月圆。

注　释

① 荆士：荆轲（？—前227），姜姓，庆氏（古时“荆”“庆”音近），字次

非，战国末期卫国人，春秋时期齐国大夫庆封的后代，战国时期著名刺客，也称庆卿、荆卿、庆轲。

② 子丹：燕太子丹（？—前226），姬姓，燕氏，名丹，燕国蓟城（今北京房山）人，战国时燕国太子，燕王喜子。为质于秦，燕王喜二十三年，亡归。二十八年，见秦兵旦暮至，乃遣荆轲以送督亢地图及樊於期首级为名，赴秦刺秦王政。事败，秦急攻燕。与燕王喜同逃辽东。燕王喜用代王嘉之计斩丹以献秦。

旅冀忆荆轲

燕赵悲歌何处寻？萧萧易水最倾心。
渐离[1]击筑酬知己，荆士献图刺暴秦[2]。
莫忆阿谁[3]千年事，只思吾辈百年魂。
今朝信马由缰去，万里江天一片云。

注　释

① 渐离：即高渐离，战国末燕人，荆轲好友，擅击筑。荆轲刺秦王临行时，高渐离与太子丹送之于易水河畔，高渐离击筑，荆轲和而高歌“风萧萧兮易水寒，壮士一去兮不复还”。

② 暴秦：指秦王嬴政。

③ 阿谁：唐宋时期口头语言，常用作禅林语，即“谁”。

旅冀有怀

人生寂寂总无凭，易水萧萧逝旧踪。
两弟忠言能彻骨[1]，一兄豪气可强膺。
觥筹交错十年意，肝胆相倾百载情。
有待乾坤漾澄碧[2]，世尘阆苑俱春风。

注　释

① 彻骨：透入骨髓；比喻深刻。

② 澄碧：清澈而碧绿。

惠山泉[1]

惠泉甘冽让中泠[2]，不负清波映月明。
阿炳眇[3]弹天籁曲，纳兰[4]泣忆故园情。
空遗马喙[5]歃牛首，自有湖石抱危亭。
此处人间堪体味，只缘缱绻[6]在心中。

注　释

① 惠山泉：位于无锡惠山东麓。唐茶圣陆羽曾到无锡访友，居惠山寺，对惠山“泉源渊沦，篁木浓翠”极为赞赏，对泉水的清冽甘美更是倾心。其将天下水分为二十等，惠山泉位列第二，天下第二泉由此产生。

② 中泠：即中泠泉，也叫中濡泉、南泠泉，位于江苏镇江金山寺外。此泉原在江水之中，由于河道变迁，泉口处已变为陆地。陆羽品评天下泉水时，中泠泉名列全国第七，稍后的唐名士刘伯刍品尝了全国沏茶的水质后，将水分为七等，中泠泉列第一等，因此被誉为“天下第一泉”。

③ 阿炳：即华彦钧(1893—1950)，出生于无锡，民间音乐家。正一派道士，因患眼疾而双目失明。留存有二胡曲《二泉映月》《听松》《寒春风曲》和琵琶曲《大浪淘沙》《龙船》《昭君出塞》六首。眇：瞎了一只眼，后亦指两眼俱瞎。

④ 纳兰：指纳兰性德。

⑤ 马喙：马嘴。据传乾隆欲将惠山泉改为天下第一泉，地方百姓筑奇石“马喙”“牛首”不相对，寓意牛唇不对马嘴而谏止。存疑，权作笑谈。

⑥ 缱绻：感情深厚，难舍难分。

暮观江门“小鸟天堂”[1]

萧瑟依稀满目中，天堂观鸟对秋暝。
屿榕百顷皆巢树，岸苇千丛俱缀英。

欲倩夕霓一窠[②]易，思偕落日两情倾。
人间万物应同理，共济犹堪御雨风。

注　释

① 小鸟天堂：位于广东江门新会南的天马河中，独具岭南水乡自然特色，是一道世所罕见的风景线，以“独木成林古榕树、百鸟出巢、百鸟归巢”三大自然奇观可谓独步天下。这株目前世界上最大的榕树据说成形于明末，历经四百多年的繁衍，已一榕成林十五亩。这里得天独厚的生态环境，吸引了十多种、数万只野生鹭鸟常年在此栖息。

② 窠：(昆虫、鸟兽等)的巢穴。

茅兰沟[①]秋色

一水中分界两国，风光无限自中俄。
茅兰沟里斑斓树，汤旺河[②]中炫彩波。
奇松恋夏碧衣在，桦树迷秋黄冠多。
妙手丹青寒霜露，描枫画栎[③]色峦坡。

注　释

① 茅兰沟：位于黑龙江伊春嘉荫县，小兴安岭北麓，东临黑龙江。集山奇、水秀、林茂、潭幽、瀑美于一身，是旅游、度假、科考、攀岩不可多得的旅游胜地。域内有茅兰瀑布、黑龙潭、仙女池、太子峰、熊头峰、鸽子峰、石头人、石婆、镇潭石、丹凤泉。有伊春最为壮观的石林群，被誉为黑龙江的“九寨沟”。原名“猫狼沟”，因涧深林茂，常有狼虎豹出没而得名，后因风景优美及与“猫狼”谐音，更名为“茅兰沟”。

② 汤旺河：系黑龙江水系的松花江下游的一条主要支流。发源于小兴安岭中北部，流经伊春和汤原两市县，全长 509 千米。

③ 栎：落叶乔木，俗叫柞树或麻栎，花黄褐色，果实叫橡子或橡斗。

嘉荫豪饮

窖储小烧已数年，园中蔬果正时鲜。
鱼虾土饪农家菜，豚鹿杂烹野味餐。
老友重逢一盏尽，新朋偶遇百杯干。
几曾浓醉羞为客，更觉北国是故园。

虎年游朱家角[①]

年来六百旧时光，黛瓦白墙石坊廊。
古肆铺中寻酹迹，放生桥上望贤乡。
妻拥绿袄贵妃[②]媚，女展红裙飞燕[③]妆。
最美还应是佳婿，殊咖屡品未渠央。

注　释

① 朱家角：位于青浦九峰北麓，淀山湖畔，是上海四大文化名镇之一。镇内河港纵横，九条长街沿河而伸，千栋明清建筑依水而建，36 座石桥古风犹存，名胜古迹比比皆是。历来文儒荟萃，明清两代共有进士 16 人，举人 40 多人。清学者王昶、御医陈莲舫、小说家陆士谔、报业巨头席子佩、画僧语石等，都是其中出类拔萃者。

② 贵妃：指杨玉环(719—756)，号太真，唐玄宗妃。资质丰艳，善音律歌舞。

③ 飞燕：指赵飞燕。西汉成帝皇后(？—前 1)，善歌舞，以体轻，故称“飞燕”。

节游朱家角有怀

佳节每逢必熙攘[①]，何处人生不遽忙。

闹市久居利锁困，桃源难往名缰长。
竹篙轻点澄波碧，篱院纷植野蔌香。
正恰人间欢会际，红尘佳境任徜徉。

注　释

① 熙攘（xīrǎng）：人来人往，热闹拥挤。

节游泗泾[①]古镇

高塔悠悠阛阓间，依稀往事渺如烟。
相伯[②]狗叫醒华夏，量才[③]笔耕担道肩。
何处清茗堪佐梦，奚时碧醑可安眠。
人生最美风一袖，弄月吟花任自闲。

注　释

① 泗泾：上海市松江区辖下的一个镇。

② 相伯：马相伯（1840—1939），名良，以字行。晚年自号华封老人。祖籍江苏丹阳，生于丹阳马家村（今江苏丹阳）。教育家，震旦大学、复旦大学、复旦中学、向明中学创始人兼首任校长。

③ 量才：史量才（1880—1934），名家修，字量才，今南京江宁人，杰出的商人、报人、教育家和报业巨子。

盛夏游青西郊野公园[①]

盛夏谁堪郊野行，携俦溽暑可凭风。
塍花频采君须戴，畦蔌屡甄吾欲烹。
水上杉林迷倒影，岸边白鹭恋晴空。
陂荷曳漾亭亭立，大美人间只芙蓉[②]。

注　释

① 青西郊野公园：位于上海青浦区金泽镇莲谢路大莲湖周边，规划总

面积22.35平方千米，于2016年建成，是一座郊野湿地类公园。园内物种资源丰富，“湖、滩、荡、岛”纵横交错，湿地、湖泊、河流、森林形成多样化的生态系统。公园以大莲湖为中心，以湿地、生态、自然、休憩为主题，水乡农田示范、生态保育、渔村休闲体验是其三大特色，60多亩的水上森林，被誉为池杉奇观。

② 芙蓉：荷花的别名。

青西郊野赏荷

清波无际水苍茫，潋滟芙蓉袅坳塘。
碧玉盘中承雨露，夕阳辉里舞霓裳[1]。
蜻蜓频落迷幽韵，白鹭屡翩恋艳芳。
伊捧莲蓬不知味，采归几缕芰荷香。

注　释

① 霓裳：以霓制成的衣裳。相传神仙以云霓为裳。《楚辞·九歌·东君》：“青云衣兮白霓裳，举长矢兮射天狼。”

青西郊野即景

青西郊野郁葱[1]葱，无限风光正溢情。
柳放金丝闲钓月，荷擎碧盖漫摇风。
湖波九曲凭篙溯，蹊径百回任履行。
何处可寻陶令迹，留与鸥鹭杳冥冥。

注　释

① 郁葱：形容草木苍翠茂盛。

大明湖赏荷

大明岸畔任徜徉，荷芰犹余十里香。
漫溯清波寻漱玉[1]，萦洄碧漾觅仙芳。
时欣菡萏栖佛迹，尚冀芙蕖潜道疆。[2]
有待清风明月夜，携归旖旎未渠央。

注　释

① 漱玉：指李清照，其有《漱玉集》。

② 菡萏、芙蕖：均为荷花的别名。

西湖赏荷

不尽山光接水光，荷波十里漾钱塘。
诚斋[1]菡萏无穷碧，濂溪[2]芙蕖分外香。
取次[3]东坡千潋滟，萦回居易百苍茫。
冥冥应是心栖处，仙子飘然到梦疆。

注　释

① 诚斋：指杨万里，号诚斋，其诗故称为诚斋体。其《晓出净慈寺送林子方》有“接天莲叶无穷碧，映日荷花别样红”句。

② 濂溪：指宋理学家周敦颐，其世居溪上，晚年移居庐山莲花峰下，峰前有溪，因取旧居濂溪以为水名，并自以为号，世称濂溪先生。著有《爱莲说》。

③ 取次：随便，任意；次第。

游长兴岛[1]

扬子江[2]中孤岛悬，秋风萧瑟染斑斓。

盈畦禾稻摇金穗,溢野柑橘点沃原。
酒味浅尝吾已醉,蟹鲜细品客犹酣。
人间是处蓬瀛境,只待禅心慧眼观。

注　释

① 长兴岛:位于上海崇明东南部,是吴淞口外长江南水道入海口的一个岛屿。属江口沙洲,咸丰年间已形成六个小岛,1960年代末,长兴人民担土填江,将六个小岛筑坝联成一体。东、南邻横沙岛,东、北眺崇明岛。全境呈带状,东西长26.8千米,南北宽为4千米,全岛面积88.54平方千米,滩涂面积8.5平方千米。岛上属海洋性气候,夏季湿润凉爽,冬季温和,四季分明。

② 扬子江:指长江。古称长江在今仪征市、扬州市的江段为扬子江,因扬子津而得名;近代外国人通称长江为扬子江。

旅阿坝[①]有怀

高原只手欲摘星,一管羌笛几缕风。
奚客醍醐堪灌顶[②],何家幡幢可凭踪。
思随牧犬循溪去,冀伴牦牛逐月行。
万丈红尘唯大化[③],苍山雪岭醉溟濛。

注　释

① 阿坝:指四川省阿坝藏族羌族自治州,简称阿坝州。

② 醍醐灌顶:指酥酪上凝聚的油。佛教指灌输智慧,使人彻底觉悟。比喻听了高明的意见使人受到很大启发。也形容清凉舒适。

③ 大化:谓化育万物;指佛的教化。

若尔盖草原[①]

叠嶂层峦蔌草花,河波九曲渺天涯。

苍鹰峰际寻积雪,鼷鼠丘屏作地家。
策马荒原期揽月,牧牛袤[2]野冀栖霞。
悄将大美期灵化,是处人间总桑麻。

注 释

① 若尔盖草原:在四川省阿坝州若尔盖县,海拔3 500米左右,是黄河上游最重要水源涵养地和生态功能区,对黄河水源贡献超过30%,被称为“中华水塔”。

② 袤:古称南北的距离。

蜀返沪途中

云霭茫茫万里天,不疑尘世住神仙。
嫦娥遣寂应眠月,吴刚逐寥冀醉颜。
杳渺[1]蓬洲堪展翼,溟濛[2]瀛海可扬帆。
人生最美佛禅境,两袖清风到涅槃。

注 释

① 杳渺:悠远渺茫貌。

② 溟濛:形容烟雾弥漫、景色模糊。

柘林湖[1]有怀

柘林二赴更驰情,山色湖光两有凭。
斩浪劈波兄泳迹,荡舟摇桨妹游踪。
千杯浓酒何人醉,百寂幽途奚客行。
莫叹浮生总羁旅,栖心是处可陶公[2]。

注 释

① 柘林湖:位于江西永修县和武宁县境内,总面积308平方千米。湖水深邃纯净,湖内千岛错落,植被繁茂,翠色欲流,再加上时隐时现,形态各

异的无名小岛，环湖峰峦叠嶂，古木参天，满目葱茏。又称柘林水库，是由亚洲第一大水电土坝拦河工程所在地——柘林镇而得名。因地处庐山西侧，也被称为“庐山西海”。

② 陶公：指陶渊明。

柘林湖返沪途中

缘分莫道总无凭，化境人生只梦中。
一句忠言难逆耳，满腔热血可寻踪。
离庐[①]已忆柘林迹，没齿[②]应铭劲酒行。
不为杜康思酩酊，皆因吾辈尽豪英。

注　释

① 离庐：指离开庐山西海，即柘林湖。
② 没齿：终身；一辈子。

四季感怀

春　情

一树残梅送暮冬，姹紫嫣红满院庭。
细雨悄增新柳绿，春光暗度老竹青。
家犬偶吠孤独月，野鸟空啼寂寞风。
小菜时鲜缘自种，桃源世外几躬耕。

春　祭

久雨初晴去踏青，无边绿色漾春风。
闻香梅下惜冬浅，猎艳桃前怨煦空。
何日琼枝能累果，奚时玉树可繁英。
人生莫负婵娟季，绮梦重温待百重。

春　游

春风和煦踏垌游，一线纸鸢任放收。
林壑寻梅凭远履，泖湖[1]觅鹭借悠舟。
田青野碧浮春色，竹影梅魂栖画楼。
何处乡音飞俚曲，谁人能解是闲愁。

注　释

① 泖湖：湖泊名。在上海松江西，由上泖、中泖、下泖汇聚而成。

春　望

何因别绪又离愁，无限情思天地悠。
隐隐青山叠翠嶂，悠悠碧水荡渔舟。
飞英千缕香亭榭，丝柳百重掩画楼。
纷紫缤红君莫待，春光烂漫[1]只心留。

注　释

① 烂漫：色彩绚丽。

春　觅

柳色青青桃李红，江南无处不春容。
枝摇屡落飞英雨，丝曳频来舞絮风。
鸟语嘤嘤[1]喧寂榭，花香缕缕袅幽庭。
天人合契应如是，莫负时光无限情。

注　释

① 嘤嘤：鸟和鸣声。

春　鲜

园畦小菜自耕悠，百日尝新几未休。
今朝啖嫩割春韭，翌晚食鲜掘笋头。
简饪原滋堪侑酒[1]，繁烹殊味总宜馐[2]。
莼羹鲈脍[3]诚邀客，一醉能消万古愁。

注　释

① 侑酒：劝酒；为饮酒者助兴。

② 馐：美味的食品。

③ 鲈脍莼羹：味道鲜美的莼菜羹、鲈鱼脍，喻思乡的心情。出自《晋书·张翰传》。

春　院

蜂翩蝶舞绕花丛，无限春光最动情。
门柳婆娑同客语，篱篁窸簌[1]共莺声。
庭中蓓蕊出黄杏，架上繁花缀紫藤。
莫羡家家皆绚丽[2]，谁能邀汝醉香风。

注　释

① 篁：竹林，泛指竹子。窸簌：风吹叶子等的声音。

② 绚丽：灿烂美丽。

春　怀

细柳依依拂碧丝，盈盈春水涨陂池。
畦花漫采君思戴，膝蔌细甄吾欲食。
偃鼠饮河唯满腹，鹪鹩巢树只一枝。[1]
青阳熠熠无穷碧，弄月吟花正当时。

注　释

① “偃鼠、鹪鹩”联：出自战国《庄子·逍遥游》：“鹪鹩巢于深林，不过一枝；偃鼠饮河，不过满腹。”偃鼠：指鼹鼠，田鼠。鹪鹩：鸟名。形小，体长约三寸；羽毛赤褐色，略有黑褐色斑点。俗称巧妇鸟，又名黄脰鸟、桃雀、桑飞等。

春　兴

吹箫论剑乐为诗，满箪[1]春光起已迟。
夜雨梨花余半树，晨风柳翠上千枝。

南塘莎草[②]萌新绿，北岸桑蚕吐腹丝。
红袖添香沽美酒，椿鲜韭嫩正当时。

注　释

① 簟：竹席，凉席。

② 莎草：多年生草本植物；多生于潮湿地区或河边沙地。

春　游

兰棹[①]轻摇任荡船，满湖春色渺无边。
清波冽冽鸭堤岸，细雨蒙蒙柳翠烟。
云际楼台栖谷壑，天边寺院隐丘山。
适逢佳境情难了，一线纸鸢在手牵。

注　释

① 兰棹：木兰舟。亦用为小舟的美称。

逢春雨

春霖[①]淅沥漾溪潮，杨柳初黄分外娇。
犹喜笋椿能下酒，更欣诗赋可强腰。
苏公[②]芒鞋轻胜马，铁木[③]弯弓劲射雕。
但遇人生挥洒日，征尘洗去拭新袍！

注　释

① 春霖：春雨。

② 苏公：指苏东坡。

③ 铁木：指铁木真，即成吉思汗。

庭院春色

时来万物溢春情，多少青芽破土生。
一树梨花悄落雨，千枝桃瓣乱飞红。
旧巢新垒衔泥燕，嫩柳初萌啼侣莺。
椿笋笃鲜[①]宜下酒，且吟诗句送清风。

注　释

① 笃鲜：江南名菜腌笃鲜的略称。

早春郊游

细雨霏霏云脚低，风光何处不人迷。
梅犹悭雪春羁旅，柳未摇波燕滞期。
寂寂枯萍流北渚，悠悠芳草侵南堤。
寒鸦数点何寥落[①]，只待丛林染碧衣。

注　释

① 寥落：稀疏，冷落。

早　春

黄鹂破晓乱鸣啼，多少山川染碧衣。
播种农夫悄破土，筑巢越燕[①]正衔泥。
桃枝绽蕾羁春色，碧漾游鱼戏柳堤。
韭嫩笋香食有欲，频举一觞旧酿醨[②]。

注　释

① 越燕：即紫燕，江南多有。

② 醨：薄酒。

春日垌游

四月江南水路长，处处嫣红姹紫装。
几缕飞英香亭榭，一袭芳草绿池塘。
柔枝燕落添春色，润土芽萌沐煦阳。
早起应宜垌野去，悄将青帝[①]入行囊。

注　释

① 青帝：此指春天。

春日即景

芭蕉浥露正空蒙，芳草萋萋满院庭。
墙隅孤蛩[①]时絮语，篱边众鸟尚繁声。
梨花半树留春梦，翠柳千丝荡煦风。
轻唤伊人同赏景，巢梁雨燕正唧哝[②]。

注　释

① 蛩：指蟋蟀。
② 唧哝：细语声。

春日感怀

潇潇风雨任平生，商海浮沉有辱荣。
野水投竿寻鳜影，高台酹月觅仙踪。[①]
遍览山川期眼净，悉游垣阙[②]冀心空。
天涯望断情归处，应在云霄第九重。

注　释

① “野水、高台”联：源自清陈澧《百字令》：“野北投竿，高台啸月，何代无狂客？”鳜：鳜鱼，体侧扁，性凶猛，味鲜美。中国特产，俗称桂鱼或花鲫鱼。

② 垣阙：泛指古建筑。

春　竹

篱边墙隅任植根，漠漠萧竹潜翠茵。
沁[①]露覆霜难老色，经风历雨尚虚心。
是宵疏影皆偕月，无昼仙姿不系魂。
犹喜枝头寥寂[②]鸟，一啼唤得四时春。

注　释

① 沁：（香气、液体等）渗入或透出；头向下垂；往水里放。

② 寥寂：冷落，寂寞；寂静无声。

梅季杂感

梅季临窗听雨声，篱边时见几恭躬[①]。
狺狺[②]犬吠入人耳，噪噪蛙鸣落稻塍。
寂夜无眠情百缕，深宵有寐梦千重。
何时重现云中月，欲问嫦娥广寒宫。

注　释

① 恭躬：谓熟人之间碰见打招呼。

② 狺狺：犬吠声。

早春庭院

淡影疏姿犹梦中，蛩鸣鸟啭两和声。
门依丝柳方新绿，池立荷莲尚旧蓬。
燥地时需君渫[①]水，贫田有待我勤耕。
潇竹摇曳黄昏日，杯酒溪云梦几重。

注　释

① 渫（xiè）：淘去污泥；泄，疏通。

庭院自遣

正是泉林欲隐时，曾迷钟鼎[①]几人知。
芙蓉叶底偕鱼趣，杨柳枝头悦蝉嘶。
倚榭香茗闲对月，憩亭碧酹哂[②]吟诗。
留连庭院犹三径[③]，禅悟人生应未迟。

注　释

① 钟鼎：钟和鼎；喻富贵荣华。

② 哂：微笑；讥笑。

③ 三径：归隐者的家园或是院子里的小路。典出晋赵岐《三辅决录》卷一，叙汉蒋诩辞官不仕事。

家园小记

雨润莲花淡淡香，风拂春柳正疏黄。
冬青苍翠繁篱落[①]，竹影婆娑映牖窗。
小菜时烹宜酒续，清茶闲煮伴宵长。

一逢晴霁微云夜，明月悄然入梦乡。

注 释

① 篱落：篱笆。

家中偶感(一)

漠漠闲庭偶落花，情思无限到天涯。
黄鹂啼树疑述爱，黑犬吠邻确护家。
细雨抚莲时浥碧，煦风润土早植瓜。
徘徊鸿雁犹云际，似恋晴空几抹霞。

家中偶感(二)

百鸟啼鸣睡梦中，朝阳悄上桂堂东。
竹摇灯影疑偕月，犬吠街邻似啸风。
静气犹需一载寂，平心尚待十年功。
桃花源里彭泽令[①]，说酒谈茶醉冥冥。

注 释

① 彭泽令：指陶渊明，曾做彭泽县令。

家 园(一)

五十方作种田翁，始觉躬耕菜味浓。
杨柳无心偕箐影，紫花有意罥疏藤。
春桃吐蕊千嫣遣，夏杏遗英百碧生。
莫道红尘无化境，应知仙界只心中。

家　园(二)

池漾粼粼[1]鱼竞游，繁花似锦正枝头。
几碟小菜同俦醉，百帙闲书共月幽。
爱犬遣闲依柳卧，小锄宜耨任田收。
何时参透人间味，一任红尘自去留。

注　释

① 粼粼：水流清澈、闪映的样子。

家　园(三)

竹影松荫茅茨檐，曲径徘徊吾自闲。
柳绿桃红绕庭院，晨钟暮鼓伴炊烟。
溪云杯酒酬知己，雪月风花悦黛颜。
唯愿心中植五柳，人生是处可婵娟。

家　园(四)

嚣世难容七尺身，何因滚滚只红尘。
花言媚客皆趋利，狂酒酬宾俱攘[1]金。
不记椿萱逾耋耄，难惜孙子远真纯。
何时吾辈幡然悟，万法归一佛道心。

注　释

① 攘：侵夺，偷窃。

题自摄作品

任笔闲文意未休，百图歪解是何求？
村夫说地悉村俚，野叟谈天总野赳[①]。
秋染山峦遗百紫，风拂碧漾遣千流。
何时心海生春意，纤手轻牵去泛舟。

注　释

① 赳：威武雄壮的样子。

夏日楼台有怀

风送幽香渐入怀，闲情多少在楼台。
陂中白鹭归巢去，枝上鸣蝉扰梦来。
半亩前庭杨柳翳，一畦后院芰荷开。
晴霄朗朗犹明月，杯酒溪云两悠哉。

秋夕临湖

湖天暮色正苍茫，百里难穷碧漾长。
鸥绕归帆迷绮浪，风抚丝柳淡烟妆。
停云霭霭犹南岸，细雨蒙蒙尚北江。[①]
幽梦一帘欲何寄，神思无限只秋光。

注　释

① “停云、细雨”联：出自晋陶渊明《停云》。其序云：“停云，思亲友也。”霭霭：云雾密集的样子。

秋　思

残花落叶总关愁，应是吾人独恋秋。
洱海[1]时期藏雪月，青湖[2]尚待荡渔舟。
稻香袅袅江南野[3]，羌曲悠悠塞外楼。
万里长空杳鸿雁，情思捎去海瀛洲。

注　释

① 洱海：指大理洱海。
② 青湖：指青海湖。

春　柳(一)

何故春风不远游，因缘欲上柳梢头。
时期百鸟鸣新翠，尚待千丝弄渔舟。
袅态不输飞燕舞，雍姿更胜贵妃悠。
折枝[1]应是纤柔手，无限青阳自可留。

注　释

① 折枝：折取草茎树枝。喻轻而易举。语出《孟子 · 梁惠王上》：“为长者折枝。”后用为礼敬长者之典。

春　柳(二)

繁英落尽不辞茵，杨柳依稀露碧痕。
百絮缠绵疑醉夏，千丝袅漾欲涵春。
羞和秾李逐俗态，耻与夭桃竞艳心。
蝶浪蜂狂勿相扰，绰约唯向梦中人。

又见玉兰花开

又见玉兰花绽时，依稀尚是去年枝。
何愁斑鬓添华发[①]，唯喜黄鹂啭柳丝。
禅境桑榆[②]应未晚，佛心耋耄更弗迟。
再逢翌载婵娟日，可与伊人共赋诗。

注　释

①斑鬓：斑白的鬓发。华发：花白的头发。均喻指年老。

②桑榆：桑树与榆树。日落时光照桑榆树端，因以指日暮。也比喻晚年。

又见玉兰花谢

才见芳容已敝凋[①]，红尘不枉自妖娆。
谁言绝美唯一瞬，吾道春风总百潮。
花谢犹能繁茂叶，人耆未必曲孱腰。
有期翌载青阳日，览尽玉兰无限娇。

注　释

①敝凋：犹凋敝。衰败；困乏。

晨见柳黄有感

一夜秋风丝柳黄，情思渺渺正神伤。
衡山未过南翔雁[①]，秦岭犹羁北啸狼。
娇客孤眠徒衾冷，高堂寂寐枉宵长。
此心将寄唯华胥[②]，绮梦重温泪几行。

注　释

① “衡山”句：宋陆佃《埤雅·释鸟》：“旧说鸿雁南翔不过衡山，今衡山之旁有峰曰‘回雁’，盖南地极燠，人罕识雪者，故雁望衡山而止。”不过，此说并无科学依据。

② 华胥：《列子·黄帝》：“（黄帝）昼寝而梦，游于华胥氏之国。华胥氏之国在弇州之西，台州之北，不知斯齐国几千万里；盖非舟车足力之所及，神游而已。其国无帅长，自然而已；其民无嗜欲，自然而已。”后以指无为而治的理想国家，或以喻梦境。

申城雾霾(一)

梅季竟无一日晴，浓霾稠雾锁申城。
蒙蒙淅沥[1]偕咸雨，霭霭烟云伴垢风。
枝上少椿难下酒，园中乏菜怎酬朋。
人间繁盛诚如是，何不重回农牧耕。

注　释

① 淅沥：轻微的风雨声、落叶声。

申城雾霾(二)

凄凄霾雾锁申城，一片苍茫尽目中。
朗朗三秋天没色，寥寥九夏[1]地迷踪。
畴昔碧漾清波水，今日蓬头垢面风。
道法自然若如是，人间何不返鸿蒙。

注　释

① 九夏：夏季九十日。指夏季，夏天。

沪上初雪

世事难遂莫谓艰，一场皑皑几多寒。
泠风阵阵悄蚀骨，冷霰[①]绵绵正冻颜。
犹有稚梅期傲雪，岂无鸿雁敢凌天。
明朝晴霁曈曈日，应是茶余饭后闲。

注 释

① 霰：空中降落的白色不透明的小冰粒。多在下雪前或下雪时出现。有的地区叫雪子、雪糁。

元夕有感(一)

元宵待月又期星，缕缕梅香正借风。
利锁名缰置度外，鸡鸣犬吠自心中。
松花酿酒时邀友，泉漾瀹茗总聚朋。
火树银花无寐夜，明灯几盏醉人生。

元宵有感(二)

元宵汤圆竟未圆，云中明月最堪怜。
牛织相会[①]惜一载，梁祝睽离[②]憾百年。
千里犹盈慈母泪，毗邻难睹娇妻颜。
有期窗外青辉熠，洒遍冰城沪上天。

注 释

① 牛织相会：牛郎织女相会日是农历七月初七，即七夕。七夕节既是拜祭七姐的节日，也是爱情的节日，是以祈福、乞巧、爱情为主题，以女性为

主体的综合性节日。

② 暌离：违背；分离。

夜梦信天游

昨夜依稀上九天，疏星朗月几悠然。
方食王母蟠桃宴[1]，再沐姮娥桂府寒。
踏遍苍梧寻舜迹，游穷阆苑觅仙缘。
红尘何处堪栖梦，应在蓬壶瀛海间。

注　释

① 蟠桃宴：原指西王母在瑶池举行的蟠桃盛会；后借指庆祝宴会，多用于祝寿。

端午节

仗剑击节向郢城[1]，离骚千载最遗情[2]。
一朝羸冠投罗水，百世龙舟竞楚风。
纵有丹心伤往事，岂无碧血[3]励今生。
艾蒿采罢酬屈子[4]，不负神州梦百重。

注　释

① 郢城：在湖北西部、荆州北三千米左右楚纪南故城，被认为是郢都所在。

② 遗情：留下情思。

③ 碧血：《庄子·外物》："苌弘死于蜀，藏其血，三年而化为碧。"后喻为正义所流的血。

④ 艾蒿：端午节有用艾蒿祛恶辟邪的习俗。端午节，原为初民的巫节。《风俗通》云："俗说五月五生子，男害父，女害母。"为了禳解，祛邪避

灾,民间流行很多禳解之法。其中艾蒿就是重要的禳解之物。屈子:指屈原。

端午忆屈原

一叶扁舟立愤青[①],辞家仗剑向都城。
少时《橘颂》言云志,老矣《离骚》话楚风。
皆醉何须天再问,独清注定世难容。
投江难阻国亡败,千载谁人死亦生。

注　释

① 愤青:指有思想、敢于表达和行动的青年。

端午有怀

门檐挂罥[①]艾蒿时,臂上轻缠五色丝[②]。
楚水龙舟方竞渡,湘村米粽正堪滋。
神州屡忆《离骚》赋,华夏频吟《天问》诗。
千载春秋无限意,人间大爱几多痴。

注　释

① 挂罥:缠挂。

② 五色丝:又名五色绳,端午节为小孩臂缠五色绳,用以避邪,祈求一生平安。五色代表五行阴阳,彼此相生相克,具有神秘的驱邪迎吉作用。

甲辰端午

端午追思忆楚湘,汨罗波渺正茫茫。
龙舟竞渡逐流水,米粽堪滋吊屈郎。

今去红尘千事寂，明期阆苑百情长。
何须君醉吾独醒，吟罢《离骚》再《九章》[1]。

注　释

①《九章》：是屈原短篇抒情诗集，包括九篇作品。依王逸《楚辞章句》的次序是：《惜诵》《涉江》《哀郢》《抽思》《怀沙》《思美人》《惜往日》《橘颂》《悲回风》。

甲辰端午酒聚

识荆倾盖[1]品醪浆，凭吊屈君怨楚王。
不羡太平为隐士，而钦战乱作脊梁。
今朝幸幸同知己，翌日期期共潇湘。
交错觥筹同醒醉，高山流水未渠央。

注　释

① 识荆：语出李白《与韩荆州书》："生不用封万户侯，但愿一识韩荆州。"后以识荆为初次见面的敬辞。倾盖：途中相遇，停车交谈，双方车盖往一起倾斜。形容一见如故或偶然的接触。

清　明（一）

潇潇细雨正初春，陌上田间祭故人。
黄土一抔埋旧骨，烛香百缕吊亡魂。
谁言鹤渚称仙界，吾道鸥盟[1]方壑林。
千载清明难忘祖，悠悠天地故园心。

注　释

① 鸥盟：与鸥鸟为友，比喻隐退。

清　明(二)

四月霏霏细雨绵,阴阳圻界[1]两重天。
青山埋骨期铭祭,碧水栖魂欲涅槃。
圣迹无凭犹百世,凡踪有迹枉千年。
人间载载清明日,莫将轮回作笑谈。

注　释

① 圻界:疆界,边界。

清　明(三)

何载清明不雨风,青天洒泪祭英灵。
新茔再酹三杯酒,旧墓重覆几束英。
贵相尊侯终夙土,凡夫俗子总流星。
人生奚必空寥寂,多少蓬壶尚在溟。

梅　雨

朝云暮雾正千重,梅季何时不雨风。
绿柳丝丝犹障目[1],繁花束束总关情。
一壶浊酒浇愁垒,几首闲诗遁惘踪。
宜将神思天地外,人生只待是空蒙。

注　释

① 障目:谓看不到事物全貌。

甲辰梅雨

蒙蒙烟雨最江南，梅季疑犹吾放闲①。
香茗瀹净红尘味，美酹酣消市侩颜。
钟鼎何因思与冀，泉林奚故梦和牵。
不疏滚滚难为客，五柳毵②毵可逸仙。

注　释

① 梅季：即黄梅天。放闲：犹空隙，空闲。

② 毵(sān)：形容毛发、枝条等细长垂拂、纷披散乱的样子。

甲辰梅季听雨

沥沥淅淅①谁寄情，临窗听雨自心声。
榴燃似益红葩俏，鸟啭疑增悦耳嘤②。
不憾凡尘乏晓籁③，但惜阆苑少晨钟。
世事流云皆若梦，一任空阶滴到明④。

注　释

① 沥沥淅淅：犹淅淅沥沥，轻微的风雨声、落叶声等。

② 嘤：鸟叫或低而细微的声音；轻声叫唤或哭泣。

③ 晓籁：清晨自然界的声音。

④ “一任”句：化用宋蒋捷《虞美人·听雨》：“悲欢离合总无情，一任阶前、点滴到天明。”

七　夕

迢递银河凌宇空，牵牛织女两迷情。

七夕觌面[1]依桥鹊，一载睽离怨汉[2]溟。
此际人间同乞巧[3]，是时天上共摘星。
宜知万物皆灵性，多少蛩机[4]在院庭。

注　释

① 觌面：迎面；见面；当面。

② 汉：天河。

③ 乞巧：农历七月七日夜（或七月六日夜），穿着新衣的少女们在庭院向织女星乞求智巧，称为“乞巧”。

④ 蛩机：蟋蟀的别称。

暮冬初霁

一扫阴霾万象新，微风和煦几疑春。
畅游谷壑寻梅迹，遍览丘峰踏雪痕。
数点寒鸦浮树杪，七重霓彩染溪云。
玄英[1]莫道皆寂寥，前有青阳乐见君。

注　释

① 玄英：纯黑色。指冬天。

天命感怀

卅载风流几度沉，匆匆已过五十春。
狂来说剑孤独客，怨去吹箫落寞人[1]。
偶遇万难须放胆，时逢两契可平心。
浮生谁不多羁旅，遥寄西天一片云。

注　释

① “狂来、怨去”联：出自清代龚自珍《湘月》：“怨去吹箫，狂来说剑，两样销魂味。”

中　年

匆匆人已近中年，上孝椿萱[①]下女怜。
有累浮名[②]千事碌，难赊虚誉百书闲。
何时瀛海同击水，奚日蓬山共陟巅。
今幸与君一船渡，五湖泛棹到桃源。

注　释

① 椿萱：父母的代称。古称父为椿庭，母为萱堂。
② 浮名：虚名。

天命抒怀

五十余载任消磨，尚有苍溟万顷波。
何处田园堪雨笠，奚时谷壑可烟蓑。
时期月澹千篁寂，犹待风拂百柳娜[①]。
天命方知尘间味，余生犹憾不遑[②]多。

注　释

① 娜：风姿绰约。
② 遑：空闲；闲暇。

偶　感

谁人不为利名愁，有幸今朝得自由。
绿醑杯中藏日月，紫云箫里纳春秋。
嵩山万仞期登顶，汉水千寻欲放舟。
雅兴闲情偶诗赋，同声唱和乃芳俦[①]。

注　释

① 芳俦：指美好的伴侣。

自　况

谁言阛阓不桃源，误入红尘逾卅年。
鲈脍莼羹皆至味，锄耕火耨总桑田。
岂宜名利挟灵智[①]，有倩佛禅臻[②]涅槃。
明月清风化俗骨，蓬山瀛海邈云烟。

注　释

① 灵智：指智慧。
② 臻：达到（美好的境地）；引申为周全。

抒　怀(一)

人生何必总凭栏，一曲高歌越百年。
月上碧空穷宇阔，星垂旷野尽寰[①]缘。
琼花玉树犹风雨，瀛海蓬山尚霭烟。
有待一朝晴霁日，霓虹是处可盈天。

注　释

① 寰：广大的地域。

抒　怀(二)

萧萧白发上华颠[①]，岁月几曾识旧年。
纵有豪情酬壮志，憾无天道[②]洗沉冤。

千杯浓酒何人醉，三尺仄床奚客眠。
老骥谁言不伏枥，但欣气定伴神闲。

注　释

① 华颠：犹白头，指年老。

② 天道：指天的运动变化规律；犹天理，天意等。语出《易·谦》："谦亨，天道下济而光明。"《书·汤诰》："天道福善祸淫，降灾于夏。"晋陶潜《怨诗楚调示庞主簿邓治中》："天道幽且远，鬼神茫昧然。"

逍遥游

勤勉半生伏案牍，才疏未蕴几车书。
游期携侣临岩壑，居欲择乡隐匡庐[①]。
何处蓬山遗圣迹，奚时瀛海印仙躅。
逝者如斯不吾待，无限风光在远途。

注　释

① 匡庐：指江西的庐山。相传殷周之际，有匡俗先生隐居结庐于此，故称。

读《逍遥游》有怀

何必红尘枉自伤，冬残注定是春光。
一杯碧醑浇名垒，三尺龙泉[①]断利缰。
瀛海遨游期尽水，蓬山登陟冀穷邦。
人生有待逍遥日，多少神思杳幻茫。

注　释

① 龙泉：代指宝剑。

随　感(一)

清风明月最销魂,遥寄西天一片云。
叠嶂皴烟书画卷,明波蘸树漾菁春。[①]
秦砖汉瓦悉怀古,瀛海蓬山总纳今。
且将神思天地外,霓虹远际正氤氲。

注　释

① “叠嶂、明波”联:源自清陈澧《百字令》:“叠石皴烟,明波蘸树,小李将军笔。”菁:韭菜的花;引申泛指其他的花;也引申指事物最美好的部分。

随　感(二)

落拓江湖逾卅年,岂无世上几知言[①]。
逢秋邀月同醺酒,值夏偕星共醉仙。
梅雪冬积期茗瀹,嫩芽春采欲香添。
何季人间无趣事,此心栖处即桃源。

注　释

① 知言:知己。三国魏嵇康《与山巨源绝交书》:“足下昔称吾于颍川,吾常谓之知言。”

随　感(三)

人趋花甲尚恓惶,但忆红尘心路长。
漫采白云盈袖绮,轻掬清漾瀹茗香。
一丝妄念禅无迹,百缕执思[①]道有疆。
钟鼎泉林浑不懔[②],坦途逆境任徜徉。

注　释

① 执思：执着的想法。

② 浑不懔：不在乎。懔：畏惧。

读《小窗幽记》[①]有感

潺湲曲水抱山流，河畔悠然一叶舟。
野钓蓑翁偕鹤立，果摘笠媪遣猿收。
闲瞻寂昼风扶柳，趣阅清宵月满楼。
犹记小窗多少事，桃源世外几春秋。

注　释

①《小窗幽记》：为明代陈继儒（一说陆绍珩）创作的小品文集，刊行于天启四年（1624 年）。全书分为醒、情、峭、灵、素、景、韵、奇、绮、豪、法、倩十二卷，共一千五百余则，内容涉及修身、养性、立言、立德、为学、致仕、立业、治家等各方面，主要表达的是文人雅士淡泊名利、宁静致远、超凡脱俗的内心世界和精神追求。其文字清雅，格调超拔，论事析理，独中肯綮，为明代清言的代表作之一。与《菜根谭》《围炉夜话》并称为修身养性的三大奇书。

耆年有怀

华发悄悄斑鬓梢，人生何境最逍遥。
呼朋换盏三秋月，携侣遣情九夏宵。
北域行吟堪策马，南疆旅啸欲登峤[①]。
天涯海角皆行遍，期尽河山无限娇。

注　释

① 峤：泛指高而陡峭的山峰。

梦中偶感

三楹茅舍落溪边，远嶂空蒙寒树烟。
碧水垂纶闲日月，清泉煮酒逝流年。
轩窗喜见风扶柳，庭院欣闻竹噪蝉。
化境难期唯倩梦，丹心一片寄田园。

偶　感

残荷亭亭滞碧痕，幽兰清韵注诗文。
寒梅香带春风意，修篁影栖明月心。
着墨青山千载画，无弦流水万年琴。
一壶碧醑邀闲客，两盏香茗对丽人。

夏夜杂感

无边暮色正空蒙，微醺更助我多情。
芭蕉风曳琵琶曲，杨柳蝉鸣琴瑟声。
悟道期值一轮月，参禅欲待五更钟。
人间万物皆知己，何计山复水又重。

癸卯大暑

浮瓜沉李[1]意如何？唯愿汲汲[2]罢炙魔。
犹憾晴霄甘露少，尚期碧宇冷霖多。
何宵共沐沧溟[3]水，奚夜同凌星汉[4]波。
不患吴牛今喘月[5]，广寒宫里晤仙娥。

注　释

① 浮瓜沉李：在冷水中浸过的瓜果。形容暑天消夏的生活。

② 汲汲：形容急切的样子，急于得到。

③ 沧溟：大海；苍天，高远幽深的天空。

④ 星汉：天河，银河。

⑤ 吴牛喘月：吴牛指江淮一带的水牛。吴地水牛怕热，见到月亮以为是太阳，故卧地望月而喘。喻因疑心而害怕。

溽暑夜对月

正值溽暑满天星，悦耳唧唧知了声。
陶琴无弦①心谱曲，桓笛三弄②意添膺。
何须杯醑邀明月，只愿禅思对杳冥。
最幸婵娟今款款，华胥悄引到蓬瀛。

注　释

① 陶琴无弦：《宋书·陶潜传》："潜不解音声，而畜素琴一张，无弦，每有酒适，辄抚弄以寄其意。"后引为风雅脱俗之典。

② 桓笛三弄：晋桓伊善吹笛。王徽之与其素不相识，偶遇便邀桓吹笛，桓便为王吹了三曲。后以此典喻放达，不拘俗礼。亦用以咏笛及笛声等。出自《晋书·桓伊传》。

癸卯望月

望月犹惜瀚海波，仙娥落寂怎消磨。
迢遥银汉喜鹊聚，憨厚吴刚①桂花斫。
天际白云捎寄语，蟾边鸿雁诉离歌。
谁将羽化登仙去，莫道人间春梦婆。

注　释

① 吴刚：中国神话人物。相传吴刚学仙有过被谪，受天帝惩罚到月宫砍伐桂花树，树随砍随合，永无休止。

夏日纳凉

独借黄昏作画屏，浮光点点似流萤。
青筠蝉噪宜栖梦，翠柳蛙鸣可扰汀。
一缕凉飔[①]疑过客，百重霄籁是仙镛[②]。
今约天外孤独月，共醉杯醪对杳冥。

注　释

① 飔(sī)：凉；疾风。

② 镛：大钟，古代的一种乐器。

有　思(一)

最美桃源世外人，今朝无奈落红尘。
秧针燕剪千幅画，柳线莺织一苑春。
醉倒花前塀作枕，闲息石上箐拥茵。
覃思[①]方晓禅中味，顿悟只唯佛道心。

注　释

① 覃思：深思。

有　思(二)

悲悯人生时莫名[①]，填膺[②]义愤总难平。

锱铢[3]屡较徒遗憾，名利频攫[4]枉寄情。
思效陶公[5]舂米稻，期循霞客[6]踏峦屏。
红尘是处堪栖梦，聃[7]道佛思法翌行。

注　释

① 悲悯：哀伤而同情。莫名：无法说明、无法表达。
② 填膺：充塞于胸中。
③ 锱铢：喻指很少的钱或很小的事情。
④ 攫：抓取。
⑤ 陶公：指陶渊明。舂：在石臼或乳钵里捣，使破碎或去皮壳。
⑥ 霞客：指徐霞客。
⑦ 聃：指老子，姓李名耳，字聃，一字伯阳，或曰谥伯阳。

微醺有思

何故浮生总莫名，交织悲喜赖醪盅。
倏忽甲子人将暮，驹隙髫龄[1]穷未通。
无奈鸿毛徒泫[2]泪，有期道法可凭踪。
今朝伟业[3]犹难竟，但见微微两鬓星。

注　释

① 驹隙：即白驹过隙。像白色的骏马在缝隙前飞快地越过。喻时间过得很快，光阴易逝。髫龄：指幼年。

② 鸿毛：鸿雁的毛，比喻极轻，微不足道。泫：水珠滴下的样子（多指眼泪）。

③ 伟业：指个人事业。反义用之。

酒醺作

觥筹交错[1]欲何干？只计风尘不计年。
小盏犹能休世界，大杯岂不罢坤乾。

东坡一斗风波定[2]，谪仙千觞天姥[3]传。
正恰君醺吾醉际，清风明月任凭栏。

注　释

① 觥筹交错：酒杯和酒筹交互错杂，形容许多人聚在一起饮酒的热闹情景。

② 风波定：指苏轼《定风波》："莫听穿林打叶声，何妨吟啸且徐行。竹杖芒鞋轻胜马，谁怕？一蓑烟雨任平生。料峭春风吹酒醒，微冷，山头斜照却相迎。回首向来萧瑟处，归去，也无风雨也无晴。"此是我最喜欢的东坡词之一。

③ 天姥：山名，在浙江省天台县与新昌县之间。此处指李白的《梦游天姥吟留别》。

癸卯立秋有思

袭袭热浪正疏狂，无处江南可纳凉。
蝉噪疑怜宵落寞，月明似助梦悠长。
雏菊尚待黄金甲，丹桂悄积馥郁[1]香。
何憾红莲花落去，苍茫无限只秋光！

注　释

① 馥郁：形容香气浓厚；指浓烈的香气。

癸卯立秋有感

溽暑炎炎不似秋，何期旻虎[1]有温柔。
月明期枕清辉澹，蝉噪宜聆徵羽[2]稠。
丹桂满园生馥郁，青竹翳隅翠亭楼。
萧萧又见梧桐落，千载轮回几未休。

注　释

① 旻虎：秋老虎，民间将立秋后的炎热称为秋老虎。

② 徵羽：是中国古代音乐中五音之二，宫、商、角、徵、羽。变徵相当于现代西洋乐的 F 调，声调悲凉。羽声相当于现代西洋乐中的 A 调，比变徵音短，能表现冰冷的情绪。

近中秋频雨有感

又见竹篱疏叶黄，无边萧瑟未渠央。
红尘寂寂难栖梦，泠雨萧萧可送凉。
鸿雁排空逐落日，芦荻摇曳荡秋殇。
人间正待清清霁，姹紫嫣红满宇疆。

雨中漫步

晴空一霎降甘霖，漫步野蹊洗垢尘①。
霏雨吻莲疑醉朵，清风抚柳似撩人②。
逐名已忘十年夏，趋利空疏九度春。
谁囿③红尘皆困顿，情思无限寄溪云。

注　释

① 垢尘：污垢，尘土。谓尘俗之事。

② 撩人：诱人；动人。

③ 囿：养动物的园地；局限，拘泥。

暮　秋

漠漠轻寒瘦柳丝，绿靡红萎正当时。

凄风苦雨孤独草，残日昏鸦落寞枝。
指冷玉笙[1]惜雪早，弦僵宝瑟怨春迟。
一派萧索[2]何寥寂，点点松竹犹碧姿。

注　释

① 玉笙：饰玉的笙。亦用为笙之美称。

② 萧索：荒凉萧条的样子。

中秋赏月

中秋庭院锁氤氲，草上寒蛩泣露痕。
翠袖[1]飘云斟美酒，紫箫[2]咏月袅余音。
天高偶寄琼楼梦，地渺时怀玉宇心。
莫道嫦娥独落寂，广寒玉兔[3]伴仙人。

注　释

① 翠袖：青绿色衣袖，泛指女子的装束；代指女子。

② 紫箫：紫色的竹做的箫；古人多截紫竹为箫笛，因称箫笛为紫玉。

③ 玉兔：相传月亮上有只兔子，浑身洁白如玉，故称“玉兔”。白兔拿着玉杵，跪地捣药，成蛤蟆丸，服此可长生成仙。久之，玉兔便成月亮的代名词。

月夜对酌(一)

云渺天高正幻冥，一轮皓月几繁星。
嫦娥吾臆偕蟾影，织女君猜觅鹊[1]踪。
忆往不辞千盏尽，惜今尚待百杯空。
此宵莫负婵娟意，且将余情寄梦中。

注　释

① 鹊：指鹊桥。相传每年七夕，为了让织女渡过天河与牛郎相会，喜鹊会飞聚起来，搭成跨越天河的桥道，称为鹊桥。

月夜对酌(二)

春宵[①]度暖两酌欢，碧醑何曾醉绛颜。
欲谑伊人时浪语[②]，期柔娇客总庄言[③]。
园蔬巧任余千味，夙爱[④]殊偕越百年。
有幸今朝同一灶，期穷永世[⑤]共婵娟。

注　释

① 春宵：春夜。
② 谑：开玩笑。浪语：随意瞎说。
③ 庄言：严正、庄重的言论。
④ 夙爱：遗爱；平素的爱顾；一向喜欢。
⑤ 永世：世世代代；永远，终身。

秋　夜

家醅饮罢品茗芳[①]，寂寞闲庭秋夜长。
丹桂辞风犹馥郁，青萝[②]澹月尚凝妆。
寒蝉恻恻[③]鸣疏柳，鸿雁翩翩过陌杨。
无限情思天地外，正偕夜色杳苍茫。

注　释

① 茗芳：犹芳茗，香茶。
② 青萝：松萝，一种攀生在石崖、松柏或墙上的植物。

③ 恻恻：悲痛；凄凉。寒冷貌。

春 夜

莺飞蛾舞夜迷灯，一片蛙鸣落枕声。
烟树蛩机时絮月，平林鸦影正偎星。
半分腰带醪犹兴，两点眉峰妆未轻。[1]
庭院桃花犹绮梦，今宵绽蕾笑春风。

注 释

① “半分、两点”联：出自清彭孙遹《柳梢青·感事》词：“十年旧事重寻，回首处，山高水深。两点眉峰，半分腰带，憔悴而今。”半分腰带：形容憔悴消瘦。

中秋对月

西风[1]寒露酿秋光，皓月清辉凌郁苍[2]。
寂寂姮娥独桂影，茕茕吴刚自醪香。
谁言分袂[3]缘天老，吾道睽离因地荒。
不羡鹊桥才一夜，但期鸳梦[4]未渠央。

注 释

① 西风：指秋风。
② 郁苍：草木苍翠繁盛貌。
③ 分袂：离别；分手。唐李山甫《别杨秀才》：“如何又分袂，难话别离情。”
④ 鸳梦：比喻夫妻相会的梦境。

癸卯中秋兄弟共聚

谁侔吾辈竞风流，踏遍青山意未休。

对酒当歌追魏武[1],侠肝义胆傲王侯。
千年知友推牙仲[2],今日契朋见我俦。
宜趁清风明月夜,同楫共棹五湖舟。

注 释

① 魏武:指魏武帝曹操,有“对酒当歌,人生几何”名句千古传诵。

② 牙仲:指春秋时齐人鲍叔牙与管仲,二人相知最深。后常以喻交情深厚的朋友。《列子·力命》:“生我者父母,知我者鲍叔也。”

月夜偶感

暮秋杨柳几多情,摇曳风姿动牖棂[1]。
门掩清宵空绮梦,枕横凉月淡疏星。
嫦娥寂寞消寒暑,陶令独孤入窅溟。
浊酒一杯家万里,天涯浪迹只孑[2]行。

注 释

① 棂:旧式房屋的窗格。

② 孑:单独,孤单。

春日晨闻鸟鸣

清晨百鸟竞鸣喧,抚梦依稀夜未阑。
雨送梅魂香寂寞,风圆草梦绿缠绵。[1]
夭桃睡去冬残日,秾李醒来春媚天。
一载花开能几度,仙姿独具是今年。

注 释

① “雨送、风圆”联:源自元钱霖《台城路·次邵复孺韵》。“雨散梅

魂,风醒草梦,还见春回乡井。”

辛丑春日有怀

最契人间细雨风,春光无限自迷情。
思和清客辞残萼,冀与柳丝漾碧英。
寂寂鸣虫悄破土,寥寥塞雁正登程。
吾侪能几青阳日,道法自然应有凭。

春日偶得

门前喜鹊踏芳枝,啼示今年春未迟。
翠柳婆娑遗倩影,修竹摇曳袅仙姿。
伊人纤指高山曲①,愚我柔毫流水诗。
摘取园蔬宜下酒,吟花弄月正当时。

注　释

① 高山曲:喻知己或知音,也喻乐曲高妙。传说先秦的琴师伯牙在荒野弹琴,樵夫钟子期竟能领会其是描绘“峨峨兮若泰山”和“洋洋兮若江河”。伯牙惊道:“善哉,子之心而与吾心同。”钟子期死后,伯牙痛失知音,摔琴绝弦,终生不弹,故有高山流水之曲。

春暮踏垌

一番春雨洗残红,极目平芜正煦风。
柳上啼莺犹醉翠,畦边舞燕尚迷蒙。
渔舟时隐蒹葭际,耇叟耦耕阡陌中。
悄与伊人同入镜①,细甄野菜待家烹。

注 释

① 入镜：(把人物、景色等)摄入影视镜头。

立 春

思尽郊原勘破[1]春，烟蓑雨笠是何人？
风苏草梦期迷渚，雪断梅魂欲寄云。
漱玉[2]辞冬时踏野，太白趋夏总行吟。
浮生几度青阳日，不变只唯天地心。

注 释

① 勘破：参破；看穿；看透。
② 漱玉：指李清照，因她有《漱玉集》留世。

立 夏

立夏田园自锦茵，和风几缕送梅魂。
蛱蝶竞爱花间舞，知了倾情柳上吟。
莲动清宵先觉雨，鱼游白昼正辞春。
人间何处无寒暑，千载悠悠一寸心。

立 秋

秋来何处不清凉，只待尘心去幻茫。
藜杖曳折寻涧壑[1]，芒鞋踏破觅绯[2]黄。
一觞碧醑难消业[3]，两盏山茗可减狂。
莫让缤纷迷望眼，人生境界几无疆。

注 释

① 藜杖：藜的老茎做的手杖，质轻而坚实。涧壑：溪涧山谷；指隐居处。
② 芒鞋：用植物的叶或杆编织的草鞋。绯：红色，深红色。
③ 消业：佛教语，消除业果。

立 冬

正值小雪渐泠天，两雀偕鸣欲问寒。
秋晚荷残犹雨盖，冬初梅绽自华颜。
一年往复皆依序，千载轮回只藉缘。
是处人间知冷暖，宜将绮梦寄婵娟。

惊 蛰

一睆惊蛰万物兴，池塘四处有蛙鸣。
熊罴[①]洞寐方初醒，杨柳岸依正泛青。
畦麦是时唯借雨，渔舟此际只凭风。
郊原莫道犹寥寂，应料明朝绿万重。

注 释

① 熊罴：熊和罴皆为猛兽，也都是冬眠动物。喻勇士或雄师劲旅。

大 暑

时值盛夏总无眠，杨柳枝头隐噪蝉。
寰宇清凉何处是？人间溽暑几时阑。
未期四季悉烦去，唯冀一夕可梦圆。
仰看碧空升皓月，姮娥宫殿在广寒。

霜　降

一缕秋风天渐冷，辰光[①]不与四时同。
霜犹彩笔皴寰画，云自柔毫绘宇虹。
柳上寒蝉犹唳唱，天中鸿雁已悲鸣。
斜阳独倚辞秋日，多少绮情慰寂冬。

注　释

① 辰光：吴语。指时候。

大　雪

有幸今朝降瑞华[①]，玉洁[②]何止到天涯。
无缘梦里难时雪[③]，有分心中可绮霞[④]。
山舞银蛇驰蜡象[⑤]，川迤旷野裹白纱。
苍茫行至林幽处，喜见寒梅正吐葩[⑥]。

注　释

① 瑞华：指下大雪。
② 玉洁：洁白明净如玉。
③ 时雪：应时的雪，瑞雪。
④ 绮霞：美丽的彩霞。
⑤ “山舞”句：出自毛泽东《沁园春·雪》。
⑥ 吐葩：开花。指呈现花状图案。

溽　暑

何愁溽暑似“芬兰”[①]，地迥天高只等闲。

函谷关中寻道迹，曹溪[2]水畔觅佛缘。
白云几朵堪栖梦，明月一轮可悟禅。
自在人生如化境，千年五柳绿荫[3]毵。

注　释

① “芬兰”：指芬兰浴。即桑拿，台译作三温暖。此喻溽暑天气。
② 曹溪：禅宗南宗别号，以六祖慧能在曹溪宝林寺演法而得名。
③ 绿荫：指树荫。比喻心静自然凉。

溽暑夜思

难期溽暑有无中，今藉[1]华胥遨宇空。
欢与吴刚倾桂酒，怅和织女饮离盅。
谪仙诗魄寻归处，老子游魂觅道踪。
有幸娇伊同一梦，不幸明月伴清风。

注　释

① 藉：衬垫；枕藉。喻凭此做梦。

中　秋

月到中秋分外圆，一澄世上几婵娟？
嫦娥后羿别离恨[1]，苏轼子由挂念缘[2]。
梦里清宵慈母泪，心中寂夜娇妻颜。
但凭尺素[3]兼青鸟，逆旅坦途报平安。

注　释

① “嫦娥”句：唐李商隐《嫦娥》诗：“嫦娥应悔偷灵药，碧海青天夜见心。”中秋节习俗始于唐代，每值此夜，人们会焚香拜月，祈求家人平安

团圆。

② “苏轼”句：指苏轼词《水调歌头·明月几时有》，是“兼怀子由”之作。子由：苏辙（1039—1112），字子由，苏轼之弟。眉州眉山（今属四川）人。与兄同列“唐宋八大家”。

③ 尺素：小幅的丝织物；书信。

秋　怀

秋风飒飒只微凉，溽暑心头久未央。
有愧虚名时梦忆，难消夙业[①]总心伤。
饿肤岂必朝夕菜，劳骨何须昼夜忙。
只愿禅灯[②]如朗月，坦途逆旅任徜徉。

注　释

① 夙业：前世的罪业、冤孽。

② 禅灯：寺庙灯火。

秋　思

人间能有几秋凉，未在天涯已断肠。
鸿雁何因辞北去，杜鹃[①]奚故向南翔。
一瞥便晓红枫[②]火，乍嗅已知丹桂香。
欲杳风尘浑不染，佛国道界总无疆。

注　释

① 杜鹃：鸟名。体黑灰色，尾有白斑，腹有黑纹。初夏时常昼夜啼叫，鸣声凄厉，能动旅人归思。亦叫杜宇、布谷或子规。

② 红枫：落叶乔木，叶掌状。老而尤红，象征不畏艰难困苦。

夜梦

无边夜色漾秋潮,月殿星河匪[1]路遥。
方与吴刚倾桂酒,再和牛郎话清宵。
姮娥若悔偷灵药,织女何惜架鹊桥?
唯憾鸟啼惊我梦,疑失俦侣几多娇!

注释

① 匪:并不,不是。

远游

何故平生爱远游,清风明月总心头。
期穷海角千珍味,欲罢天涯万树秋。
才辨谪仙碑上字,又察武帝墓边愁。
不待心中植五柳,桃源处处可神州。

雅兴

书画琴棋诗酒花,人生最契是修姱[1]。
天涯伴旅君倾醑,海角偕游吾倚霞。
阆苑何时弗寂落[2],苍梧奚际可桑麻。
权名利禄仁德恕,柴米油盐酱醋茶。

注释

① 修姱:洁美。屈原《离骚》:"余虽好修姱以鞿羁兮,謇朝谇而夕替。"姱:漂亮,美好。

② 寂落:寂寞失落。

值中秋国庆同日有怀

遥祝苍天佐梓桑，今宵月澹正菊黄。
一杯碧醑酬情寂，两盏清茗惬[1]梦长。
火树银花澄九界[2]，轻歌曼舞彻三江[3]。
中秋国庆偕同乐，应是神州更瑞祥。

注　释

① 惬：快意，满足。

② 九界：佛教语。十界中除佛界外，自菩萨界至地狱界谓之九界。此九界，由佛界言之，悉为迷境。

③ 三江：古代各地众多水道的总称。《书·禹贡》："三江既入，震泽底定。"

秋杪[1]霜降

万木萧疏[2]霜降中，南飞鸿雁正排空[3]。
染丹枫叶时情寄，凝碧筠丛总梦萦。
四季轮回消寒暑，百年更替遣鲲鹏[4]。
祝融峰上犹跂望[5]，寒冷何朝可匿踪。

注　释

① 秋杪：暮秋；秋末。

② 萧疏：稀疏；寂寞，凄凉。

③ 排空：凌空；指成队飞翔。

④ 鲲鹏：古代传说中的大鹏鸟。即鲲鱼变化成的鹏鸟。

⑤ 祝融峰：位于南岳衡山，是南岳衡山七十二峰的最高峰和主峰。跂望：盼望；提起脚后跟远望。

杂　感

落拓江湖只几年，莘莘[1]小辈已遨天。
不哀老骥迟伏枥[2]，唯憾愚吾晚归田。
利锁锁心情未已，名缰缰颈意阑珊[3]。
何时明月清风夜，瀛海蓬山任我眠。

注　释

① 莘莘：众多的样子。

② 老骥：年老的骏马；多喻年老而壮志犹存之士。伏枥：马伏在槽上；指受人驯养。

③ 阑珊：衰减，消沉；残，将尽。

家中杂感

嚣世谁人不殢情，几多思绪怅昔行。
百杯碧醑酬知己，千首拙诗对契朋[1]。
寂夜藉伊堪佐梦，寥宵凭月可寻踪。
何时丝缕悉弗挂，四季轮回道法中。

注　释

① 契朋：谓挚友。

雨中杂感

淅沥几曾洗垢尘，此朝幸作雨中人。
不惜险境吾独往，何惧迷途予自吟。
莫憾今宵无朗月，唯期翌日有溪云。

须知万物有灵性，只待吾侪见性[1]心。

注　释

① 见性：谓悟彻清净的佛性。《坛经·般若品》："若开悟顿教，不能外修，但于自心常起正见，烦恼尘劳常不能染，即是见性。"

有　感

人生漠漠大风行，卅载驹隙若梦中。
纵有雄心驱虎豹，岂无厄运阻杰英[1]。
不思尝胆三年寂，唯望卧薪一日终。[2]
宜在心中植五柳，自然道法总冥冥。

注　释

① 厄运：不幸的遭遇；苦难的时运。

② "不思、唯望"联：喻刻苦自励，发愤图强。引勾践卧薪尝胆典故。

见幼椿长成有怀

人非物是两惊心，椿树难寻旧稚痕。
犬老奚曾疏故主，柳衰何惮沐夕曛。
妻添华发红颜在，女嫁俊郎情爱深。
从此风轻云淡日，任凭钟鼎与泉林。

偶　思(一)

人生难却是红尘，累累声名狷此身[1]。
云月期俦堪去惘，溪山冀伴可澄心[2]。
桃花源里寻禅迹，方丈国中觅道痕。

多少闲情赋诗笔，高歌一曲醉乾坤。

注 释

① 狷：拘谨无为；洁身自守；偏急。
② 澄心：使心情清静。

偶 思（二）

人生最冀是桑麻，滚滚红尘何处家。
昼与青莲行酒令①，夜和织女泛仙槎。
胸无点墨情堪怍②，腹有诗书气自华。
千载谁人弗寂寞，烟蓑雨笠到天涯。

注 释

① 酒令：饮酒时助兴的一种游戏，输者罚饮酒。
② 怍：惭愧。

偶 思（三）

聃疆释道总逡巡，漠漠红尘觅本真。
仗义多为屠狗辈，负心每是读书人。
不期陶令疏圜阓，未冀七贤远竹林。
有待吾侪涅槃际，西天净土一溪云。

归 思

一篙撑破水中天，六载囚萦堪涅槃。
是处白云佛掌渥，此时碧漾道衣湔。
不惜青鬓添华发，只冀痴心对悟禅。

丝缕红尘皆不挂，清风明月总无边。

登　楼

凄风苦雨怕登楼，无限苍茫几未休。
满目青山皆雾障，盈眸碧水俱烟幽。
岂怛[1]少壑难埋骨，只惮多丘不瘗[2]愁。
莫怨此身无寄处，心中日月自春秋。

注　释

①怛（dá）：忧伤，忧苦；又引申为恐惧。
②瘗（yì）：掩埋，埋葬。

四季感怀

妙手丹青大自然，缤纷五彩在人间。
秋荷理鬓匀晨露，春柳试衣笼翠烟。
夏箐迷峦筛日影，冬梅傲雪驻华颜。
休言岁末皆凋敝[1]，一载轮回四季天。

注　释

①凋敝：衰败；凄凉。

花甲有怀

也曾豪气可干云，少年即存上进心。
有路书山思辟径，无涯商海冀循因。
弹冠[1]难改凌霄志，蹀躞犹怀纳宇襟。
驹隙匆匆已花甲，桃源何处待吾寻！

注　释

① 弹冠：弹去冠上的灰尘，整冠；多用以表示喜庆或敬肃等。

琴棋书画

乌啭蝉鸣共籁声，中秋借月可听松。
花间美酒桃源梦，枕上闲书五柳风。
作画吟诗宜雅兴，抚琴弄曲遣闲情。
适逢天降潇潇雨，对弈可期午夜钟。

诗和远方

半百匆匆苟且中，诗和远方总微蒙①。
西塘②坊肆期沽酒，大理苍山冀枕风。
何处天涯无日月，奚时海角少蓬瀛。
平生最契武陵梦，有待吾侪万里征。

注　释

① 微蒙：隐约迷蒙。

② 西塘：地处浙江嘉兴嘉善，江浙沪三省市交界处，地理位置优越。是中国首批历史文化名镇，吴越文化的发祥地之一。被视为现代人最适合的隐居地之一。

听古琴

百曲妙飞玉指间，一抚二弄动心弦。
《平沙落雁》胡笳调，《渔樵问答》楚歌天。
《洞庭秋思》《长门怨》，《梅花三弄》《广陵散》。

《高山流水》知音调，明月清风共婵娟。

重阳感怀

犹忆摩诘[①]诗几行，人间九九正重阳。
楼台月澹遗菊韵，庭院风抚遣桂香。
雁过浮云留寂影，蝉凄疏柳诉秋凉。
唯期尘世多翁媪，逾米期茶[②]寿未央。

注 释

① 摩诘：指王维。有《九月九日忆山东兄弟》写重阳："独在异乡为异客，每逢佳节倍思亲。遥知兄弟登高处，遍插茱萸少一人。"可谓千古绝唱。

② 米：即米寿，是我国传统的寿称之一，八十八岁的雅称；因"米"字拆开，其上下各是八，中间是十，可读作八十八，故名。茶：即茶寿，一百零八岁；因"茶"字的草字头即双"十"，相加即"二十"，中间的"人"分开即为"八"；底部的"木"即"十"和"八"，中底部连在一起构成"八十八"，再加上字头的"二十"，一共是"一百零八"，故称"茶寿"。

桃源寄梦

枕浪眠波在屿皋[①]，桃源寄梦自逍遥。
时邀明月酬秋夜，复耨桑田趁春潮。
同倚斜阳说《漱玉》[②]，并吹红雨话《离骚》。
犬吠柴门疑客早，犹期一醉共今宵。

注 释

① 屿：小岛。皋：水边的高地；岸。

② 《漱玉》：指李清照的《漱玉集》。

梦 境

杨柳青青几度新，水光山色醉撩人。
鱼游浅谷沙无迹，雁过深峡云有痕。
飞瀑三叠迷晓雾，清溪九曲逝夕林。
鸡鸣犬吠竹荫处，桃李满园正盛春[1]。

注 释

① 盛春：春天最为当季的时候。

夜 梦

华胥昨夜到桃源，冀伴陶公作逸仙。
偕酿一坛丹桂醑，耦耕两亩稻禾田。
东篱把酒黄昏后，北麓采菊晞露[1]前。
最羡门前毵五柳，宵宵与月共婵娟。

注 释

① 晞露：日晒使露水蒸发。

无 题

浮生何境有相逢？喟叹[1]相思只梦中。
红袖添香频对酒，娇言柔客屡羁情。
风花雪月一知己，爱海情天两契朋。
纵使今朝人半老，萦牵不尽到冥冥。

注 释

① 喟叹：因感慨而叹气、叹息。

六十自寿[1]

忽登花甲自嗟惊，两鬓风霜一羽轻。
纵意诗文偏爱柳，劳形案牍[2]总披星。
山中萧箐弹云起，梦里华胥放鹤鸣。
莫忘牧牛邀我去，呼来三碗了余生。

注　释

① 六十自寿：癸卯年值我六十，读吴家和《六十自寿》：“忽登花甲座嗟惊，不染风霜太瘦生。纵意诗文偏爱柳，劳形案牍总关情。门前有竹弹云起，世外忘年放鹤鸣。窗下系牛邀我去，呼来三碗论输赢。”有感，成此诗。

② 案牍：公事文书出自《陋室铭》。

值癸卯六十生日

已是人间花甲翁，依然策马啸长风。
卅年商贾频情注，十载诗词屡笔耕。
青壮不辜今岁月，耄耋莫辱囊峥嵘。
明朝卸下肩头事，霞客伴吾四海行。

小院耕锄

又是桃源秦晋[1]天，荷锄小院只遗闲。
香椿佑酒吾期醉，嫩笋佐餐汝冀鲜。
乌枣难栽频累果，榔榆好莳屡余钱[2]。
尘心有待栖明月，绮梦宵宵可自圆。

注　释

① 秦晋：出自陶渊明《桃花源记》：“问今是何世，乃不知有汉，无论魏晋。”

② 莳：移植；栽种。钱：指榆钱；榆荚，形状圆而小，像小铜钱，故称。

粉　笔

谁比净白三寸身，杏坛[①]百载力耕耘。
芬芳桃李五洲迹，灼耀[②]物华四海心。
不惧今朝时碎骨，有期明日可洁魂。
莘莘学子须应记，豆蔻[③]犹曾最靓春。

注　释

① 杏坛：相传为孔子聚徒授业讲学之处，泛指授徒讲学之处，今喻教育界。杏坛是为纪念孔子讲学而建，孔子第四十五代孙孔道辅监修孔庙时，将正殿后移，除地为坛，环植以杏，名曰“杏坛”。

② 灼耀：明亮耀眼。

③ 豆蔻：此喻少年。

咏雄鸡

何禽世上最称奇，落魄凤凰不若鸡。
偶施数款凌波步[①]，时炫一袭彩羽衣。
可率群雌逐鹰犬[②]，但撇众牝报晨曦。
江山若有君独唱，天下皆白犹可期。

注　释

① 凌波步：出自三国魏曹植《洛神赋》：“凌波微步，罗袜生尘”。被金

庸写进《天龙八部》,成为段誉的独门武功。

② 鹰犬:田间逐猎物的鹰和犬。喻供驱使奔走的人,多指权贵豪门的爪牙。

封城防疫有怀

新冠兹狂为哪般?释[①]疆聃道总无缘。
春华[②]蓊郁期繁锦,秋叶萧疏冀渥丹。
何处人生无风雨,奚时尘世少婵娟。
身防心澹情犹寄,劫难度君到涅槃。

注　释

① 释:释迦牟尼佛。
② 春华:指春天的花。

逢大雪节候

白云揉碎作琼花,漫撒寒英到海涯。
瞬变江南嫣紫貌,顿消塞外土灰沙。
犹欣寰宇妆银色,更喜神州裹玉华[①]。
何惧风霜时凛冽,吾心澄澈自容姱。

注　释

① 玉华:精美的玉。喻指纯洁如玉的白花,多指菊、梅等。

雪　后

漫野梨花次第开,疑犹青帝[①]降尘埃。
天涯有幸银铺路,海角无辜玉筑台。

竹韵三分凭我写，梅思百缕待诗裁。
邀星揽月千杯尽，醉到春风再入怀。

注　释

① 青帝：上古时代中国传说中的五天帝之一，是位于东方的司春之神，又称苍帝、木帝。代指春天。

冬夜雨

淅沥滴滴入梦遥，上苍冬祭泪滔滔。
冷霖吾醒独拥夜，冰霰君醺自占娇。
不患广寒无朗月，但怜银汉少鹊桥。
阴晴不计与时洽，天地茫茫谁弄潮？

立冬有思

一扫阴霾自霁空，无边萧瑟只独行。
不思远嶂能遮目，唯愿浮云可寄情。
百谷烟岚腾紫雾，千丘枫栎染青虹[①]。
佛禅最契心寥廓，无处人间是寂冬。

注　释

① 青虹：彩虹。

癸卯秋见古刹银杏

银杏从来不负秋，萧萧黄叶满枝头。
寂偕古刹钟声杳，寥伴伽蓝梵呗[①]悠。
何处红尘堪入梦，奚时阆苑可消愁。

轮回四季皆依律，道法自然几未休。

注　释

① 梵呗：佛教举行宗教仪式时以偈语赞唱佛、菩萨的颂歌，有曲调，可以用乐器伴奏。以其传自梵土(天竺)故称“梵呗”。

癸卯悲秋

一种心情恰似秋，无边萧瑟任眸收。
鸣蝉犹憾偎残柳，朗月尚欣敧画楼。
不惮红尘侵紫陌[①]，唯珍岁月入碧悠[②]。
有期天际南归雁，捎寄闲愁瀛海洲。

注　释

① 紫陌：指京师郊野的道路。
② 碧悠：形容碧蓝而旷远。

癸卯寒潮

冷风扑面济寒冬，飞雪漫天万羽轻。
何日辞冬难有据，奚时回暖总无凭。
仰瞥天际鸿鹄杳，俯瞰山间竹箐青。
峭壁老梅凌雪立，为报春来欲绽英。

癸卯冬至

不尽星光接晓光，节候赓续[①]未渠央。
深宵谈鬼及说魅，白昼品茗兼赋章。
未计名缰牵利锁，只怜竹短伴箫长。

人间大道皆缘正，万丈红尘康且庄。

注　释

① 赓续：继续。

写在癸卯岁末

谁人豪气可冲天，唯有铿锵不等闲。
纵使翌朝难伟业，何须今日叹衰颜。
天将大任奚唯我，佛度苍生皆是缘。
仆仆风尘[1]又一载，桃花源里可耕田。

注　释

① 仆仆风尘：风尘：指行旅，含有辛苦之意；仆仆：行路劳累的样子。形容旅途奔波，忙碌劳累。

雅　事

冬凛围炉酌酒长，琼瑶踏遍醉梅芳。
寒江独钓乾坤客，曲水流觞翰墨[1]郎。
白昼林中听落雪，清宵榻上沐蟾光。
尘心攘攘归何处？一缕茗香袅画堂。

注　释

① 翰墨：原指笔、墨，借指文章、书画。

春　柳

和煦春风过柳杨，柔条拂梦情丝长。

丝绦[1]百荡摇青碧，锦带千萦曲画廊。
雨洗川堤增翠色，岚笼湖嶂淡斜阳。
人生有待曈曈日，灞上折枝慰离觞[2]。

注　释

① 丝绦：丝编的带子或绳子。
② 离觞：离杯，即离别的酒宴。

甲辰清明伤怀

半生跌宕[1]只浮云，时恰清明杂泪痕。
不憾和风扶病柳，但哀豪气远残心。
回眸已是三秋客，转念难成百代人。
何日愚吾能顿悟，红尘是处可泉林[2]。

注　释

① 跌宕：形容事物多变，不稳定。
② 泉林：即林泉。林木泉石，比喻退隐的地方。

甲辰逢梅雨

雨打轩窗点点愁，绵霏屏翳[1]也含羞。
花逐流水香魂断，月隐层云暑气收。
欲请潇濛谁把酒，期登浩渺我凭楼。
阴晴圆缺皆随意，无限苍茫天地幽。

注　释

① 重阴：指阴雨。屏翳：古代传说中的神仙，雨师、云神、雷师、风师等。

甲辰溽暑夜有思

曾因羁旅客天涯,难弃红尘何处家。
采菊冀遇彭泽令,渡月思浮星汉槎。
夜与谪仙沽醪醑,日从野老[1]话桑麻。
平生莫做南柯梦,岁月悠悠染鬓华。

注　释

① 野老:指杜甫,自号少陵野老。

甲辰溽暑

七月初临溽热天,申城无处不炎炎。
香茗百盏难消暑,碧醑千杯未去烦。
心净期和天宇洽,胸澄冀与水波槃[1]。
清宵凭槛邀明月,问讯嫦娥到广寒。

注　释

① 槃:快乐。出自《后汉书·郅恽传》:“昔文王不敢槃于游田,以万人唯忧。”

甲辰溽暑有感

华发青丝两惘然,谁人甲子尚槃槃[1]。
寥寥孤枕眠蟾月,寂寂残杯醉逸仙。
青山迤逦千秋画,绿水潺湲万古弦。
道法何曾期造化,桃源五柳自毵毵。

注　释

① 槃槃：形容盛大的样子。

甲辰春日有感

小楼沉醉正堪眠，春日夷犹花甲年。
昨夜和风繁碧树，今晨细雨洗红鹃[1]。
春怀似待吾添酒，逸兴疑期汝度天。
一了红尘身外事，人间处处可桃源。

注　释

① 鹃：指杜鹃，一种开花木本植物，又名映山红。

甲辰端午吊屈原

端午何因诗赋频，依稀梦里问灵均[1]。
《离骚》屡被愚痴谤，《天问》时为奸佞[2]嗔。
休与渔夫言醒醉，应和蕙草论洁贞。
畴昔洗耳箕山客，垂钓可曾颍水滨。[3]

注　释

① 灵均：指屈原，字灵均。
② 奸佞：指奸邪谄媚的人。
③ “畴昔”二句：用许由隐逸之典。

初夏有怀

轩昂气宇贯丹田，谁埒萧萧花甲年。

登顶峰峦穷浩宇，涉足涧壑远风烟。
遨游诗海寻李杜[①]，虔拜佛陀冀涅槃。
是处红尘堪入梦，夕阳无限待凭栏。

注　释

① 李杜：李白和杜甫。

佛道心语

五台山[①]

百寺参差落五台，文殊[②]道场望眼开。
功名欲取神扶佑，利禄思图佛断裁。
碧水悠悠逐梦去，青山隐隐入怀来。
时逢天降潇潇雨，一洗凡尘万里埃。

注　释

① 五台山：位于山西忻州。《名山志》载："五台山五峰耸立，高出云表，山顶无林木，有如垒土之台，故曰五台。"佛教传入五台山始于东汉，永平十一年(68年)，迦叶摩腾、竺法兰来到了五台山(当时叫清凉山)，发现营坊村山势奇伟，和印度的灵鹫山(释迦牟尼佛修行处)相似，便决定在此建寺，并命名为灵鹫寺。汉明帝加"大孚"两字，全名是大孚灵鹫寺，大孚灵鹫寺是显通寺的前身。自此五台山开始变成中国佛教的中心，大孚灵鹫寺成为中国最早的寺院之一。南北朝时期，五台山佛教的发展出现第一个高潮。北魏孝文帝对灵鹫寺进行大规模的扩建，并在周围兴建了善经院、真容院等十二个寺院。北齐时，五台山寺庙猛增到两百余座。到了隋朝，隋文帝又下诏在五个台顶各建一座寺庙，即东台望海寺、南台普济寺、西台法雷寺、北台灵应寺、中台演教寺。唐代，五台山佛教的发展出现了第二个高潮，全山寺院多达三百所，有僧侣三千余人。这是五台山在中国佛教界取得统治地位的发端，也是五台山成为名山圣地的开始。与安徽九华山、四川峨眉山和浙江普陀山并称为中国佛教四大名山。

② 文殊：即文殊菩萨，意为"妙德""妙吉祥"等。为中国佛教四大菩萨之一，以论述"般若性空"和"般若方便"的理论著称，相传五台是其显灵说法的道场。作为释迦牟尼佛的左胁侍，专司智慧，与司"理"的右胁侍普贤

菩萨并称。此外,毗卢遮那如来、文殊菩萨、普贤菩萨被尊称为“华严三圣”。

五台文殊

水绕山环自五台,文殊道场几徘徊。
青狮[1]护法群生度,大智明心菩萨来。
阆苑谁人弗见性,瀛洲奚客不开怀。
渐觉顿悟犹三晋[2],佛意禅宗天地哉。

注　释

① 青狮:文殊菩萨的坐骑。

② 三晋:战国韩、赵、魏三家分晋,各立为国,故称。后亦为山西省的别称。

九华山[1]

览胜登高上九华,肉身宝殿寂无涯。
阇梨[2]寡欲宜斋饭,居士清心自苦茶。
秀水灵山一地藏[3],朝云暮雨九仙葩。
吾侪唯愿期灵化,应有佛缘早到家。

注　释

① 九华山:位于安徽池州青阳境内,西北隔长江与天柱山相望,东南越太平湖与黄山同辉。唐武宗李炎在位年间,推行道教,排斥佛教,九华山此时处于佛教衰微阶段。两宋时,九华山佛教略有发展,除先后修复唐建造的佛寺庵院外,新建了净居寺、圣泉寺等六所,使九华山的寺庙增至二十五座。明洪武二十四年(1391 年)朝廷赐金修建化城寺,宣德二年(1427 年)、万历十一年(1583 年)、三十一年(1603 年)又屡次赐金修葺主刹化城

寺和肉身宝殿。明代建造的寺庙有：天台寺、招隐庵、德云庵、真如庵、华云庵、长生庵、龙庵、摘星庵(即百岁宫)等三十余所;清康熙帝、乾隆帝屡次巡游江南,屡赐重金修缮化城寺,并钦赐"御笔"匾额。此后,九华佛教有了进一步发展,寺庙林立,僧伽云集。

② 阇(shé)梨：梵语"阿阇梨"之省称,意为高僧,也泛指僧人、和尚。

③ 地藏：即地藏菩萨。《地藏十轮经》中称其"安忍不动如大地,静虑深密如秘藏",故名。九华山为其道场。

九华地藏

一路高歌上九华,何峰菩萨欲为家。
不空地狱休佛愿,未拯萱堂罢圣涯。[1]
宝殿肉身千载祭,红尘夙愿几时赊。
有觉应至莲台[2]坐,天上人间话桑麻。

注　释

①"不空、未拯"联：地藏曾祈求佛祖帮他邪恶的母亲脱离地狱,自誓度尽地狱一切众生,始愿成佛。

② 莲台：诸佛的莲花座位。因莲花圣洁,缘此。

峨眉山[1]

雄秀西南天地身,峨眉无处不佛魂。
千年古刹栖烟雨,百里层峦锁雾云。
几曲梵音迎远客,一声祈福送归人。
凭栏浩渺知何意?明月清风可净心。

注　释

① 峨眉山：位于四川西南部,地势陡峭,风景秀丽,素有"峨眉天下

秀”的美誉。万佛顶海拔3 099米,高出峨眉平原2 700多米。《峨眉郡志》云:“云鬘凝翠,鬒黛遥妆,真如螓首蛾眉,细而长,美而艳也,故名峨眉山。”峨眉山是普贤菩萨的道场,宗教文化特别是佛教文化构成了峨眉山历史文化的主体。千百年来,峨眉山这个“佛门圣地”便以“普贤道场”之名,为中国佛教四大名山。历代名士墨客对峨眉山多有赞咏、记述和传播。

峨眉普贤①

琼楼玉宇峨眉巅,白象护持一普贤。
欲度众生依般若,期赎夙业藉因缘。
云蒸正可藏佛迹,霞蔚应宜睹圣颜。
化境何时三界外,法轮常转九重天。

注　释

① 普贤:即普贤菩萨。中国佛教四大菩萨之一,与文殊菩萨为释迦牟尼佛之胁士。即文殊驾青狮侍如来之左侧,普贤乘白象侍右侧。文殊、普贤共为一切菩萨之上首,常助成宣扬如来之化导摄益。以此菩萨之身相及功德遍一切处,纯一妙善,故称普贤。

普陀山①(一)

五月闲游到普陀,盈盈春色满天国。
磐陀石②上经风雨,百步沙③中戏浪波。
古树浓荫栖宝刹,炷香篆缕敬诸佛。
红尘圣境应无界,乡味家烹任小酌。

注　释

① 普陀山:位于浙江舟山普陀,杭州湾南缘,舟山群岛东部海域。普

陀山呈菱形，形似苍龙卧海，与沈家门隔海相望，素有“海天佛国”“南海圣境”之称。作为观音道场初创于唐代，唐大中（847—860）年间，有梵僧（又说西域僧）来山礼佛，传说在潮音洞目睹观音示现。唐咸通四年（863 年）日僧慧锷大师从五台山请观音像乘船归国，舟至莲花洋遇风浪，数番前行无法如愿，遂信观音不肯东渡，乃留圣像于潮音洞侧供奉，故称“不肯去观音”。后经历代兴建，寺院林立，鼎盛时期共有四大寺、一百零六庵、近五千僧侣，史称“震旦第一佛国”。

② 磐陀石：位于九子寺西北附近的谷口岩，由上下两石相累而成。上石略尖，下石面广，相接处仅十余厘米，上石凌空孤峙，观之若悬，望之欲坠，被誉为天下第一石。相传是观音大士说法讲经处，而“磐陀夕照”为普陀十二景之一。

③ 百步沙：位于普济禅寺东面的一片海滩。也称塔前沙，俗称狮子尾巴，四周礁岩千姿百态。岬谷上有巨岩濒海矗立，称师石。

普陀山（二）

适逢五月到普陀，柳绿桃红春色多。
僧扫石阶临晓月，钟鸣古刹起松波。
菩萨礼拜香三炷，罗汉恭请果几箩。
听法二龟①仙指路，丹心一片在佛国。

注　释

① 二龟：指二龟听法石。在磐陀石西下山岩间，岩上突有巨石，仿佛石龟两只，一蹲岩顶，昂首延颈，起身欲行；一在岩壁，缘崖上爬，仿佛在追赶上面的同伴，形成了一道奇景。

普陀山（三）

东海苍茫起浪波，洛珈山①上隐神佛。
蓬峡天赐观音跳②，瀛屿孤悬罗汉陀。

意欲群生皆普度,情堪众恶不妖魔。
一游难了尘间事,只是心中禅已多。

注　释

① 洛珈山:位于普陀山东南约 5.3 千米处,传为观世音菩萨修行之圣地。《华严经》载:“于此地方有山,名补怛洛迦,彼有菩萨,名观自在。”

② 观音跳:由西方庵沿陡峭的山径而下,只见海岸尽处斜置一岩石,上镌“观音跳”大字。岩巅有一只长 42 厘米、宽 14 厘米的天然大脚印,深陷入石。传说观音菩萨从洛迦山纵身一跃至此留下圣迹,故名。

普陀之夜

寒星寥落正空蒙,古刹萧森①几缕风。
香客参禅临晓月,寺僧悟道对青灯。
鸡鸣偶伴三更鼓,犬吠时随五夜②钟。
流逝千年多少事,依稀臧否③总无凭。

注　释

① 萧森:草木凋零衰败;凄凉阴森。
② 五夜:五个更次。
③ 臧否:褒贬;评比,评定。

普陀观音①

观音心经千古传,度人欲上四禅天②。
莲花座里观自在,慈目凝中法庄严。
般若③凡尘皆净土,菩提④尘世俱因缘。
和合起灭人居地,有待众生修涅槃。

注　释

① 观音:即观世音菩萨。阿弥陀佛的左胁侍,“西方三圣”之一。佛教

认为观世音菩萨为大慈大悲的菩萨，遇难众生只要诵念其名号，“菩萨即时观其音声”，前往拯救解脱，故名。曾因唐代避讳太宗李世民名，去“世”字，略称“观音”。

② 禅天：指修习禅定所能达到的色界四重天(初重天至第四重天)。

③ 般若(bōrě)：梵语的音译。能证悟空理的智慧。为有别于一般所指的智慧，故用言译。

④ 菩提：梵文的音译，意思是觉悟、智慧，用以指人忽如睡醒，豁然开悟，突入彻悟途径，顿悟真理，达到超凡脱俗的境界等。

南华寺参禅

憨山肉身已涅槃，南华寺里欲参禅。
菩提是树犹非树，明镜非奁亦是奁。[①]
心动风息帆欲飏，尘积手拭垢难殚[②]。
何时吾辈能顿悟，明月无期当自圆。

注　释

① “菩提、明镜”联：源于六祖慧能的《菩提谒》：“菩提本无树，明镜亦非台。本来无一物，何处惹尘埃。”奁：古代女子存放梳妆用品的镜箱。

② 殚：灭；尽。

重庆大足石刻[①]

一佛横卧在岩山，欲度众生几涅槃。
大足行遍凡尘地，慧眼搜穷寰宇天。
何处人间无福祸，奚时阆苑少悲欢。
心中若得禅机[②]悟，气正风清月自圆。

注　释

① 大足石刻：位于重庆大足境内，是世界文化遗产，世界八大石窟之一。大足石刻分布于该区西南、西北和东北等处，共23处。现存大足石刻，

开凿最早的是初唐永徽元年(650年)的尖山子摩崖造像,其后200多年仅新开凿圣水寺摩崖一处造像。直到公元885年昌州迁治大足后,摩崖造像方渐大兴。唐景福元年(892年),节度使韦君靖,先在北山凿造佛像,后州、县官吏和当地士绅、平民、僧尼等相继效仿,直到公元907年至965年营造佛像不断,形成了大足石刻第一个造像高潮。大足石刻代表了公元9—13世纪世界石窟艺术的最高水平,是人类石窟艺术史上最后的丰碑。它从不同侧面展示了唐、宋时期中国石窟艺术风格的重大发展和变化,具有前期石窟不可替代的历史、艺术、科学价值。

② 禅机:能发人深省富有意味的妙语。

荷　花

和风几缕过池塘,菡萏婆娑久未央。
华盖[1]朝倾承雨露,蓓蕾夜绽袅清芳。
凌波可谓花仙子,戏浪堪称舞媚娘。
偶有闲情水边坐,依稀偷得暗荷香。

注　释

① 华盖:帝王坐车的绸伞。此指荷叶。

芙　蕖

池塘菡萏几婀娜,朵朵丹华只向佛。
欲枕清风同漾水,期偕明月共凌波。
出泥可谓花仙子,卧碧犹疑春梦婆。
影渺香萦时寂夜,只惜桂魄[1]不常多。

注　释

① 桂魄:古代传说月中有桂,故为月的别称。魄:月光。

映山红

何故异名谓杜鹃，血啼望帝[①]已千年。
嫣红时俏三春后，姹紫难凋九夏前。
一簇犹堪凌众艳，盈峦注定冠群山。
天涯海角皆开遍，只为青阳满宇间。

注　释

① 望帝：传说战国时蜀王杜宇，号望帝，因水灾让位退隐山中，死后化作杜鹃鸟，日夜悲鸣，泪尽继而流血。后因用作杜鹃花（映山红）的别称。

禅[①]

月到天心分外明，何期一苇[②]渡蓬瀛。
参禅林上期凭雨，悟道岩间冀藉风。
露浥红莲藏紫气，岚浮绿树蕴葱蒙。
人间万物皆同理，道法自然总有凭。

注　释

① 禅：是佛教“禅那”的简称，梵语的音译。言静虑者是依体立名，其禅那之体，寂静而具审虑之用者，故谓之静虑。静即定，虑即慧，定慧均等之妙体曰“禅那”，即佛家讲的参禅。

② 一苇：即一苇渡江，传说达摩渡过长江时，在江岸折一根芦苇，立在苇上渡过江去。

觉

人生化境是蓬瀛，诸相因缘几色空[①]。

百抹明霞宜作帐，一轮皓月可燃灯。
莲花香染佛陀意，经卷禅萦菩萨踪。
痴慢贪嗔何所悟？菩提般若永冥冥。

注 释

① 色空：“色即是空”的略语。谓一切事物皆由因缘所生，虚幻不实。

钟鼎与林泉

徘徊钟鼎羡林泉，未觉倏忽已卅年。
蜗角虚名时记挂，蝇头微利总萦牵。[①]
不哀岁月催人老，但憾囚縶颓我颜。
只待吾侪幡然[②]悟，悄随五柳到桃源。

注 释

① “蜗角、蝇头”联：出自宋苏轼《满庭芳》词：“蜗角虚名，蝇头微利，算来着甚干忙。”蜗角、蝇头，均比喻细微。指微小而没有作用的名声和利益。

② 幡然：忽然改变的样子。

悟[①]

娑婆世界梦千重，万事流云皆寂空。
蜗角虚名徒挂齿，蝇头微利枉盈胸。
贪嗔痴慢悉迷境，戒定慧觉俱圣踪。
愿力吾心唯净土，佛禅国里几耕躬[②]。

注 释

① 悟：指觉悟，是对世间种种现象、真理透彻了解，不再迷茫，非常自

在、笃定、有方向感地开启真智。觉悟是智慧的来源,我们人类最缺乏的就是智慧。释迦牟尼成佛,佛之本意即觉悟者,以此论断佛祖释迦牟尼是一个彻底觉悟的人。人是没有觉悟的佛,是未来佛。人和佛的区别在于觉悟与不觉悟,在于有智慧和没智慧。佛陀之所以能够成为觉悟者,能够亲证趣向解脱的真理,也是通过不断的观察、思考和学习而来。

② 耕躬:犹躬耕。

明　心

何处人间不雨风,奚因吾辈总无明。
贪嗔痴慢时留迹,杀盗酒淫难隐踪。
破妄迷心能彻悟,去执幻境可悉空。
菩提般若三生外,六道轮回梦几重。

见　性[①]

众生谁不欲佛天,戒定慧中几涅槃。
万古长空皆净土,一朝风月俱尘间。
菩提树下何人悟,明镜台边奚客缘。
有期见性依般若,六道轮回莫等闲。

注　释

① 见性:明心是发现自己的真心,见性是见到自己本来的真性。明心见性,乃禅宗悟道之境界。言语道断,心行处灭。众生尽其一生,一直生活在或被禁锢在自我的囚室之中,不断地在为自己计划、盘算、设计,至死不息。众生缘何如此?因为他们心中无明,因为一辈子“盲目追求”,受尽无量的失败、挫折、打击与苦楚。但因“无明心”的驱使,自己不明所以,身不由己地重复这种追求。因此,若要断此无尽的烦恼、苦痛,唯一的方法,就是要令他“心明”,把佛的智慧光明,照进他的“心房”。

空[1]

一扫执着万象空，谁言吾辈总无明。
人间诸相皆虚妄，世上轮回只灭生。
佛号常持堪净土，尘心顿悟可禅宗。
明心见性澄灵智，正等正觉自在行。

注　释

① 空：与“有”相对，音译为舜若，意译空无、空虚、空寂、空净、非有。一切存在之物中，皆无自体、实体、我等，此一思想即称空。亦即谓事物之虚幻不实，或理体之空寂明净。自佛陀始即有此思想，尤以大乘佛教为然，空之思想乃般若经系统之根本思想。空可分为人空与法空。人空，意谓人类自己无其实体或自我之存在；法空，则谓一切事物之存在皆由因缘而产生，故亦无实体存在。

涅　槃[1]

何处人间不涅槃，凤凰浴火正熊燃。
牵肠名利情难尽，挂肚妻孥[2]爱未阑。
破妄弥陀皆净土，去执佛祖只澄天。
奚朝顿悟依禅定，穷尽尘生三世缘。

注　释

① 涅槃：梵语音译，旧译“泥洹”，原意为“息灭一切烦恼”，意译为“入灭”“圆寂”。佛教全部修习所要达到的最高理想。一般指通过修持断灭“生死”轮回而后获得的一种精神境界：信佛的人，经过长期“修道”，即能“寂灭”一切烦恼和“圆满”（具备）一切“清净功德”。后世也称僧尼逝世为涅槃、入灭或圆寂。

② 妻孥：妻子和子女的统称。

释迦牟尼[1]

王子犹怀慈善心，谁人天地可独尊。
菩提树下参空道，岩壁洞中悟圣伦。
唯愿贪嗔皆彼岸，时期痴慢俱佛魂。
娑婆万物悉因果[2]，六道轮回莫等身。

注　释

① 释迦牟尼：佛教创始人。南传佛教推断其公元前623年生，前543年涅槃；《出律记》则推断为公元前565—前486年。本名乔达摩·悉达多，成道后被尊称为释迦牟尼，意为“释迦族的圣人”。相传是古印度北部迦毗罗卫国（在今尼泊尔境内）净饭王的太子，属刹帝利种姓。母亲摩耶夫人是邻国拘利族天臂国王之女，其在回父国途中，于蓝毗尼分娩后7天去世，太子因此由姨母摩诃波阇波提抚养成人。29岁时有感于人世生、老、病、死各种苦恼，加上释迦族姓面临灭族的战争威胁，同时又对当时的婆罗门教不满，故舍弃王族生活，出家修道，终成正果。其后在印度北部和中部进行教化，信众尊之为佛陀。其学说内容，可归纳为三法印、四谛、八正道、十二缘起、三十七道品等。佛陀入灭后，弟子们将之说法记录整理，通过几次结集，成为经、律、论三藏。

仓央嘉措[1]

雪域高原封法王[2]，民间谁可埒情郎。
绵思未尽依诗笔，佛性难央披衲裳[3]。
青海圣湖一命殒[4]，阿拉善寺[5]百慈扬。
肉身舍利期何寄，百载悠悠伴梦长。

注　释

① 仓央嘉措：（1683—?）中国藏族僧人、诗人，第六世达赖喇嘛。生于

今西藏南部门隅地区。幼年当过牧童,深受民间歌谣熏陶。15 岁时被认定为第五世达赖喇嘛的转世灵童,入布达拉宫学习佛教经典、诗歌和历算。曾以亲身感受创作大量爱情诗,后人选出六十首,辑成《仓央嘉措情歌》流传于世。

② 法王:元明清等三代授予喇嘛教首领的封号。

③ 衲裳:犹衲衣。僧衣;代指僧人。

④ “青海”句:清康熙四十四年(1705 年),和硕特汗国拉藏汗攻入拉萨,杀死摄政桑结嘉措。次年,废黜仓央嘉措,并将其押解北京,途中在青海湖附近失踪。一说已死(病死或被杀)。一说他辗转到了阿拉善,并在此弘法圆寂。殒:死亡。

⑤ 阿拉善寺:即广宗寺,俗称南寺。位于内蒙古贺兰山腹地,是阿拉善的第一大寺,寺中供奉着六世达赖的灵塔。

有　悟

一去红尘万事空,儒释道里几耕躬。
白云哪朵能栖雨,溽暑何宵可沐风。
曩日俗宾皆物变①,今朝雅客只情钟。
偃鼠饮河唯满腹,鹪鹩巢林壑岩中。②

注　释

① 物变:事物变化。

② “偃鼠、鹪鹩”联:出自《庄子·逍遥游》:“鹪鹩巢于深林,不过一枝;偃鼠饮河,不过满腹。”

禅　宗①

拈花一笑②起禅风,忆往犹疑是梦中。
面壁达摩称始祖,断肢③慧可谓承宗。
慧能顿悟期佛见,临济④棒喝欲性空。

马祖希迁与曹洞[5],人间道法异归同。

注 释

① 禅宗:中国佛教宗派,主张修习禅定,故名。又因自称“传佛心印”,以觉悟众生本有之佛性为目的,所以亦称佛心宗。禅宗的祖庭有河南少林寺,安徽岳西二祖寺、天柱山三祖寺,湖北黄梅四祖寺、五祖寺以及广东南华寺等。依传说菩提达摩为创始人,被尊为初祖,其后几代的传承者依次有慧可、僧璨、道信、弘忍等。禅宗的影响,自四祖道信始日益扩大,他们结束了流动生活,于黄梅双峰山定居,垦荒自给。五祖弘忍时被朝廷承认,其禅称为“东山法门”,门徒遍布全国,形成许多传禅基地。

② 拈花一笑:比喻心心相印,会心。典出《五灯会元·释迦牟尼佛》。

③ 断肢:传慧可为求佛法,曾自断左臂发愿。见《楞伽师资记》。

④ 临济:即临济宗,禅宗五家之一。唐义玄(?—867)所创。因住镇州(今河北正定)滹沱河畔临济院,故名。广为弘扬黄檗希运禅师所倡启“般若为本,以空摄有,空有相融”的禅宗新法。禅风痛快峻烈,以“棒喝”著称。

⑤ 马祖:马祖道一(709—788),为唐代禅宗洪州宗的祖师。俗姓马,又称道一、洪州道一、江西道一。汉州什方县(今四川什邡马祖镇)人,谥号大寂禅师。主张道不用修,或者说任心为修。即心是佛——非心非佛——平常心是道,是其佛性思想与实践的总纲领。让“顿悟”说付诸实行,取代了看经坐禅的传统,促使禅僧普遍革新禅的观念。希迁:石头希迁(700—790),俗姓陈,瑞州高要(今广东肇庆)人。谥号无际大师,法嗣青原行思,为石头宗开创者。曹洞:即曹洞宗。禅宗五家之一,属青原一系,由唐良价及其弟子本寂(840—901)所创。

藏 密[1]

万仞须弥[2]天际中,凝眸无处不神灵。

转经筒上萦佛迹,天葬台边送往生。

礼拜千年心未净,轮回三世业难空。

长头量尽高原地，留与人间星夜灯。

注 释

① 藏密：即藏传密宗。佛教宗派之一，源自印度，始于莲花生和8世纪的寂护，是流传在西藏地区的密宗派别。

② 须弥：梵文音译，意为“妙高”，古印度神话中的名山。后为佛教采用，指一个小世界的中央。山顶为帝释天所居，山腰为四天王所居。四周有七山八海，四大部洲。注：一千个小世界称为小千世界，一千个小千世界称为中千世界，一千个中千世界为大千世界，这就是“三千大千世界”的由来。

参 禅[①]

达摩面壁九余年，参透《楞伽》[②]尽了然。
身下仅余一尺地，胸中已越百重天。
平心宜早言出世，静气未迟对涅槃。
不恋红尘期化境，人生是处可修禅。

注 释

① 参禅：指将心专注于某一个对象，通过反观内心，觅求心性，达到明心见性的一种修行法门。参禅的目的是明心见性，即去掉自己内心的污染，识见自性的本来面目。

②《楞伽》：《楞伽经》。本经说明清净心、如来藏及阿赖耶识之教义，是禅宗的重要经典。达摩为坐禅众解释其要义，名为《达摩论》。

禅 境(一)

悠悠华夏兴禅风，见性明心只藉空。
浪迹曹溪[①]难记曲，云游叠嶂不知重。

澄潭布影幽冥里，碧月流辉照梦中。
是处尘间皆法喜[2]，有期顿悟慧三生。

注　释

① 曹溪：水名，在广东曲江双峰山下。亦为禅宗南宗别号，因六祖慧能在曹溪宝林寺演法而得名。

② 法喜：闻见、参悟佛法而产生的喜悦，这是修行达到一定的阶段必然产生的现象。

禅　境(二)

独悟久冥三炷香，青甍碧瓦柱高墙。
一抔粗粝消俗骨[1]，两盏清茗断妄肠。
肃穆晨钟悉圣界，庄严暮鼓俱佛疆。
合十双手虔诚拜，不负印堂[2]般若光。

注　释

① 俗骨：俗人的资质或禀赋。借指尘世中人。

② 印堂：人额部两眉中间位置。相术家谓可据其色判断人的富贵祸福。

禅　境(三)

今朝有幸修禅境，觉悟到时自醒魂。
影扫阶墀[1]尘未动，光沉潭底水无痕。
明心有漾皆含月，见性是山俱带云。
莫道凡夫知后果，何时吾辈究前因。

注　释

① 阶墀：台阶；亦指阶面。

马年春节

蛇归马至又新年，细雨霏霏彻骨寒。
半百难圆一夙梦，余生再越几重天。
时因酒兴抒豪志，偶借茶余遣日闲。
莫将身心托宿命①，红尘勘破去根缘②。

注 释

① 宿命：佛教认为世人皆有过去之世，辗转轮回，称为“宿命”。借指生来注定的命运。

② 根缘：佛教语。谓人的根性与境遇的缘务。

化 境①

人生化境总无疆，漫漫红尘心路长。
掬水时期盈手月，拈花有待满衣香。
明心见性佛渊薮②，破妄去执禅滥觞③。
正等正觉④何处是，慈悲喜舍⑤未渠央。

注 释

① 化境：自然精妙的境界；最高的境界（多指艺术修养）。佛家指佛教化的境界。《华严经疏》卷六：“佛境界有二：一、如如法性，是佛证界；二、十方国土，是佛境界。”

② 渊薮：渊，鱼聚集的地方；薮，兽聚集的地方。喻人事物聚集的地方。

③ 滥觞：本谓江河发源之处水极浅，仅能浮起酒杯。后喻事物的起源和发端。

④ 正等正觉：即无上正等正觉，指无比完全的智慧、觉悟。

⑤ 慈悲喜舍：是《阿含经》到大乘诸经中反复倡导的精神。慈、悲、喜、舍的无限扩大、无限深化，称为大慈、大悲、大喜、大舍，名“四无量心”，或称“四梵住”（四种清净无染的心）。

学　佛

众生何故总无明，妄念执着两未空。
鼓磬鱼[①]钟皆法器，幢幡香烛[②]俱佛踪。
一钵乞破期禅竟，二履踏穿冀道成。
洗尽红尘酬夙愿[②]，无边风月入心中。

注　释

① 鱼：木鱼。

② 幢幡：指佛、道教所谓旌旗。从头安宝珠的高大幢竿下垂，建于佛寺或道场之前。幢指竿柱，幡指所垂长帛。

参　佛

一朝见性意如何？犹憾众生妄念多。
因果三生消宿业[①]，唯识万法拒天魔[②]。
梵钟百撞尘心净，僧鼓千敲凡欲绝。
缕缕烛香袅禅境，木鱼声里颂佛陀。

注　释

① 因果：指原因与结果。佛教认为一切法皆是依因果之理而生成或灭坏。因是能生，果是所生。而且，有因必有果，有果必有因。由因生果，因果历然。十界迷悟，不外是因果关系。宿业：前世的善恶因缘。佛教相信众生有三世因果，认为过去所作的善恶业因，可以产生今生的苦乐果报。

② 唯识万法：即万法唯识，也称“一切唯识”。是古印度大乘佛教瑜伽

行派和中国唯识宗的主要教义之一。三界中之一切有漏法,以及一切无漏有为法,皆因八识心王而有;乃至无漏无为法,亦因八识心王而显。若离八识心王,无有一切法可得,若无八识心王,万法悉不能生,故说万法唯识。天魔:佛教语。天子魔之略称,为欲界第六天主。常为修道设置障碍。

参　禅

登仙羽化总无凭,吾辈皈依[1]尚色空。
情寄弥陀唯上乘,心期觉岸只禅行。
佛灯一盏千星澈,梵磬几声万籁轻。
有待因缘成顿悟,真宗净土[2]慧三生。

注　释

① 皈依:佛教名词,是信仰佛教者的入教仪式。皈依三宝,即皈依佛、皈依法、皈依僧,亦称三皈依。

② 真宗净土:即净土真宗,简称真宗。日本佛教宗派之一,教祖亲鸾原为日本净土宗创立者源空的弟子。以《无量寿经》《观无量寿经》《阿弥陀经》为根本经典。允许僧侣蓄发娶妻吃肉,认为只要称名念佛,便可往生西方。

心　奴

幻境歧途尚误人,皆缘名利两羁心。
鹭鸶[1]腿上期割肉,饿鬼道中欲塑魂。
附势时时思丐相,趋炎刻刻献奴身。
有期天降佛陀雨,一洗凡间万里尘。

注　释

① 鹭鸶:鹭的一种,羽毛为纯白色。顶有白羽,捕食小鱼,也叫白鹭。其腿细长精瘦少肉。

归　一

何曾牢狴落恓惶[①],纵马人生只任缰。
暂藉勤工铮傲骨,尚期重厄韧脊梁。
松间明月偕宵寂,石上清泉伴梦长。
不动如如[②]方净土,自然道法未渠央。

注　释

① 牢狴:监狱。狴:狴犴,传说中兽名。古代常画其形于狱门,故又用为牢狱的代称。恓惶:惊恐烦恼的样子。

② 如如:永恒存在的真如。

有　悟

万法归一待涅槃,谁人敢越九重天。
遥望白云栖彩凤,近觏苦水酿甘泉。
常期绮梦能偕月,尚冀凡心可问禅。
犹信吾生得三昧[①],莲花国[②]里共婵娟。

注　释

① 三昧:梵语音译,意思是止息杂念,使心神平静,是佛教的重要修行方法,借指事物的要领、真谛。道家则以为,昏昏默默神之昧,杳杳冥冥气之昧,恍恍忽忽精之昧,合称三昧。此三昧能生真火。

② 莲花国:西天佛国。

禅　思

一曲高歌万里天,人生化境只缘禅。

云霞屡借描山黛，雨露频依浣嶂颜。
缕缕清风能栉发，皎皎朗月可偕眠。
归宗[1]万法应三昧，自然道法总无边。

注　释

① 归宗：归依而宗奉。

归　情

倏忽六载到归年，无妄[1]蒙灾道涅槃。
锣鼓频敲消夙业，诗书屡借蜕[2]昔颜。
犹期粗粝铮俗骨，尚待劣茗化孽缘[3]。
明月清风曾几度，余生醺醉只桃源。

注　释

① 无妄：不测；意外。
② 蜕：蛇、蝉等脱皮；鸟换毛（脱毛重长）。
③ 孽缘：佛家谓前世结下的因，所导致的果报。

希　冀

放浪蓬山瀛海间，此生唯寄是田园。
同瞻明月描眉黛，共饮浊醪绛醉颜。
胸滞红尘犹缕缕，心涤点涴[1]尚槃槃。
与君有幸缘三世，道骨仙风总梦边。

注　释

① 点涴：污损，弄脏。

奇　石

石不能言最可人，灵犀心有我知音。
青峰万仞期铮骨，大漠千寻冀塑魂。
风砺苍颜[1]应愈老，霜凌尘面可趋新。
米颠[2]遗迹今何处，瘦皱漏透[3]倚绿筠。

注　释

① 苍颜：苍老的容颜。

② 米颠：北宋书画家米芾的别号。米芾字元章，以其行止违世脱俗，倜傥不羁，人称“米颠”。米芾是著名的石痴，见奇石即拜。

③ 瘦皱漏透：米芾提出的赏石标准。见清郑板桥集题画《石》：“米元章论石，曰瘦、曰绉(通皱)、曰漏、曰透，可谓尽石之妙矣。东坡又曰：‘石文而丑。’一‘丑’字，则石之千态万状，皆从此出。”

禅　堂[1]

红尘滚滚入禅门[2]，应晓人人具慧根[3]。
三尺棒头开正眼，一声断喝止狂心。
六凡[4]体悟寻佛迹，四圣[5]因缘铸法身。
专注清明再绵密[6]，盈天雨露并甘霖。

注　释

① 禅堂：在中国禅宗的寺院建筑结构中，专供集体坐禅之场所。

② 禅门：谓禅定之法门，为心定于一、摒除妄念之法，又指达摩所传禅法言，即谓禅宗法门。即丛林，僧侣群聚的寺院。

③ 慧根：佛教语，五根之一。破惑证真为慧，慧能生道，故曰慧根。多指能信入佛法的根机。

④ 六凡：三界内的六种凡夫众生。虽同为凡夫，但因善恶业果境地的不同，又分为六种，名为六凡，亦称六道。

⑤ 四圣：超出欲、色、无色三界，脱离生死轮回，已得解脱的四种"圣者"。即佛陀、菩萨、缘觉和声闻。

⑥ 专注清明再绵密：出自净慧法师《禅堂夜话》，是其总结的禅修方法，专注就是守一，清明就是觉照，绵密就是守一与觉照的不间断。

破 妄

可怜华发镜中生，老矣垂垂两鬓风。
未晓释禅何日悟，不知聃理恁时清。
棒头三尺开佛眼[①]，偈语千声遁妄踪[②]。
唯有五毒[③]最难竟，加持三宝总冥冥[④]。

注 释

① 佛眼：佛教五眼之一，佛教有肉眼、天眼、法眼、慧眼、佛眼五眼，是指从凡夫至佛位，对于事物现象终始本末的考察功能，分别为凡夫、天王、罗汉、菩萨、佛所具有。

② 妄踪：指凡夫之虚妄踪迹，亦即脱离真实之认识与见解。

③ 五毒：佛教称"贪、嗔、痴、慢、恶"这五种情绪为五毒，认为这五种情绪是众生之"障"，一旦勘破，便能更容易地修成正果。竟(jìng)：本意是事物完毕、终止，引申指终于、到底。

④ 加持：佛教用语，谓佛、菩萨的慈悲力，在众生的心田产生的影响和作用。三宝：佛教指佛、法、僧，佛指大知大觉的人，法指佛所说的教义，僧指继承或宣扬教义的人。冥冥：指有神秘力量暗中起作用的境界。

问 禅

涅槃三昧藉习禅，只计风尘不计年。

花艳方宜头上戴,榻闲才可枕边眠。
千江有水千江月[①],万里无云万里天。
未到临歧[②]莫折柳,应思退步是趋前[③]。

注　释

① 千江有水千江月:摘自宋代《嘉泰普灯灵》。

② 临歧:指古人送别在岔路口处分手。

③ 应思退步是趋前:化用布袋和尚的《插秧偈》:“手把青秧插满田,低头便见水中天。心地清净方为道,退步原来是向前。”布袋和尚,名契此,生于唐末至五代后梁时期,明州奉化(今属浙江)僧人,号长汀子,高僧。世传为弥勒菩萨或弥勒佛之应化身,身体胖,眉皱而腹大,出语无定,随处寝卧。

有　悟

滚滚谁能远嚣尘,如如不动是佛魂。
浮生哪可多如意,万事只求半称心。
月满则亏为定理[①],物极必反乃积因[②]。
人间至律唯中道,莫论红尘与壑林。

注　释

① 定理:永久不变的真理。

② 积因:谓累积构成事物的条件。

心　期

世外茅屋三两间,依山傍水远尘寰。
风拂丝柳庭前过,酒溢芳樽花下眠。
漫莳田畦余菽菜,悠游涧壑渺云烟。
人生最美桃源境,应是登云钓月[①]闲。

注 释

① 登云钓月：浙江富阳鹤山公园东侧，富春江边上有块巨石，镌有“登云钓月”，是宋苏东坡游历此地所留墨迹。此处取其意。

如 何

世尘[1]涧壑两难全，无奈已逾花甲年。
初受萱椿[2]识善恶，继依马列辨忠奸。
昔疑儒道多欺世，今笃佛禅可涅槃。
有待风清云淡日，轮回因果九重天。

注 释

① 世尘：尘世；人间。指世俗之事。

② 萱椿：旧称母为“萱堂”，父为“椿庭”，因以“萱椿”为父母的代称。

红 尘

列列只唯孔方亲，谁人今可远红尘。
浮名欲取依谲计，微利思得借诡心。
攘攘何须疏涧壑，熙熙岂必拒泉林。
人生不辱应明月，且将情思寄渺云。

谒普陀法雨寺[1]

古刹钟声逝晚凉，悠悠梵偈断痴肠。
皈依三宝期佛界，除拒五毒冀道疆。
不患红尘犹滚滚，只惜净土尚茫茫。
孽缘有尽还无尽，禅定菩提一炷香。

注　释

① 法雨寺：亦称后寺。位于白华顶左、光熙峰下，是普陀山三大寺之一。始建于明万历八年（1580年），清康熙二十八年（1689年）重修。雍正九年（1731年），赐金建御碑亭、天后阁、牌坊等。光绪初年建圆通宝殿及大雄宝殿，光绪十二年（1886年）建拜经楼，渐成巨刹。

见寺前蜡烛流泪

何故晨宵哭众生，为谁流泪到天明。
愿竭世上凄凄苦，欲祭人间漠漠风。
莫望凡尘疏孽债，有期世上少冤情。
奚时万物皆身外，道法自然总有凭。

李叔同

半世繁华半世僧，人间难再李叔同。
杏坛熠烁堪独步①，椽笔清拔可法宗②。
一洗红尘能绝世③，百疏俦侣已悭情。
喜悲自度菩提意，幻化④本来不是空。

注　释

① “杏坛”句：指李叔同1913—1915年间在杭州、南京两地师范学校担任过音乐、图画课教师。熠烁：光彩闪耀。

② “椽笔”句：指李叔同的文笔和书法俱超群出众。清拔：喻文辞与书法清丽脱俗。

③ 绝世：指隔绝人事。

④ 幻化：佛教语。谓万物了无实性。

骨肉亲情

结婚二十九年有怀

闲烹小菜偶酾[1]醪，翠袖红颜不胜娇。
举案遣情说漱玉[2]，齐眉论道话《离骚》。
重寻篱上桃花雨，再觅梁间燕子巢。
世事流云皆有据，百年连理更明朝。

注　释

① 酾(shī)：滤酒，斟酒。
② 漱玉：指李清照，有《漱玉词》。

忆　旧

闲烹小菜偶酾醪，翠袖红颜不胜娇。
同赋诗词君颖慧[1]，共翩歌舞汝妖娆。
夭桃冬去萌新蕾，家燕春来还旧巢。
世事流云皆有据，有期浪漫更明朝。

注　释

① 颖慧：聪明智慧。

梦里伊人

清晨小鸟乱飞声，可扰伊人梦几重。

长发风拂增魅力，娥眉[1]柳画益妆容。
倾情教女期为凤，竭爱相夫冀化龙。
俦侣与君今有幸，何弗连理再三生。

注　释

① 娥眉：细长而弯的眉毛；泛指貌美的女子。

与君缘

琴瑟和鸣三世缘，情浓胜过五十弦[1]。
亭亭华盖相思树，缕缕丝心[2]并蒂莲。
红袖青衫同醉酒，春花秋月共吟笺[3]。
风流多少闺中事，一点一滴总百年。

注　释

① 五十弦：取李商隐《无题》“锦瑟无端五十弦，一弦一柱思华年”意。
② 丝心：即思心，取谐音。
③ 吟笺：诗稿；指写诗用的纸。

行旅楚湘逢妻初度[1]

时霏偶霁总缠绵，柳絮杨花三月天。
十指同萦情暖暖，两心互印爱涟涟[2]。
湘江北去期何往，楚水东流欲自还。
吾愧未能伴初度，小诗遥寄慰红颜。

注　释

① 初度：刚生下来的时候；指生日。妻生日 1963 年 3 月 5 日。
② 涟涟：泪流不止貌。

小 别

睡眼惺忪[1]夜未阑，小别几日寝难安。
绵绵细语犹萦耳，款款娇嗔[2]尚赤颜。
举案惜迟方卅载，齐眉恨晚再十年。
甫期青鸟捎一信，且勿凝妆待我还。

注 释

① 惺忪：因刚睡醒而眼睛模糊不清。
② 嗔：发怒；生气。对人不满，怪罪。

与君言

自信人生逾百年，情川爱海两扬帆。
跣足每每濯漪水，纵臂时时挽巨澜。
乐罢擎觞一盏酒，愁余抑泪几诗篇。
与君总有婵娟日，何处中秋不月圆。

盼 归

疾走楼门远驻足，征蓬万里待归夫。
时闻犬吠疑君至，偶睇风窣[1]知汝无。
花木空余寥落院，闲愁寂掩孤独庐。
一朝不见三秋日，多少魂牵尚在途。

注 释

① 睇：斜视；流盼。窣：象声词。形容轻微细碎之声。

伊　人(一)

幽梦依稀见小芳，无边旖旎总春光。
意蒙未碍吾情窦[①]，身袅何妨伊彩裳。
悭分[②]今朝难共枕，惜缘昨日已同窗。
一封尺素遥相寄，流水高山未遽央。

注　释

① 情窦：指情意的发生或男女爱悦之情的萌动。
② 悭分：谓缺少缘分。

伊　人(二)

幽梦依稀见小芳，绰约多少旧时光。
羞羞媚眼生情窦，款款娇身试绮裳。
莫憾今朝难共枕，犹惜昨日已同窗。
一声祈福期遥祝，流水高山未遽央。

伊　人(三)

素有桃源世外心，此生无奈落红尘。
鸟惊庭树时莺语，影过回廊总倩身。
弱柳扶风期醉夏，娇花照水欲含春[①]。
秋冬应是吟诗日，不辱书香门第[②]人。

注　释

① 含春：犹怀春。指带着春意。
② 书香门第：旧指上辈有读书人的家庭。

心　语

委地尘泥在翌朝，几曾惬意碧云霄。
衰容犹逊蓬蒿草，弱体难宜杨柳腰。
枉动春心迟鬓雪，徒忧华发早颜凋。
纵使人生时困境，何妨今日我逍遥。

无　题(一)

耆年才减似江郎[1]，诗句无多意自长。
斑鬓秦镜思难尽，篆缕韩香[2]爱未央。
举案期吟三夏赋，齐眉冀画九春妆。
人生难奈唯羁旅，不忘伊心即吾乡。

注　释

① 江郎：指南朝江淹。原指江淹少有文名，晚年诗文无佳句。喻才情减退。

② 篆缕：篆香的烟；篆香指盘香。韩香：晋时贾午偷父御赐贡香给情人韩寿，后其父知其意，以女妻寿。

无　题(二)

十年梦寐[1]有相逢，红袖未疏白首翁。
时忆推杯明月下，尚期吟赋惠风[2]中。
何愁前路无庸伴，只惮余途少瑟鸣[3]。
司马文君毋须羡，相濡以沫[4]慰平生。

注　释

① 梦寐：在睡梦中。

② 惠风：和暖的风。

③ 瑟鸣：即琴瑟和鸣，喻夫妇情笃和好。

④ 相濡以沫：原指在困境中的鱼为了生存，互相用口中的水沫沾湿对方的身体；后指夫妻或朋友，在困境中，用微薄的力量互相帮助。

卅载合卺

合卺卅年爱渐浓，人间不枉最多情。
上穷碧落寻芳迹，下竭黄泉觅靓踪。[1]
春去吹箫花落雨，秋来看剑月明空。
与君总是婵娟日，再度关山一万重。

注　释

①“上穷、下竭”联：化用唐白居易《长恨歌》“上穷碧落下黄泉”句。碧落：天空。黄泉：地下。泛指宇宙的各个角落。

卅载合卺：春城[1]

相约豆蔻在春城，月下花前几誓盟。
棹尽南湖[2]堤畔水，歌穷校径柳边风。
清宵对赋唯情语，白昼吟诗只爱声。
有幸与君同船渡，高歌一路到蓬瀛。

注　释

① 春城：指吉林长春。

② 南湖：指长春南湖。

卅载合卺：冰城[①]

小女萦膝琴瑟家，有君何处是天涯。
春宵举案同诗韵，秋夜齐眉共月华[②]。
偶藉佯嗔[③]添俏丽，时温佳酹染绯霞[④]。
渐识世上凡尘味，不负相期事桑麻。

注　释

① 冰城：指黑龙江哈尔滨。

② 月华：月光。指月亮周围的彩色光环，多见于中秋前后。

③ 佯嗔：假装生气。

④ 绯霞：红霞。此处指饮酒而脸上呈现红晕。

卅载合卺：申城(一)

为图破壁[①]到南国，名利场中坎壈[②]多。
昨夜酬宾临晓月，今宵醉客起笙歌。
鸿猷[③]有望跻三甲，虚誉难期到圣陀。
无限风光何日竟，是非功过任评说。

注　释

① 破壁：喻人飞黄腾达或打破现状，有所作为。出自画龙点睛之典，二龙点睛破壁飞去，二龙未点犹在。

② 坎壈(lǎn)：困顿，不顺利。

③ 鸿猷：鸿业，大业；深远的谋划。

卅载合卺：申城(二)

达旦竟宵为利忙，情缘无奈几多伤。
徒思鬓上添金翠[①]，枉欲身间绕绮装。

举案不知是何日，遨游难确在哪方。
今朝幸有幡然悟，同棹五湖未遽央。

注　释

① 金翠：指黄金和翠玉制成的饰物。

卅载合卺：申城（三）

手挥五弦送惊鸿[①]，阆苑何曾是梦中。
世外置身辞缧绁[②]，岩间酬客醉筠丛。
鹑衣[③]百衲犹针线，乱棘千重自刀锋。
靓倩[④]最钟桑榆晚，合鸣琴瑟有余声。

注　释

① 惊鸿：惊飞的鸿雁；喻体态轻盈的美女。
② 缧绁：捆绑犯人的绳索；借指监狱，囚禁。
③ 鹑衣：补缀的破旧衣衫。因鹑鸟尾巴光秃，似缝补的衣服。
④ 靓倩：作者对爱妻的昵称。

赠　伊（一）

六载倏忽驹隙间，伊人翘首[①]待吾还。
良宵唯恐难同梦，寂夜只思未共眠[②]。
何憾孑吾今华发，唯欣孤汝尚红颜。
谁言合卺难三世，织女牵牛犹在天。

注　释

① 翘首：抬起头来眺望远处；形容盼望之切。

赠　伊(二)

红尘万丈幸凭踪,最契人间三世情。
善目慈眉菩萨相,婀杨娜柳贵妃容。
琴心袅袅高山曲,剑胆萧萧霹雳①声。
司马文君②不须羡,谁侔道骨并仙风。

注　释

① 霹雳:雷电,是云与地面之间发生的强烈雷电现象。
② 司马文君:指司马相如和卓文君。

题伊人靓照

腹有诗书气自华①,不疑仙子落恒家。
琼姿独具倾国色,雍态殊嘉胜艳葩②。
攘攘③红尘君玉立,熙熙嚣世汝修姱。
幽兰何忌群芳妒,只在人间傲⑤倚霞。

注　释

① “腹有”句:出自宋苏轼《和董传留别》:“粗缯大布裹生涯,腹有诗书气自华。”

② 艳葩:鲜艳的花。
③ 攘攘:形容纷乱拥挤的样子。
④ 熙熙:温和欢乐的样子;热闹的样子。
⑤ 傲:不屈。

寄　伊

款款娇身入梦频,风骚独领是谁人?
青山共陟偕云霭,碧水同掬浣素心①。

有汝是时堪寄梦，无君何处可销魂。
浮生最幸今一世，不论市廛[2]与壑林。

注　释

① 素心：本心，素愿；心地纯洁。

② 市廛：店铺；店铺集中的市区。

观妻舞有感

翩翩娇客是谁人，花甲未疏豆蔻心。
不冀身姿逾赵燕[1]，有期舞步少耆痕。
歌喉莺啭苏三[2]调，泳势蛇曲冯夷[3]魂。
纵使耄耋犹寄语，风尘卓立只唯君！

注　释

① 赵燕：指赵飞燕。

② 苏三：戏剧人物。原名周玉洁或顾立春，因幼时父母双亡，被拐卖到北京苏淮妓院，遂改姓为苏，起名苏三，“玉堂春”是其花名。天生丽质，琴棋书画俱通。京剧和许多地方戏曲编为《苏三起解》《玉堂春》等广为演出。

③ 冯夷：古代神话中的黄河水神，即河伯。也泛指水神。

辛丑合卺日有怀

谁堪卅载总同行，华发萧萧两鬓风。
君待良宵同载酒，吾期寂昼共酬朋。
诗词契赋高山曲，琴瑟和鸣流水情。
合卺莫言难甲子，我侪只冀是三生。

辛丑合卺寄妻

红尘滚滚幸凭踪,两契谁堪一世铭。
情海同游君伴我,爱山共陟我偕卿[1]。
卅年不忝芳华日,百载难遗耋耄风。
本自洁来付侠去,桃源世外媪和翁。

注　释

① 卿:古代夫妻互称。

合卺日寄妻

恰逢合卺卅二年,牢狴凄凄几涅槃。
缕缕情牵难夜尽,丝丝爱绕未夕阑。
眠偕天上一轮月,聚藉梦中三世缘。
莫羡牛郎会织女,华胥今夜可婵娟。

寄　内

愧怍畴昔总讷言[1],何人捎寄我诗笺[2]。
无须眉蹙[3]痴情减,有待容舒挚爱添。
春柳偕风圆絮梦,冬梅惜雪续香缘。
交柯连柢[4]桑榆晚,最契敏行与默缄[5]。

注　释

① 愧怍:惭愧,羞愧;引申为因有缺点或错误而感到不安。讷言:言谈迟钝。

② 诗笺:用来写诗的纸张。

③ 蹙：紧迫；皱；收缩；局促不安。

④ 柢：树根；引申为本源，基础。

⑤ 敏行：指勉力修身。与首句“讷言”均出自《论语·里仁》。默缄：即缄默，闭口不说话。

神　游

一望蓬瀛万事空，神游阆苑两携行。
天涯有梦时为客，海角无春难隐踪。
鸳枕题诗赠知己，宝钗贳[①]酒醉亲朋。
与君难尽婵娟日，世外桃源几躬耕。

注　释

① 贳(shì)：出借；赊欠。

忆　爱

相思豆蔻在春城，笑靥[①]娇身几梦萦。
鼠胆凄凄难述爱，虎心果果敢倾情。
一颦[②]不确卿怜我，两嚏[③]难疑我念卿。
有幸今朝共休戚[④]，齐眉举案到三生。

注　释

① 笑靥：酒窝儿；笑脸。

② 颦：皱眉。

③ 嚏：即“喷嚏”，中国人习惯以打喷嚏预示有人想念。

④ 休戚：喜乐和忧虑；亦指有利的和不利的遭遇。

虎年辞岁

蒙蒙细雨最迷情，一去残冬即煦风。
茶酒频添辞旧岁，觥筹屡错怅昔行。
妻怜华发时绵语，女冀安康总爱声。
有幸今朝堪虎步，谁人敢哂媪和翁。

贺妻荣休

花甲依然童稚心，人生谁可远红尘。
相夫教女三生魄，培李育桃一世魂。
浪里白条河伯①迹，曲中歌后韩娥②音。
今朝有幸堪知己，流水高山③满壑林。

注　释

① 河伯：是中国传话中的黄河水神，原名冯夷，也作“冰夷”。大禹治理黄河时有三宝，河图、开山斧和避水剑。传说河图是河伯授给大禹的。

③ 韩娥：相传为春秋早期韩国的善歌者。《列子·汤问》：“昔韩娥东之齐，匮粮，过雍门，鬻歌假食，既去，而余音绕梁欐，三日不绝。”后因以指善歌者，亦借指歌妓。

④ 流水高山：即乐曲《高山流水》；借指知音、知己。

癸卯冬回哈机上

皑皑大地正寒冬，雪岭苍山最寄情。
今日碧空堪展翼，翌朝桑梓可凭踪。
不惜建业难鸿举，唯憾事亲少奉恭。
子欲养来萱①不待，人生无孝只空空。

注　释

① “子欲养”句：出自《韩诗外传》卷九：“树欲静而风不止，子欲养而亲不待。”萱：此代称母亲。

悼　母[1]

萧萧料峭伴泠风，一种心寒恰似冬。
昨日柔音犹在耳，今朝笑貌已无踪。
未因子贵频情注，不为女贤屡爱钟。
最憾承欢难膝下，唯期奉孝再来生。

注　释

① 悼母：母，董学芬，生于 1941 年 8 月 26 日，于癸卯年 12 月 24 日去世，享年 82 岁。

甲辰清明祭母

一夜春风到梓乡，满怀愁绪鬓添霜。
梨花带雨先遗泪，柳絮飞绵再浥装。
长憾萱堂方耋耄，久嗔愚我未羹汤。
浮云应晓归无计，故遣清明酹百觞。

梦中双亲

红尘漠漠总无情，翁媪六年两未逢。
问暖何宵唯借梦，嘘寒奚日只凭风。
衣边尚滞思儿泪，耳际犹萦唤子声。
最憾愚吾难尽孝，椿萱延寿[1]祷神灵。

注　释

① 延寿：长寿；延长寿命。

又逢七夕

林杪幽冥半月悬，七夕咫尺不团圆。
他年乞巧思同醉，今夜笃情冀共眠。
星熠鹊桥三百日，吾拥冷衾两千天。
有期青鸟捎芳信，鸳梦重温待翌年。

别妻三载有感

光阴三载任蹉跎，情海盈盈万顷波。
奔月嫦娥虚桂府，投梭织女怅银河。
奁中宝物辞螺钿[①]，镜里俏妆怯黛娥[②]。
托信青鸾应有憾，时忧寄语不遑多。

注　释

① 螺钿：一种手工艺品，把螺壳或贝壳镶嵌在器物的表面，做成花纹、图形。

② 黛娥：指美女。

冬夜无眠

是夜无眠心寂空，牛郎织女两迷情。
繁星万点嫦娥泪，朗月一块后羿[①]弓。
诉爱还期风寄语，倾情尚待瑟[②]传声。
流莺百啭疑啼晓，可扰伊人梦几重？

注　释

① 玦：古时佩戴的玉器，半环形，有缺口。后羿：又称“夷羿”。夏代东夷族首领。曾经夺取启子太康的王位，不久因喜欢狩猎、不会处理政事而被家人杀死。神话传说其为嫦娥夫君，善射箭，尧时，天上有十个太阳，植物枯死，他射去九个，解除旱情。又射杀猛兽、长蛇，为民除害。

② 瑟：弦乐器，似琴。长近三米，古有五十根弦，后为二十五根或十六根弦，平放演奏。

秋日寄妻

浓云淡雾锁清秋，冷雨凄风掩画楼。
翠袖难竭盈眼泪，罗衣不胜满怀愁。
抚琴每试灵纤手，看剑总昂傲骨头。
泾渭人间[1]多少事，人生不忝自风流。

注　释

① 泾渭：泾河水清，渭河水浑，泾河的水流入渭河时，清浊不混。比喻界限清楚或是非分明。

寄妻侠女

风雨人生情万千，时时梦里只君牵。
分花拂柳春城日，踏雪寻梅沪上天。
怨去吹箫同弄曲，狂来说剑共承欢。[1]
今朝有幸一船渡，何不结缘再百年。

注　释

① “怨去、狂来”联：出自清龚自珍的《湘月 · 天风吹我》：“怨去吹箫，

狂来说剑，两样销魂味。两般春梦，橹声荡入云水。”

元宵寄妻

咫尺无缘君影身，元宵此际正风云。
花灯万盏明寒夜，皓月一轮照故人。
未晓何时同酒乐，难知奚日共天伦。
悄悄已是残冬尽，何患明朝不是春。

祭二哥[①]

未期生死两茫茫，梦里茔前更断肠。
昨日依依方契阔，今朝恻恻已阴阳。
清明难就一抔土，冬至未燃几炷香。
唯冀时时心祭扫，人间天上本无疆。

注　释

① 二哥：妻之二哥，与我感情笃深。英年早逝，痛哉，聊以诗悼念之。

逢妻初度

袅身何日不萦魂，盛髻飘飘一丽人。
纤手除非时剑胆，弱膺容是每琴心。
和诗总有惊夫句，寓教岂无诧女音。
吾愿忝为相如赋，谁人可胜卓文君。

梦中寄怀

一载有余未见君，只曾梦里会娇身。

临危咸赖妻侠胆，受厄悉蒙友剑心。
膺寓波涛藏雪月，面含春色入红尘。
平生福祸寻常事，云淡风轻有几人。

思　妻

明月清风一水间，伊人远去万重山。
无依夏账何栖暖，有靠冬床可御寒。
六载独居君少睡，千宵孤枕我难眠。
金风玉露[1]重逢日，斑鬓相携再百年。

注　释

① 金风玉露：泛指秋天的景物。出自唐李商隐《辛未七夕》诗："由来碧浪银河畔，可要金风玉露时。"

元旦寄妻

钟声一霎两分年，竟自寥寥度纪元。
淡酒无缘难屡举，清茶有幸可频添。
不思此刻难情聚，唯冀是时只爱牵。
莫道今宵宜送旧，应知昔梦更婵娟。

伊人寄语

何因横祸妒良缘，竟使夫妻两地眠。
沉水香消方五载，梨云梦暖再十年。[1]
紫竹箫待重逢日，绿醑杯停不夜天。
霞彩宜期风雨霁，丹心一片寄田园。

注　释

①“沉水、梨云”联：出自元萨都剌的《小阑干·去年人在凤凰池》：“沉水香消，梨云梦暖，深院绣帘垂。”

猪年守岁

通宵尽是不眠人，守岁依稀更断魂。
一钵冷炙酬寒夜，几缕篆香寄白云①。
窗外爆竹鸣断梦，榻中羁客泣沾襟。
谁言分袂皆情寂，尚有天涯缱绻心。

注　释

①白云：喻思亲。宋赵彦卫《云麓漫钞》卷十：“梁瑄不归，璟每见东南白云即立望，惨然久之。”

元夕思妻

悠悠宇际一溪云，摘朵悄赠梦里人。
海角征蓬难见影，天涯羁旅总萦魂。
吾情寂寞和星语，汝爱孤独对月吟。
莫诧喧阗①今竟夜，应知窗外已三春。

注　释

①喧阗：喧哗，热闹。唐杜甫《盐井》诗：“君子慎止足，小人苦喧阗。”

念　伊

华发频添莫诧惊，眉间眼际总含情。

封封尺素皆心寄，夜夜华胥俱爱倾。
身辱不忧狂犬吠，心空难惧牝鸡[1]鸣。
一朝携手婵娟日，相伴天涯海角行。

注　释

① 牝(pìn)鸡：母鸡。比喻专权的妇人。明谢肇淛《五杂俎 · 事部三》："高宗三十年中，而十五改元，盖自总章、仪凤以后，政自牝鸡出矣。"

狗年守岁

坎壈三年衣带宽，沈腰潘鬓[1]几时闲。
韩香梦里浮鸳帐，秦镜忆中鉴黛颜。
机杼回文[2]情百缕，琵琶商[3]韵爱千旋。
身遐心迩除夕夜，守岁与君不寐天。

注　释

① 沈腰潘鬓：比喻男子的身体瘦弱，早生白发。沈腰，沈约因病日瘦，腰带逐渐宽松。潘鬓，潘岳的鬓发中年已斑白。亦作"潘鬓沈腰"。

② 机杼：织机；织机的声音。引申为事情的关键。回文：修辞手法之一。某些诗词字句，回环往复读之均能成诵。如南朝齐王融《春游回文诗》："池莲照晓月，幔锦拂朝风。"回复读之则为："风朝拂锦幔，月晓照莲池。"起源说法不一。南朝梁刘勰《文心雕龙 · 明诗》："回文所兴，则道原为始。联句共韵，则柏梁余制。"按，道原作品已佚。一说起源于前秦窦滔妻苏蕙的《璇玑图》诗。

③ 商：古代有五音和七音，五音是宫商角徵羽，再加上变宫、变徵，构成七音。今天的七音 1234567 对应宫、商、角、变徵、徵、羽、变宫。商音铿锵有力，使人安宁。

狗年杂感

无酒乏茶竟自欢，唯思饱腹度难关。

披星不为辞鸡岁，戴月只因盼犬年。
拙手时工趋匠巧，灵头偶用渐愚残。
一朝踏破高墙去，再度风流不让仙。

家　书

音信难通赖尺牍[①]，衡阳雁去几封书。
行间字里千情愫[②]，墨迹铅华百爱潴[③]。
星汉鹊桥何载有？巫山云雨恁时无。
相思多少皆须记，绮梦今宵君莫哭。

注　释

① 尺牍：指古人用于书写的长一尺的木简。喻指信札、书信。

② 情愫：内心的真情。

③ 铅华：女性化妆用的铅粉。借指女人的美丽容貌、青春年华。潴：(水)积聚；水积聚的地方。

鸡年杂感

潇潇风雨正鸡年，冽冽残冬几度寒。
酒浪翻杯浇块垒，剑霜闪袖斩冥顽。[①]
人经复砺[②]方坚志，凤浴重生始涅槃。
纵使轮回如四季，但欣吾辈有春天。

注　释

① "酒浪、剑霜"联：出自元周权《沁园春》："酒浪翻杯，剑霜闪袖，磊块频浇未肯平。"冥顽：昏庸顽钝。指愚昧顽固的人。

② 砺：磨刀石，引申为磨炼。《淮南子·修务》："有时而修，砥砺磨坚，莫见其损。"

中秋感怀

此生已历百征尘，及到临危方鉴真。
昔日高朋多远客，今朝胜友少邻人。
一轮皓月思妻女，万点繁星念故亲。
有道乾坤些许大，清秋何处可容身。

猴年有怀

猴年无奈俱茫茫，风雨飘摇百度伤。
妻女无息时挂肚，椿萱难讯总牵肠。
昔逢绝境多魑魅①，今遇迷途少跳梁②。
坎壈人生何所惧，人生境界只铿锵。

注　释

① 魑魅：传说中山川间害人的鬼怪，喻各种坏人。

② 跳梁：指跳梁小丑。跳梁：腾跃跳动；小丑：对人的鄙称。比喻猖狂捣乱而成不了大气候的坏人。

睹妻倦容

何故伊人尽倦容，相思难禁怎倾情？
凄凄午夜偕灯影，寂寂①清宵对月明。
心语期说无半句，娥眉欲蹙有三重。
时当酷暑难消受，且待秋来几缕风。

鸡年中秋

人间何载不中秋，唯有今宵最殢愁。

天上空悬一轮月，水中徒系几归舟。
嫦娥漠漠情难尽，织女寥寥意未休。
吾伴婵娟消永夜①，华光应已满西楼。

注　释

① 永夜：长夜。

猪年除夕寄妻

杨柳摇波草未青，猪年守岁最倾情。
寒梅枝上犹残雪，碧箐丛中尚滞冰。
今夜未闻狂犬吠，明朝何惧牝鸡鸣。
是夕莫道难寻月，仰望牵牛织女星。

猪年元旦寄妻

风清雪霁荡春潮，火树银花凌碧霄。
百厄昨宵遗哂笑①，千禧今日待丰饶。②
远期爱女膝前子，近盼贤妻脸上娇。
坎壈人生宜面壁，莲花禅意任逍遥。

注　释

① 哂笑：微笑；嘲笑。
② 禧：幸福；吉祥。丰饶：丰盛；富饶。

春　夜

春宵何故总无眠，织女牵牛枉在天。
今夜逢君唯藉梦，明朝念孥只凭笺。

红尘恋恋[1]情难寂，羁旅重重爱愈磐。
莫憾妻儿音讯杳，华胥难倩待青鸾。

注　释

① 恋恋：顾念，依恋不舍。《楚辞·王逸·九思·伤时》："顾章华兮太息，志恋恋兮依依。"

谢赠蒲公英

人生涩味有余闲，乐与蒲英共苦甘。
粗粝一抔能壮骨，野蔬两束可怡颜。
幸无坎壈羁前岁，岂有囚絷伴后年。
有待气清天朗日，凝眸伊絮舞蹁跹。

冬至遥祭

未信人间有鬼灵[1]，吾犹吟啸且茕行。
二哥碑上拂尘垢[2]，岳母茔前扫落英。
有幸梦中盈泪见，无缘世上永年逢。
今宵叵耐[3]唯遥祭，缕缕魂牵贯此生。

注　释

① 鬼灵：犹鬼魂。

② 尘垢：灰尘和污垢。佛教谓烦恼。

③ 叵耐：不可忍耐；可恨。

睹妻挽旧时云髻有感

俏梳云髻[1]旧时妆，一睹芳容叹梓桑。

轻棹南湖[②]同荡月，漫游校苑共吟章。
光阴似水催人老，岁月如梭祈梦长。
恒有侠心两肝胆[③]，天涯相伴共韶光[④]。

注 释

① 云髻：高耸的发髻；借指美女。
② 南湖：指长春南湖，是我和妻读研时常去的地方。
③ “恒有”句：恒指作者本人；侠指妻，姓郑名侠。
④ 韶光：美好的时光，常指春光。泛指光阴。

四年未见双亲有怀

迟归桑梓总言忙，未晓椿萱已断肠。
衣上犹留针脚密，腹中尚溢饭菜香。
呼凉九夏怜天暑，问暖三冬怨夜长。
千里数行慈母泪，滴残肺腑与胸腔。

秋日感怀

秋风萧瑟正凄凉，落叶缤纷更感伤。
残柳孤独栖冷月，衰桐落寞锁残阳。
忝为商海逐潮客，幸作杏坛授业郎。
纵使今朝不由己，犹思策马再驰疆。

春雨夜思

断续时闻淅沥声，丝风缕雨总关情。
桃花恻恻芳菲尽，家燕凄凄故垒[①]空。
翠袖宵长拥冷衾，青衫夜寂对孤灯。

天涯咫尺难同枕，唯倩相思到五更。

注 释

① 故垒：旧堡垒。此指故园。

自 由

一曲高歌万里天，清风明月自悠然。
荒原漠漠宜驰马，碧顶峤峤好望山。
钟鼎昔难酬我愿，泉林今可待吾眠。
悄携妻女神仙侣，放浪蓬壶瀛海间。

冬日绵雨

正值如晦雨风绵，一封家书百次缄[①]。
白昼无君难对酒，清宵少汝岂堪眠。
鹣鹣[②]失伴应折翼，鸿雁离群难避弦。
纵使人间总冬日，梅花依旧笑春天。

注 释

① 缄：封，闭。
② 鹣鹣：比翼鸟。比喻夫妇情谊。

有 感

一缕阳光值万钱，乾坤朗朗竟无天。
任渠覆雨翻云[①]手，随尔狰眉狞目[②]颜。
唯恐妻孥重祸患，只忧父母再愁添。
轮回到处皆因果，未信人间不雪冤。

注　释

① 覆雨翻云：形容人反复无常或惯于耍手段。出自唐杜甫《贫交行》："翻手作云覆手雨，纷纷轻薄何须数。"

② 狰眉狞目：犹狰狞。凶恶，指性情、行为或状貌十分可怕。

夜梦有思

近夜娇身入梦频，宽言屡慰泫然人。
一朝逆境能铮骨，三世良缘可塑魂。
不信千冤唯枉我，有期万幸只临君。
倏忽但觉残冬尽，明日何愁不是春。

梦　思

神弛华胥几游思，正是天涯相望时。
纤手频拂惜鬓缟，朱唇屡启怨言迟。
四眸两对千情聚，一脉百通万爱滋。
莫道黄粱终是梦，何人能晓汝吾痴。

夜静思

冰轮悄上柳枝头，念汝何曾午夜休。
悔往倾情犹半句，惜今幽梦已三秋。
寒蛩屡絮和星语，翠黛①难舒对月愁。
织女牵牛莫嗔怨，银河千载有行舟。

注　释

① 翠黛：指女子的眉。古代女子以黛（青黑色的矿石）画眉，故称。比

喻美女。唐白居易《西湖留别》诗："翠黛不须留五马，皇恩只许住三年。"

砥 砺

谁曾半百又为兵，不惮迎风逆雨行。
饿我体肤腰屡细，苦余心志梦频惊。[1]
求仙莫计蓬山远，问道唯期圣界清。
总有云开天朗日，扁舟一叶五湖中。

注 释

① "饿我、苦余"联：源自《孟子·告子章句下》："故天将降大任于是人也，必先苦其心志，劳其筋骨，饿其体肤，空乏其身，行拂乱其所为。"

食水果有感

一只苹果两脐橙，啖此犹疑在梦中。
昔屡穷甘觅香辣[1]，今唯咽菜断膻腥[2]。
不知顺境愁何处，只冀歧途愿未空。
何患人生时砥砺，囚絷权作是修行。

注 释

① 香辣：即吃香喝辣。形容生活享受，吃的很好。
② 膻腥：荤腥；喻指鱼、肉类食物。

风雨人生

风雨人生梦几重，谁知半百更飘零。
私难笃孝[1]千情寂，公枉愚忠万事空。
小女学婚[2]犹未竟，娇妻苦寂总绵生。

何时方是团圆日，一续人间不了情。

注　释

① 笃孝：十分孝顺。

② 学婚：学习和婚姻。

久未闻亲人音讯

一米阳光锁寸心，今朝万事不由人。
晨起何时依犬吠，夜眠奚刻赖鸡音。
家书累月犹难见，妻讯经年总未闻。
有幸今宵堪寄梦，潸然[①]何止几倚亲。

注　释

① 潸然：流泪的样子。

狗年春节

凄风苦雨又鸡年，沐火凤凰正涅槃。
布道伯阳出函谷[①]，复仇子胥过昭关[②]。
昔曾盛夏难疏暖，今已隆冬不惧寒。
悄悄只待春秋日，自有缤纷五彩天。

注　释

① 函谷：指函谷关，位于河南三门峡函谷关镇王垛村，该关西据高原，东临绝涧，南接秦岭，北塞黄河，深险如函，故称函谷关。它是中国历史上最早的雄关要塞之一。伯阳：指老子，中国古代哲学家、思想家和道家学派的创始人。姓李，名耳，字伯阳，曾做过周王室管理藏书的史官，后来隐居不仕，骑青牛西出函谷关后“莫知其所终”。

② 昭关：在安徽省含山县北，小岘山西。山势险仄，因以为关。春秋时为吴楚界地，往来要冲。楚人伍子胥奔吴，曾经此道。宋绍兴中张浚尝因山筑城，以抗金兵。

寂　夜

黑夜沉沉寂寞长，孤眠无处话凄凉。
贤妻托梦嘘寒暖，小女来书问恙康。
何故蛟龙游浅水，奚因猛虎落平阳。
有期天朗风清日，一曲高歌万里疆。

清明寄君有怀

一年荏苒又清明，吾辈何时不系情。
逝者如斯皆寂土，生哉若梦俱飞蓬。
云中落寞终无据，地上凄清总有凭。
参透红尘皆况味，何须听命问余生。

酷　暑

囚身未必可囚心，溽暑何因凌苦人。
上蔡犬逐①犹未竟，华亭鹤唳②更难闻。
莼羹鲈脍徒鲜美，雪月风花枉魄魂。
是夜唯期降甘露，一濯玉宇洗纤尘。

注　释

① 上蔡犬逐：典出《史记·李斯列传》："（秦）二世二年七月，具斯五刑，论腰斩咸阳市。斯出狱，与其中子俱执，顾谓其中子曰：'吾欲与若复牵黄犬俱出上蔡东门逐狡兔，岂可得乎？'遂父子相哭，而夷三族。"

② 华亭鹤唳：典出南朝宋刘义庆《世说新语·尤悔》："临刑叹曰：'欲闻华亭鹤唳，可复得呼？'"晋陆机在河桥仗败，被人谗陷而判诛，行刑前叹息再也听不到故乡华亭（今上海松江西）的鹤鸣声。后喻留恋往事、故物或官场受挫的懊悔心情。

忆　往

人生庆幸有相逢，萍水犹疑是梦中。
三春花落同吹雨，九夏暑消共悦风。
枕上闲书偕乐道，茶边禅味两迷情。
悠悠卅载期何境，琴瑟和鸣更绮声。

别女三年未逢

人生何境最伤情，父女天涯两未逢。
梦里凄凄唯泪眼，思中漠漠只娇容。
京城豆蔻方雏燕，西岸[①]风华已大鹏。
有待连理同比翼，何时稚子唤家翁。

注　释

① 西岸：指美国。

贺女儿郭梦[①]癸卯生日

正沐人间五月风，谁和娇女竞娉婷[②]。
中西融贯称学霸，南北寓居乃璧英[③]。
孝父时时倾百胆，奉萱每每漾千情。
最欣有汝同船渡，一路高歌到蓬瀛。

注　释

① 郭梦：作者女儿，1989 年 5 月生，属蛇。

② 娉婷：用来形容女子姿态美好的样子；亦借指美人。

③ 璧英：美玉。

贺女婿敏捷[①]癸卯生日

人生最幸有相逢，三世修得是婿翁。
诚奉椿萱堪百孝，笃钟梦女乃千情。
莘莘学子君独秀，攘攘业英汝自菁。
琴瑟和鸣何所待？遨游海宇两鲲鹏。

注　释

① 敏捷：姓王，名敏捷，女婿。上海交通大学本硕，纽约大学博士，现就职于亚马逊亚太研究院。

友朋酬唱

代友赋喜得孙[①]

昨宵美梦幸成真,鸿雁传书喜诞孙。
屡恐炎琴儿育苦,频忧宝烨子抚辛。
常期尔辈能成器,何望吾侪总蓄金[②]。
梦借华胥共灯塔,乾坤有鉴照兹心。

注　释

① 友潘冰夜梦和儿子宝烨、儿媳炎琴共登灯塔,后喜知诞孙,奉诗以记。
② 蓄金:指存钱。

代友赋得外孙[①]

天赐娇儿谓美金,朽翁幸作外公人。
澜涛每日悉逐海,安娜是时总袅身。
唯愿鹣鹣偕比翼,只期藕藕两连心。
何惜待哺犹雏燕,不负年华遨宇坤。

注　释

① 友潘冰,女儿潘安娜、女婿汪澜涛,外孙汪美金。

代友拟《赠友》

卅载难疏兄弟情,遨游商海任驰踪[①]。

绝巘[2]同登君啸引，清醪共饮我狂酲[3]。
红尘百遇难知己，吾辈一逢即契朋。
有待明朝重会日，凝眸细数满髯星[3]。

注　释

① 驰踪：按踪迹或线索追寻。
② 绝巘(yǎn)：极高的山顶。
③ 髯星：指胡须中的白须。

无题赠友

未罢清樽鱼雁[1]疾，春风一度两依依。
何惜问柳思飞燕，只惭疏朋愧老妻。
酒不醉人人自醉，色弗迷尔尔难迷。
奚时偿尽昔缘债，恨海情天未可期。

注　释

① 清樽：酒器；亦借指清酒。鱼雁：书信；传书之人。

戏答陈先生

红尘独善是谁人？儒释道中几铸魂。
将欲梦谁千夜永，偏教囚我万山深。[1]
伯阳[2]屡藉消俗骨，六祖频依植慧根。
莫谓修行能度己，清风明月最知音。

注　释

① "将欲、偏教"联：源自钱锺书《夜坐》："吟风丛竹有清音，如诉昏灯掩抑心。将欲梦谁今夜永，偏教囚我万山深。迮飞不着诗徒作，镊白多方老渐

侵。便付酣眠容鼠啮,独醒自古最难任。”因陈先生最喜此句,故戏答赠诗。

② 伯阳:指老子。

赠友临唐寅《落花诗册》

吴中才子擅风流,蹭蹬差科[1]几未休。
画就青山随尔卖,写成诗册任渠留。
君猜椽笔摹松雪[2],吾臆神书乃虎猷[3]。
今拟《落花》自殊迥,有期翰苑[4]一白鸥。

注　释

① 蹭蹬:遭受挫折。差科:差役和赋税。

② 松雪:指赵孟頫,字子昂,号松雪道人。

③ 虎猷:指唐寅,字伯虎。猷:计划;谋划。

④ 翰苑:文苑;文翰荟萃之处。亦为翰林院的别称。

代友赋《赠女》

最憾髫龄未伴拥,人间父女几多情。
犹惜学步欠看护,尚悔咿呀[1]少教铭。
唯愿天高凭翼展,尚期地远任足行。
吾娇烂漫[2]心长忆,待到重逢泪纵横。

注　释

① 咿呀:小孩子学话的声音。

② 烂漫:颜色鲜明而美丽;也指坦率自然,毫不做作。

题扇有怀

小扇漫摇只手轻,脱离溽暑渺无踪。
有期梦里浮黄鹤[1],尚待冥中耀紫星。

何故庸思时朽骨，奚因妄念总蚀膺。
热寒来去循常轨，四季轮回天地清。

注　释

① 黄鹤：比喻一去不返的事物。盼望溽暑尽快远离。

代人赋张渝生日

值君华诞我独吟，世上谁称俏丽人。
犹比凤凰先雏燕，未羁尘垢总童心。
何期钟鼎难迷路，唯愿泉林可渡津。
遥寄小笺思佐佑[1]，重逢再叙四时春。

注　释

① 佐佑：辅助，支持；引申为祖护。

代人赋《念妻女》

三年牢狴系囚身[1]，频梦伊人总断魂。
西岳华巅同爱陟，武夷溪畔共情亲。
惠州谒祖知桑梓，灵隐参禅晓圣伦。
琴瑟和鸣不吾待，红尘漠漠只唯心。

注　释

① 囚身：指身陷牢狱。

赠　友

人生险境偶相逢，流水高山最契情。

百盏劣茗堪塑骨，一腔豪气可强膺。
今朝有幸同羁旅，翌载尚期共兼程[①]。
但喜唯唯知己乐，桃花源里两耆翁。

注　释

① 兼程：一天走两天的路；以加倍的速度赶路。

赠友陈国明

有幸人生羁旅逢，佛禅国里总偕行。
一抔粗粝消俗骨，两盏劣茗遁妄踪。
犹冀今宵同朗月，尚期明夜共繁星。
拈花迦叶[①]何能竟，万法归一[②]空寂中。

注　释

① 拈花迦叶：一日灵山大会，三界众生、比丘云集，聆听释迦牟尼佛讲法。佛陀升座而起，手里拿着一枝金色毕钵罗花。众比丘尼不知所以，无有应者。唯有迦叶尊者破颜而笑。于是佛陀当众宣布："吾有涅槃妙心，微妙法门，不立文字，教外别传，付嘱摩诃迦叶。"（《五灯会元·释迦牟尼佛》）这段公案成为佛教禅宗之滥觞，后经达摩传佛法于中国，发展出了"顿悟""明心见性"等理论。

② 万法归一：万法泛指宇宙的森罗万象。万法归于一，一亦归万法。一是体，万法是相，一与万法就是本体与现象的互存互证。

代友赋女儿佳琪[①]生日

不负芳华最靓春，酉雏变凤总萦魂。
犹怜童稚蹒跚步，尚待豆蔻袅袅身。
未望三生悉富贵，但期一世只清纯。

时值溽暑寓蝶梦[2],遥寄飞鸿[3]贺诞辰。

注　释

① 佳琪：刘佳琪,女,2005年(乙酉年)8月生,属鸡。

② 蝶梦：指超然物外的玄想心境。出自《庄子·齐物论》。

③ 飞鸿：飞行着的鸿雁;指代音信。

代友赋女儿佳萱生日[1]

时值千禧诞娇龙,名寄佳萱循逸踪[2]。
款款修身时梦忆,卿卿细语总宵萦。
唯期今日专学业,尚冀翌朝作鲲鹏[3]。
天幸如今为父女,亲情绵续到三生。

注　释

① 佳萱：刘佳萱,女,2000年(庚辰年)6月生,属龙。

② 逸踪：追随并超越。

③ 鲲鹏：古代传说中的大鱼和大鸟。也指由鲲鱼变化成的大鹏鸟(见《庄子·逍遥游》)。

代友赋妻[1]

燕赵慨慷[2]何处寻？娇伊最契我身心。
相夫教子神仙女,救困扶危侠义襟。
不信红尘皆列列,但期乾道总坤坤[3]。
倏忽应是重逢日,不枉今宵梦里人。

注　释

① 靖：友妻王靖,河北人。

② 慨慷：情绪激昂。
③ 坤：本义是代表地以及一切极具阴柔性质的事物。

代友赋寄儿易朗[1]

呱呱坠地[2]自京城，天赐麟儿[3]最豁情。
时冀咿呀能谙[4]语，尚期蹀躞[5]可笃行。
梓乡燕赵出豪士，故土潇湘有代英[6]。
有幸今朝为父子，相携三世慰平生。

注　释

① 易朗：父易旺东，湖南人。母王靖，河北人。
② 呱呱坠地：形容婴儿出生或事物问世。
③ 麟儿：指聪颖异常的小孩。
④ 谙：熟悉；精通。
⑤ 蹀躞：小步走路；往来徘徊。
⑥ 代英：谓一代英才。

代友赋寄父[1]

茹苦含辛度此生，潇湘硬汉可寻踪。
洞庭水畔渔夫迹，屈子乡间鲁班工。
育女抚儿自严父，和邻睦友乃慈翁。
古稀方至犹期望，越米期茶一寿星。

注　释

① 父：指友易旺东之父，湖南人。

代友易旺东赋寄母

心系萱堂忆往踪，洞庭不愧有湘灵。

鹑衣百衲期针密，粝饭千烹冀味浓。
育女不惜纤体病，抚儿奚计弱膺轻。
莫道今朝难孟母[1]，谁人教化可三生。

注　释

① 孟母：孟子的母亲。

赠业军弟[1]

戏谑[2]人生为哪般？禅宗佛理待倏还。
初蒙双目情难杳，继澹一心道愈磐。
任尔翻云覆雨手，唯吾戴月披星天。
十年牢犹何栖梦，应是桃源俩醉仙。

注　释

① 业军弟：友于业军，山东人。有眼疾，几失明。
② 戏谑：用诙谐有趣的话开玩笑。

代友赋寄妻刘洋

子吾无奈总飘萍[1]，咫尺天涯两寄情。
甚愧娇妻独育女，尤欣慈母共培婴。
不惜今日方雏燕，尚待明朝更大鹏。
何惧风尘犹滚滚，文君司马慰平生。

注　释

① 飘萍：漂流的浮萍。多比喻漂泊无定的身世或行踪。

录改友诗

裁体[1]诗词浪漫心，高文朗咏可铮魂。

但开怀抱藏星月，且敞胸襟纳古今。
未枉十年江海客，尚思千载翰林[2]人。
高山流水称知己，伯牙子期我与君。

注　释

① 裁体：指文学作品的分类。

② 翰林：形容文翰之多如林。汉扬雄《长杨赋》："聊因笔墨之成文章，故藉翰林以为主人。"

录改友人《赠朋》

裁体诗词浪漫心，高文朗咏荡音魂。
风尘不滞辞牢狴，佛道犹存去妄身。
未枉十年江海客，尚思千载赋坛人。
时逢险路成知己，一衲一钵两弟昆[1]。

注　释

① 衲：僧衣；僧人。钵：洗涤或盛放东西的陶制器具；常为僧人化缘所用。弟昆：弟兄。常以喻亲密友爱。

录改《诗师味》

感奋诗词跳动心，数曾拜读旧诗伦。
清魂默契[1]高文典，幽魄漫滋[2]味道真。
犹信闲云行渐远，尚期野鹤赋常新。
吹风过气闻香迹，笑貌音容是处寻。

注　释

① 默契：暗相契合。

② 漫滋：谓涨溢漫延。

赠易旺东

君子谦谦一旺东，人生坎壈仍从容。
欧虞颜柳[1]常循迹，米蔡苏黄[2]时觅踪。
庸碌[3]诗才君谬赏，奇崛[4]墨宝我情钟。
时逢险境成知己，有待明朝万里程。

注　释

① 欧虞颜柳：指欧阳询、虞世南、颜真卿和柳公权。
② 米蔡苏黄：米芾、蔡襄、苏轼和黄庭坚。
③ 庸碌：平庸而无所作为。
④ 奇崛：奇特；奇拔。

赠邱杰

莫道红尘无夙缘，人生逆旅可婵娟。
一抔粗粝消俗骨，两盏劣醪醉酡颜[1]。
每遇烦忧偕问道，时逢坎壈两参禅。
明朝若忆今夕事，且到溪边作笑谈。

注　释

① 酡颜：饮酒脸红貌；亦泛指脸红。

贺惠勇登云台茱萸峰[1]

重阳未到陟萸峰[2]，契阔犹增兄弟情。
深壑清波期共涉，中宵澹月冀同明。

七贤[③]竹酒宜君醉，献帝[④]楼栏任汝凭。
有幸吾侪同一世，江湖浪迹两携行。

注 释

① 惠勇：陈惠勇，吾之挚友。茱萸峰：位于河南焦作云台山，俗名小北顶，海拔 1 308 米，峰顶有真武大帝庙、天桥、云梯。是历代文人墨客游览的胜地。

② 萸峰：指茱萸峰。

③ 七贤：指竹林七贤。

④ 献帝：指汉献帝。

藏胞为征宇友[①]三献哈达

如此殷勤有哪凭？富高帅美一明星。
翩翩舞技池中步，亮亮歌喉台上声。
昔日校园堪才子，今朝职场谓精英。
哈达三献何其幸，莫道红尘无靓翁。

注 释

① 征宇友：姓张，名征宇，吾之好友也。妻玩笑让藏女三献哈达，征宇不明，我们开心一晚。

赠贤侄陈尚赓[①]

枫叶国中谁最强，吾侄学霸在异邦。
忠承虎父威赓续[②]，孝继慈萱虔未央。
攘攘今朝缘百世，熙熙翌载念千行。
唯期鹏鸟[③]回归日，把酒言欢乐梓桑。

注 释

① 陈尚赓：挚友陈惠勇的长子，留学加拿大。

② 赓续：继续。《敦煌曲校录 · 皇帝感 · 新集〈孝经〉》："始皇无道焚

书尽，赖得仙人壁里藏。拾得故文多损坏，孔生赓续巧相当。”

③ 鹏鸟：大鹏鸟，喻指高才。

赠吴隽杰[①]

九尺高身欲柱天，三年逆旅只悠然。
每抒胸臆[②]依椽笔，欲寄情思藉梦缘。
莫谓韶龄[③]犹百鬣，应知道貌[④]可千年。
时逢险境成知己，有待明朝共赋闲[⑤]。

注　释

① 友吴隽杰，身高近两米，魏巍然巨人也；络腮胡，勇力过人，橄榄球运动员。极聪颖，擅绘画。虽交往仅半年，但印象深刻，堪为知己。

② 胸臆：内心深处的想法。

③ 韶龄：指青年时期。

④ 道貌：修道者的容貌；指清雅飘逸的面貌。

⑤ 赋闲：晋潘岳辞官家居，作《闲居赋》。喻指无羁无绊，自由自在。

赠唐兄少波[①]

人生庆幸有相逢，万丈红尘只梦中。
醇醪[②]方晓君豪气，楸枰才知汝道行[③]。
犹待箴言[④]倾肺腑，尚期橘戏[⑤]佐杯觥。
吾侪共勉唯耋耄，同到桃源作钓翁。

注　释

① 唐兄少波：笔者挚友，中西书局资深编辑，围棋业余5段，曾在同类各种围棋赛事中获得优胜。

② 醇醪：此指白酒与啤酒。

③ 楸枰：棋盘。古时多用楸木制作，故名。道行：僧道修炼的功底；常比喻技能本领。

④ 箴言：规谏劝诫之言。

⑤ 橘戏：喻指围棋。出自唐牛僧孺《幽怪录》："巴邛人剖橘而食，橘中有二叟弈棋。"

赠吴兄志刚[1]

钟子伯牙今幸逢，高山流水自情倾。[2]
志如温玉[3]为君子，刚若金石乃隽英[4]。
竭虑半生编与撰，殚精卅载璧和铭。
洞天别有应来日，煮酒瀹茗两袖风。

注 释

① 吴兄志刚：吴志刚，笔者挚友，上海文化出版社审读室主任，对古铭文玉器有深入研究，可谓此领域独领风骚者。

② "钟子、高山"联：叙钟子期和伯牙。伯牙善鼓琴，钟子期善听。伯牙鼓琴，志在登高山，钟子期曰："善哉！峨峨兮若泰山！"志在流水，钟子期曰："善哉！洋洋兮若江河！"伯牙所念，钟子期必得之。后将两人列为知音的代表。

③ 温玉：和润的玉。

④ 隽英：杰出人物。宋欧阳修《送杨先辈登第还家》："解榻方欣待隽英，挂帆千里忽南征。"

致郁老[1]

郁金艳冠众群芳，翘楚当今数俊郎。
侠骨柔肠扶弱小，铁肩道义对强梁。
今逢险境成知己，翌遇坦途必友邦。
天命刚及佯谓老，人生百岁未渠央。

注　释

① 郁老：姓郁名俊。其刚及天命，愿人称郁老。

赠赵辉[①]

卅年挚友最羁情，逆境坦途皆伴拥。
登顶高山穷宇阔，劈波碧海溯蓬冥。
千杯浓酒谁人醉，百盏浊醪吾辈倾。
滚滚红尘何所惧？桃源世外两陶翁。

注　释

① 赵辉：吾之学生加挚友。
② 陶翁：指陶渊明。

赠惠勇旅加

——甲辰正月初五又情人节

兼勇及惠只唯君，义胆侠肝菩萨心。
财神今逢千对酒，情人翌会百倾亲。
旅加有幸酬知己，避世无须隐壑林。
酹酹滔滔应两地，佳节遥念正夕曛。

偶遇昔日同事

倏忽契阔已十年，相视萧萧两鬓斑。
乳业犹堪三甲埒，杏坛自可百徒贤。
拙才屡展奚伯仲，伟业频雄何比肩。
不憾红尘皆列列，最欣苦难济人槃。

赠同窗

折柳倏忽已卅年，萧萧斑鬓济华颠[1]。
犹思醉夏逐春乐，尚忆寻情觅爱欢。
不喜红尘能佐梦，何忧岁月可颓颜。
千杯碧醑酬知己，一曲高歌万里天。

注 释

① 华颠：指头发上黑白相间，指年老。

甲辰有感

身孱业沓又如何？花甲萧萧似梦柯。
试问天涯谁纵酒，笑言海角我狂歌。
莫愁尘世林泉少，奚惮江湖坎壈多。
云起水穷无所冀，人间是处有烟波。

咏 竹

寂寞荒村何处家，夹蹊瘦影曳青纱。
湘妃[1]曾洒千滴泪，牛郎犹篙八月槎[2]。
投杖今朝能隐士，篱门翌日可烟霞。
心虚节劲身姿袅，不愧人间有物华。

注 释

① 湘妃：指传说中舜的两个妃子娥皇和女英。舜南巡死于苍梧，娥皇、女英赶来祭奠，悲伤的眼泪流到竹子上，从此湘竹就有了斑点的花纹，故斑竹也称湘妃竹。

② 八月槎：典出晋张华《博物志·杂说下》："旧说云天河与海通。近世有人居海渚者，年年八月有浮槎去来，不失期。"传说中八月里按期通往天河的船筏，后借喻如期来往的船。

秋　风

方把三秋桂子[1]收，再吹雁字上云头。
南来百嶂摧残月，北去千峦姹寂秋。
未有相思嫌远梦，岂因契阔忝情俦。
无边萧瑟何须憾，唯见人间天地幽。

注　释

① 三秋桂子：出自宋柳永的《望海潮·东南形胜》："重湖叠巘清嘉。有三秋桂子，十里荷花。羌管弄晴，菱歌泛夜，嬉嬉钓叟莲娃。"

和杜海弘《菊茶》[1]

一声鸿唳唤秋天，渐冷西风不驻眠。
水近良田宜落雁，星临陋舍济修禅。
青云难品红尘味，白露可尝叶底鲜。
最爱东篱菊灿灿[2]，吾约陶令作醪仙[3]。

注　释

①《菊茶》："一声鸿泣入秋天，昨夜风来叫树眠。水近良田常落雁，星临陋室易修禅。青云试品人间味，白露偷尝叶底鲜。最爱东篱茶菊熟，陶公约我醉花前。"本诗源自网络。杜海弘，山东泰安人，喜欢传统文化，爱好诗词创作。

② 灿灿：色彩鲜艳貌叫。

③ 醪仙：犹酒仙。

读落叶飘香《洛水春离》[1]试改之

洛水桥边春日斜，涓涓碧漾见清沙。
轻岚漠漠袭芳草，细雨霏霏洗嫩芽。
峦树远分村外径，河船近泊酒旗家。
不知离恨有多少，独立寒林数暮鸦。

注　释

①《洛水春离》：“洛水桥边春日斜，碧流清浅见琼砂。轻烟漠漠笼芳草，嫩雨霏霏湿落花。远树微分村径外，小桥横度酒旗哗。不知何处销离恨，独立空林数暮鸦。”源自网络，落叶飘香为作者网名，未详何人。本诗首联出自唐刘禹锡《浪淘沙》九首其二：“洛水桥边春日斜，碧流清浅见琼砂。无端陌上狂风急，惊起鸳鸯出浪花。”

读落叶飘香《登金陵阅江楼》[1]略改之

狮子山前独倚楼，金陵王气[2]遣谁收？
涛声似诉孤臣泪，山色疑凝故国愁。
万里归心随雁影，千年遗恨付江流。
离人有待东风意，吹落梅花满汀洲。

注　释

①《登金陵阅江楼》：“狮子山前阅江楼，金陵王气此中收。涛声似诉孤臣泪，山色犹含故国愁。万里归心随雁影，千年遗恨付江流。东风不管离人意，吹落梅花满樱洲。”来源同前。

② 金陵王气：出自唐刘禹锡《西塞山怀古》：“王濬楼船下益州，金陵王气黯然收。”

见兰笑生《题福建永泰寺》[①]改之

黄叶萧萧百丈崖，如如[②]不动只佛家。
岚浮幽谷凝仙气，水漾清波送晚霞。
漠漠梵音奚客悟，寥寥偈语何人达。
虔诚当数隋文帝[③]，莫效刘伶枉带锸[④]。

注　释

①《题福建永兰泰寺》："落叶飘飞百丈崖，临风不动是佛家。山涵幽谷凝仙气，水蕴清波映瑞霞。一念梵音何日悟，三千禅偈谁人达。虔诚当数隋文帝，莫效刘伶醉带锸。"源自网络，作者兰笑生，未详何人。

② 如如：佛家语，常在的意思。

③ 隋文帝：继承了北周的统治，改变了周武帝宇文邕毁灭佛法的政策，以佛教作为其巩固统治的方法之一。

④ "莫效"句：《晋书·刘伶传》："（伶）常乘鹿车，携一壶酒，使人荷锸而随之，谓曰：'死便埋我。'"锸：铁锹，掘土的工具。刘伶为竹林七贤中以好饮出名而最放浪形骸者。

读寒江孤篷《端午读离骚》[①]有感

见惯朝班狗尾貂，今人谁再咏离骚。
情多总被多情累，蕙[②]少却因少蕙焦。
屈子独清终溺水，湘灵孤魅未成妖。
何须一死酬国事，掩涕千年恨未消。

注　释

①《端午读离骚》："见惯朝班狗替貂，扪心无奈诵离骚。美人总为多情累，香草却因寡恩焦。岳主抗金终溺水，袁能守土竟成妖。灵均一死难

发聩，掩涕千年恨未消。”源自网络，寒江孤篷为作者网名，未详何人。

② 蕙：即“佩兰”。多年生草本植物，叶丛生，狭长而尖，初夏开淡黄绿色花，气味很香，供观赏。成语蕙心兰质，喻女子内心纯美，性格高雅。出自王勃《七夕赋》。

读马体孝“怀中诗”[①]有感

生来拙性迥俗流，饮露餐霞卧野丘。
百杖行穷天际路，千钵乞尽地缘粥。
晨钟暮鼓佛难现，月偈年经道有酬。
滚滚红尘皆是梦，一蓑烟雨度春秋。

注　释

① 马体孝：清山西凤台人，后改名旷，字翁恒。乾隆诸生，贫而丐，与妻皆好吟诗，参禅理。后饿死宿迁，怀中有诗一首：“赋性由来似野牛，偶携竹杖过江头。饭囊带露装残月，歌板临风唱晚秋。两足踏开尘世路，一生历尽古今愁。从兹不复依门户，荒犬何劳吠不休。”另一个版本怀中诗云：“身世浑如水上鸥，又携竹杖过南州。饭碗傍晚剩残月，歌板临风唱晓秋。两脚踢翻尘世界，一肩挑尽古今愁。而今不食嗟来食，黄犬何须吠不休！”

题友易旺东故乡湘阴

两水环萦君梓乡，洞庭遥渺碧波长。
千年屈子忧国梦，百载左公[①]御虏疆。
不信湘灵能鼓瑟，何疑舜帝可兴邦。
吾侪奚处堪情寄，翰墨飘香易宝堂[②]。

注　释

① 左公：指左宗棠。1877 年率军平叛，收复伊犁地区外的新疆全部领土。

② 易宝堂：旺东友书房名。

赠彭创弟

何幸人生遇挚朋，佛疆道域探幽冥[①]。
未望今朝堪臂膀，唯期翌日可股肱[②]。
不疑坦路成知己，尚待歧途共笃行。
卅载若能往年忆，汝耋吾耄到蓬瀛。

注　释

① 幽冥：玄远；微妙。

② 股肱：大腿和上臂；比喻左右辅助得力的人。

贺栋龙[①]兄生日

生逢丙午耀庐陵[②]，万丈红尘一栋龙。
叱咤传媒称翘楚，风云商界谓精英。
推心百夜觥筹错，置腹千宵肝胆倾。
海角天涯终有梦，高山流水杳冥冥。

注　释

① 栋龙：挚友胡栋龙，生于1966年5月24日，江西吉安人，央视传媒代理商。

② 庐陵：古地名，今江西省吉安市。

贺汪老[①]百岁华诞

谁人矍铄[②]胜仙翁，人瑞[③]犹存道骨风。
叱咤萧萧戈甲[④]际，耕耘漠漠梓桑中。

今朝共贺百年诞，翌日同期千岁星。
但愿申城花似锦，丰功茂绩⑤蕴长生。

注　释

① 汪老：名汪禾苗，系参加解放战争的老干部，屡立战功，女婿王敏捷外公。恰值汪老百岁寿诞，赋诗以贺。

② 矍铄：形容老年人很有精神的样子。

③ 人瑞：人中祥瑞，多指有德行或高寿的人。如，百岁人瑞。

④ 叱咤风云：一声怒喝，可以使风云翻腾。形容威力极大。戈甲：戈和铠甲。借指战争或军队。

⑤ 茂绩：丰厚的功绩。

悼江伯伯①

人生最幸有相逢，卅载谆谆②犹梦中。
高戟长枪勘乱世，披肝沥胆③启鸿蒙。
唯欣曩日成知己，犹待明朝共宇空。
值恰中秋团聚日，悼思遥寄满天星。

注　释

① 江伯伯：江荣，曾任上海总工会主席，离休干部，亲戚加挚友。

② 谆谆：忠谨诚恳貌；反复告诫、再三叮咛貌。

③ 披肝沥胆：比喻真心相见，倾吐心里话。

同气相求

同窗京聚

同窗卅载聚京城，华发萧萧两鬓风。
一笑二颦说往事，三嗟四叹话来生。
七舌八嘴谈儿女，九盏十杯祝媪翁。
若是此生有牵念，无须耋耄再重逢。

旅楚会勋龙二友[1]

冰封鄂楚正隆冬，际会风云劲酒行。
何幸今朝为勋客，奚因明日作龙朋。
桃园结义千年事，大冶缔盟百世情[2]。
纵使耄耋重聚首，言欢把酒只三翁。

注　释

① 勋龙二友：劲酒董事长吴少勋，众成就董事长胡栋龙。
② 大冶：劲酒公司所在地。

贺“酩神世家”[1]成立

醍醐天下欲何堪？补乳苍生到涅槃。
犹望耄耋悭鹤发，尚期青壮总童颜。
一拳紧握难敌虎，十指偕擎可柱天。
有幸今朝同举业，临风把酒共宵阑。

注　释

① 酪神世家：作者为创始人的一家乳制品公司。

写在五维素颜奶酪[1]发布会

风发意气有何凭？琴瑟铮铮锣鼓鸣。
今冀素颜丰丽貌，翌期新品惠家庭。
三生犹幸朋频助，一世难辜友屡倾。
待到酪神[2]涅槃际，与君把酒再临风。

注　释

① 五维素颜奶酪：酪神世家癸卯年末推出的专为女性定制的产品。
② 酪神：指酪神世家。下同。

大暑旅冀有怀

人生何似一轻尘，商海遨游百战身。
且亢高歌荆轲迹，常思鸿业[1]陶朱心。
昔依孟母开灵智，今借酪神铸健魂。
溽暑正值访燕赵，有期大地四时春。

注　释

① 鸿业：大业。古多指王业。

莫干山篝火晚会即兴作

缦田[1]夜色最传情，篝火熊熊对月明。
四嶂合围如宇幄，八峦环绕若天屏。

君歌高亢韩娥[2]调，吾酒频倾魏武[3]盅。
正恰酩神腾飞际，携归旖旎再长征。

注　释

① 缦田：古代的一种不作垄甽耕作的土地。出自《汉书·食货志》颜师古注："缦田，谓不为甽者也。"即不开沟，不分行，就将谷种散播在田中，产量很低。西汉前都采用这种耕作方法。此处指酩神世家莫干山团建住宿的山庄。

② 韩娥：相传为春秋早期韩国的善歌者。参见前注。

③ 魏武：指曹操。有"对酒当歌，人生几何"名句。

赠张睿[1]

燕赵英杰何处寻？天蝎豪女在春申[2]。
昔曾蜀域增国色，今冀魔都铸酩魂。
生始五台[3]佛道境，缘结世家[4]稚童心。
正值秋朗曈曈日，且待明朝共落纷。

注　释

① 张睿：朋友，山西五台人，曾任职新希望乳业。

② 天蝎：指天蝎座。春申：指春申江，即黄浦江，借指上海。

③ 五台：指五台山，张睿的出生地。

④ 世家：指酩神世家，作者创立的公司。

赠傅敏[1]

人生何幸有相逢，廿载悠悠兄弟情。
昔屡开疆堪臂膀，今犹拓土再股肱。
红尘万丈[2]一知己，阆苑千寻[3]两契朋。
纵使翌朝耋耄至，不辜明月与清风。

注　释

① 傅敏：挚友，现为酩神世家 CEO。
② 万丈：喻世间之广阔。
③ 千寻：喻仙境（前景）之高远。

癸卯立冬旅京高铁上

窗外茫茫正暮秋，寒鸦孤伫柳梢头。
田间冬麦青青碧，陌上村墟杳杳幽。
莫憾韶华时倦旅，尤欣花甲尚雄纠。
平生不被红尘染，圜阓桃源一清流。

立冬旅京

一种心情恰似冬，无边萧瑟[1]伴吾行。
奚须阆苑悭寒暑，唯冀人间少雨风。
不惮红尘时列列，只期道法总冥冥。
正值幽燕十月朔，我辈何时可蓬瀛？

注　释

① 萧瑟：草木被秋风吹袭的声音。借指寂寞凄凉。

立冬旅京赠友

旅京恰值是初冬，犹有嫣红绽凛风。
四季轮回情不已，一朝亚岁[1]意难终。
白山行走谁擒虎，黑水遨游汝缚龙。[2]
慷慨悲歌幽燕地，踏遍神州[3]壮此生。

注　释

① 亚岁：冬至。

② “白山、黑水”联：长白山和黑龙江。泛指我国东北地区。

③ 神州：中国的别称。又指中原地区或京城。

早春沪赴津高铁上

风驰电掣为何忙？不负红尘万里疆。
满目麦禾千野碧，盈眸桃李百峦妆。
犹欣巢鸟鸣杨树，更喜春波绿坳塘。
万物正值蓊郁际，涤荡[1]暮气再慨慷。

注　释

① 涤荡：荡洗，清除；扫清，扫尽。

酒后赋[1]

初春拉萨最怡情[2]，五献哈达比孔明[3]。
张兄潇洒当年地，李妹风流今日城。
不憾良宵难伴醉，但期他日可偕行。
举杯再饮咨明月，可否共摘满宇星。

注　释

① 酒后赋：妻和亲朋西藏旅游，因故未能同行。值吾酒后，表哥铭远索诗，即兴而成。

② 怡情：怡悦心情。

③ “五献”句：指我们上回去九寨沟旅游时，妻戏弄表妹夫张征宇让藏女五献哈达事。比孔明乃戏言，孔明七擒孟获，妹夫五受哈达，因次数均多也。

三人行[1]

平生最契三人行[1]，携手红尘大化中。
未忘觥筹昨夜错，又思肱股翌朝凭。
桃园[2]千载传佳话，浩特[3]百年结誓盟。
老骥谁言甘伏枥，耄耋把酒不须惊。

注 释

① 三人行：与张和平、陈铁涛两友，只为约酒，分别从沪、京赴青城一聚，觥筹交错间，快意人生，足矣。

② 桃园：指刘关张桃园结义。

③ 浩特：指呼和浩特。

辛丑年逢节候大雪

一种心情恰似冬，谁知凛冽[1]祭寒风。
寒梅莫羡能凌雪，傲骨尤欣可壮胸。
不忆曩朝曾打虎，但期今日再擒龙。
吾侪有幸清清[2]际，道法自然慰此生。

注 释

① 凛冽：指寒冷刺骨，常用于形容隆冬时的寒风。又指态度严肃，令人敬畏。

② 清清：清洁明澈貌。

辛丑年逢节候小雪

何必凄凄总惘然，身披彩翼欲飞天。

红尘渐远情难寂，天道久疏意未闲。
东风不误阳春至，明月岂贻黑夜阑。
有幸吾侪禅释境，人生有梦即婵娟。

去呼和浩特机上

破宇苍鹰凌旷原，茫茫仅见万重山。
冰封河谷村墟寂，云澹层峦野嶂闲。
鸿雁思寻难见影，险峰欲度可循关。
有禅是处临仙境，道法唯唯只自然。

去京高铁有思

尤欣天地自昭昭[①]，滚滚红尘染素袍。
利锁名缰[②]时似束，妄心痴念总如刀。
何愁雾霭[③]今迷目，只待春波翌漾潮。
缘起性空释真谛[④]，桃源阛阓两逍遥。

注　释

① 昭昭：明亮；光明。

② 利索名缰：喻功名利禄如束缚人的缰绳和绳索。

③ 雾霭：雾气；形容雾气腾腾的样子。

④ 缘起性空：佛教语。所谓“缘起”，是说世界上没有独存性的事物，也没有常住不变的事物，一切都是因缘和合所生起。所谓“性空”，是说因缘和合所生起的假有，本性是空的；如果自性不空，则不能有，这就是“真空生妙有”的意义。真谛：指真切的理论和精义；奥妙所在。

喜闻“酪神世家”单日破百万

正值沪上艳阳天，料峭孟春谁惧寒。

何故今朝销百万，只因昔日苦十千[①]。
不思猛虎时拦路，但望酪神早涅槃。
待到柳青花烂漫，与君把酒再言欢。

注 释

① 十千：一万。极言其多。

酒 后

憧憧尘世任萍踪[①]，不动如如[②]诸念空。
壮志何朝疏烈酒，幽怀[③]奚日远芳盅。
髫龄最喜唯春碧，耄岁尤欣只暮红。
莫叹人生时醉醒，自然道法妙无穷。

注 释

① 憧憧：往来不停貌；心神不定貌。萍踪：比喻行踪不定。
② 不动如如：即如如不动；指事物常在，没有什么变化。出自《金刚经》。
③ 幽怀：隐藏在内心的情感。

忆昨宵对酒

人生最喜是逍遥，对酒当歌不胜娇。
置腹吾难倾百语，推心汝已掷千豪。
时惜曩日同鸿业，犹冀翌朝共锦袍[①]。
本命英年[②]何所待？欲送酪神上碧霄。

注 释

① 锦袍：锦缎制的衣袍。喻指富贵。
② 本命英年：本命：指本人值花甲之年；英年：指朋友傅敏。

闲　思

人生碌碌只空蒙，唯此何惜万里征。
浅学佛道[①]难出世，初晓墨儒[②]未入冥。
利锁畴昔犹桎梏[③]，名缰今日尚规绳[④]。
红尘百载一杯酒，醺醉风清与月明。

注　释

① 佛道：佛家和道家。
② 墨儒：墨家和儒家。
③ 桎梏：刑具，脚镣手铐；拘系，囚禁。谓束缚，压制。
④ 规绳：规矩绳墨。

三亚签约

碧水金沙万里风，游龙海岸渺苍穹。
卫兵列列英姿飒，礼炮砰砰锣鼓鸣。
朋欲开疆频遣使[①]，吾期拓土屡结盟。
天时地利宜基业，更赖人和济事成。

注　释

① 使：奉命传递讯息、信函的使者。

瘦西湖年会有感

兄弟同心何畏难？小折大挫只悠然。
今朝将士披肝胆，明日雄师奏凯旋。
南拓唯倾一盏酒，北征只馈百豪言。

有期君勒燕然[4]际，吾自擎觞待汝还。

注 释

① 燕然：燕然山，即今蒙古国境内杭爱山。东汉永元元年，车骑将军窦宪领兵出塞，登燕然刻石勒功，记汉威德。见《后汉书 · 窦宪传》。

蛇年光明年庆

龙年征战雨风稠[1]，大浪小波时遏舟。
五虎纵横悉华夏，十佳畅售遍神州。
长思乳业登高位，久冀商溟居上游。
快意人生能几度？谁侔吾辈竞风流。

注 释

① 稠：浓；密。

十一朋友聚会

天朗气清云自开，秋风一扫心中霾。
频倾碧醑期酬月，屡亢高歌欲啸台。
唤雨何疑千将在，呼风岂少万兵来。
霜欺斑鬓谁言老，北战南征俱壮哉！

火 锅

沸沸扬扬汤水浓，任投蔬肉入锅中。
麻心思助千杯酒，辣肺期酬百位朋。
莫道古羹[1]乏饪技，应知暴殄欠神工[2]。
九州踏遍寻殊味，何处饕餮[3]不蜀风。

注　释

① 古羹：指火锅，是中国传统美食之一，古称"古董羹"。因食物投入沸水时发出的"咕咚"声而得名。

② 暴殄(tiǎn)：灭绝，残害；任意浪费，糟蹋。

③ 饕餮(tāotiè)：古代神话传说中的一种贪食的猛兽；常用来形容贪食或贪婪的人。

酒　狂

知己每逢必酒狂，那及细品菜肴香。
小杯对饮情初入，大盏群酌意乃长。
醉里挑灯宜看剑，醒时呈勇再擎觞。
晨喝午啜夕犹畅，幽梦一帘只杜康[①]。

注　释

① 杜康：据《史记》记载，杜康是夏朝的国君，也是中国古代传说中的"酿酒始祖"。汉《说文解字》载："杜康始作秫酒。又名少康，夏朝国君。"因杜康善酿酒，后世将杜康尊为酒神，制酒业则奉杜康为祖师爷。后世多以"杜康"借指酒。

光明百亿

光明今圆百亿梦，请君把酒去临风。
南征海角难辞月，北拓天涯不避星。
尚喜千辛能壮骨，尤欣百苦可强膺。
三分天下方程半，再度关山任几重。

光明双百

江天万里尽繁星，本不菩提自光明。

商誉期扬华夏外，品销欲畅五洲中。
开疆岂惮舟车苦，拓土何惜昼夜工。
吾辈重逢双百日，放歌纵酒再长征。

新西兰新莱特[1]上市

秋暮萧萧辞故园，重洋远涉为筹钱。
昔思跃马驰天地，今惭折腰媚佞奸[2]。
拓土曾经千道险，开疆再度百重关。
东方一望心无憾，翘首伊人正梦牵。

注　释

① 新莱特：在新西兰乳业排名第三，是笔者任光明总裁期间，于 2010 年 11 月，花费 8 200 万人民币，收购了 51%的股权的企业。是中资乳业走出去的成功案例，且是中资入股后第一个成功在澳大利亚和新西兰两地证券交易所同时上市的企业。

② 佞奸：奸猾谄媚的人。

修齐治平

欲上九天去缚龙，征程何计南北东。
关山欲度事难竟，华发渐生业未功。
不惮人生多幻梦，只期尘世少飘蓬[1]。
桃源今日栖何处？正待吾侪万里征。

注　释

① 飘蓬：飘飞的蓬草；喻漂泊无定。

异域采风

伊斯坦布尔[①]

碧水索桥分两洲，丘山依次起高楼。
伊斯坦布千家秀，君士坦丁[②]万户侯。
四面星罗訇[③]吼塔，八方棋布网渔舟。
兴来携友登高处，万里海天一望收。

注　释

① 伊斯坦布尔：原名君士坦丁堡，是土耳其经济、文化、交通中心，世界著名的旅游胜地。位于巴尔干半岛东端、博斯普鲁斯海峡南口西岸，扼黑海入口，为欧亚交通要冲，战略地位极为重要。

② 君士坦丁：即君士坦丁堡，是东罗马帝国历史名城，今伊斯坦布尔。

③ 訇(hōng)：指阿訇，意为“教师”“学者”。伊斯兰教主持教仪、讲授经典的人。

伊斯坦布尔夜宴

晚宴层巅欲览城，星光点点万家灯。
依山百寺空灵夜，架海双桥瑰丽[①]虹。
煊赫皇宫犹古韵，迷离民居尚遗风。
邻欧毗亚何洲酒，一醉饕餮几友朋。

注　释

① 瑰丽：奇特绚丽。

伊斯坦布尔船游

一舟逐浪踏波行，两岸纷呈欧亚风。
碧水无痕分两界，飞桥有索系一城。
千楼叠嶂山崖处，百墅层峦林壑中。
浩渺海天难尽览，几声訇吼送归程。

土耳其棉花堡①

水暖沙白溪碧清，赤足提履踏波行。
棉花堡里遗王迹，钙化池中栖后踪。
客憾楼台余断壁，吾欣阡陌丕繁英。
河山万里今犹在，莫忘凭栏寄雨风。

注　释

① 棉花堡：位于土耳其西南部山区，是世界闻名的温泉度假胜地。其名土耳其文 pamukkale，是由 Pamuk（棉花）和 Kale（城堡）两个词组成。棉花是指其色白如棉，而整个山坡一层又一层，状若城堡，故名棉花堡。

土耳其卡帕多细亚①

卡帕赤岩天下殊，丘巅壑底俱石庐。
栖人已见千岩洞，敬主犹遗百圣窟。
一睆参差如笠女，两瞻错落似蓑夫。
高原自有神奇境，无限风光在迴途。

注　释

① 卡帕多细亚（石林）：位于安卡拉东南约 280 千米处的阿瓦诺斯、

居来美和于尔居普三个城镇之间的一个三角地带，面积达数百平方千米。远古时代这里的五座火山喷发，形成了火山熔岩高原，区内满布火山岩切削而成的石笋、断岩和岩洞，奇形怪状，难以胜数。这里属高原地带，为赫梯古王国兴起之地。后迭经波斯、马其顿、罗马与拜占庭帝国占领与统治。现存有赫梯三千年前修建的地下城和隧道；罗马治下潜逃的基督修士开凿的上千个洞窟，以及所建的修道院和圣堂；不少岩洞还有壁画，为拜占庭时期所留见证。被誉为土耳其天然景致写人文艺术奇妙结合的精华和王牌。

马沙巴美人鱼岛①

远际空蒙隐翠微②，轻舟一叶浪间飞。
岛山笼霭千重树，落日栖霞万里辉。
弄浪潮头浮碧水，逐波岸上触烟霏③。
物我两忘人沉醉，未尽逍遥且不归。

注　释

① 美人鱼岛：位于马来西亚沙巴州，实际名为曼塔那尼岛（Mantanani Island），因曾在附近海域发现两只野生的海牛，即俗称的“美人鱼”而得名。白色的沙滩，清澈的海水，可谓与世隔绝的天堂。浮潜时，五彩缤纷的海底世界，人鱼互戏，别有一番情趣。

② 翠微：青绿的山色；也泛指青山。

③ 烟霏：烟雾弥漫。

日本北海道①

狂风卷浪涌溟天，北海依稀落寞山。
柏碧松苍添翠色，林幽雪寂邈荒原。
游余倦浴温泉畅，酒兴细尝蟹帝②鲜。

览尽川湄[3]无限秀，心中更忆逊和谦。

注　释

① 北海道：南北宽420千米，东西长540千米，是日本47个都道府县中唯一的道，是除本州外最大的岛，世界第21大岛屿。西临日本海，南濒太平洋，东北毗鄂霍次克海；西南以津轻海峡与本州毗邻，北隔拉彼鲁兹海峡同库页岛相望，为扼控两峡的战略要地，是日本北部边防前哨，有“日本北门锁钥”之称。

② 蟹帝：指帝王蟹。学名堪察加拟石蟹，其外观只有六只脚，是寄居蟹的一种，主要分布于太平洋的日本海、鄂霍茨克海至白令海一带的冷水海域。

③ 川湄：河边。

泰国礼佛

百寺千龛[1]逾万佛，心生彩翼眼柔波。
人人顶礼[2]敬菩萨，处处庄颜拜圣陀。
十代[3]殚精祈盛世，廿王竭虑助暹罗[3]。
民安方可称国泰，明月清风显瑞和。

注　释

① 龛：供奉佛像、神位等的小阁子。

② 顶礼：指以头顶礼佛足，为佛家的最敬礼。

③ 十代：泰国王室从1782年起至1932年，是拥有专制权力的统治者。之后，泰国成为君主立宪制国家，国王从此只是国家的象征性元首。到目前的哇集拉隆功国王，已经十代，称拉玛十世。

④ 廿王：2017年，时任90岁的颂德帕摩诃穆尼翁，被拉玛十世册封为泰国第二十任僧王。僧王是泰国佛教界最高领袖，也被视为人民的精神领袖。暹罗：中国对泰国的古称。

萨尔茨堡[1]

高堡[2]丘峰欲览城，依山俯水两空蒙。

横街纵巷皆遗迹,北塔南楼俱古容。
广场迎王先列马,皇宫送后自鸣钟。
悠悠月夜摇篮曲[3],悄伴旅人梦百重。

注　释

① 萨尔茨堡:位于奥地利的西部,为阿尔卑斯山脉的门庭。城市建筑风格以巴洛克为主,是奥地利历史最悠久的城市。这里还是音乐天才莫扎特的出生地,指挥家卡拉扬的故乡,电影《音乐之声》的拍摄地。

② 高堡:指萨尔茨堡要塞,它是欧洲最大的中世纪城堡之一,位于丘峰之上,站在萨尔茨堡的任何地方,都能看到它的存在,它构成了萨尔茨堡的主色调。

③ 摇篮曲:指莫扎特的《摇篮曲》。

新西兰黄金湾[1]夜宿

晴宵独宿在山峰,拱卫群峦意万重。
百缕遐思宜寄海,千般壮志好凭风。
群羊作伴同读月,牧犬随行共揽星。
时有闲情须纵酒,且将落寂付空蒙。

注　释

① 黄金湾:位于新西兰南岛最北部,以广袤的金色沙滩和原始的生态环境而著称。也是给作者留下最深刻印象的旅游目的地之一。我们一行四人住在只有六位家庭成员的人家,主人来自奥地利,拥有十余千米的自家海岸线,居家别墅是翁婿两人历时几年独立完成。家居于山巅,群峰环绕,依天面海,距最近的公路也有四十分钟的车程。家庭的全部资产是羊,都放养在几座大山上,几天才领着牧羊犬巡视一下自己的领地,真乃世外桃源。

新西兰黄金湾

野碧天苍尽目中，嶙峋群岩竞峥嵘[1]。
坡前矮嶂悉屏列，岭上微峰自亘横[2]。
窅[3]窦虬旋欺鬼斧，皴崖仞立胜神工。
寻幽宜往孤独地，何计关山一万重。

注　释

① 嶙峋：山石等突兀、耸立貌；形容人消瘦露骨，或刚毅正直。
② 亘横：即横亘。横跨；绵延横陈。
③ 窅：眼睛眍进去；喻深远。

新西兰瓦纳卡湖[1]

百里湖天一抹虹，乱云飞度渺长空。
重峦夏际犹羁雪，碧水暝时尚漾风。
曲径寻幽沙柳树，浮洲匿旅野萍踪。
今朝觅得桃源地，宜伴白鸥作钓翁。

注　释

① 瓦纳卡湖：位于新西兰南岛，面积 4 776 平方公里，只有约 5 000 人居住。一万年前的冰川运动使其与哈威亚湖相邻，被名为“颈项”的银白色土地所分隔，被壮丽山峰包围，是当地人和游客的热门观光地，尤其是在漫长又温暖的夏季。瓦纳卡湖是新西兰的第四大湖，清澈湛蓝的湖水是航海者和喷射快艇爱好者喜爱的内陆海。

夜宿基督城[1]山间别墅

夜宿山间几梦萦，穹高宇阔两迷蒙。
原荒野旷浮青翠，海寂湖幽蕴杳冥。

晓月残灯同弄影，栖虫巢鸟共飞声。
吾醉[2]朋眠君未醒，凭栏只为满天星。

注　释

① 基督城：位于南岛中部东岸，是新西兰第二大城和南岛第一大城，人口38万。

② 醉：陶醉。

新西兰皇后镇[1]

眠波枕浪海山间，游罢小休[2]独倚栏。
凫恋湖波频戏水，鸥迷峰雪屡翔天。
蹦极[3]深谷皆雄胆，战舞[4]茅庐自宇轩。
无限风光方醉罢，再尝美酒不识年。

注　释

① 皇后镇：位于南岛瓦卡蒂普湖北岸，是一个被南阿尔卑斯山包围的美丽小城，依山傍水。新西兰因其多变地理景观，被喻为“活地理教室”，而皇后镇是全国地势最险峻且最富刺激性的地区，以“新西兰最著名的户外活动天堂”而闻名。在夏季，天然湖泊与充足日照，是一个垂钓、远足与休闲的理想之地。秋高气爽，是打高尔夫的好时节。冬天，群山皑皑，滑雪运动可一直持续到春季。这里还是久负盛名的葡萄酒产区，也是蹦极的发源地。

② 小休：稍作休息。

③ 蹦极：新西兰是蹦极跳的诞生地，就在皇后镇附近的卡瓦劳大桥。

④ 战舞：新西兰土著毛利人的传统表演节目。

奥克兰鸟岛[1]

峭壁孤岩立海中，烟波浩渺意难穷。

白鸥雨燕双飞翅，落日夕霞一抹虹。
信鸟[2]觅情分序列，塘鹅[3]寻爱上天穹。
何时振翼云霄外，鸳梦重温到碧空。

注　释

① 鸟岛：位于新西兰最大城市奥克兰西部四十余千米处，名为穆里怀(Muriwai)。是新西兰最美的地方之一，也是摄影爱好者的天堂。鸟岛除了临海的两面沙滩外，全岛被植被覆盖，各种鸟类聚集于此，主要为塘鹅的聚集地。

② 信鸟：即信鸥。以其随潮往来，有定时，故有信鸟之称。明陈继儒《珍珠船》卷三："鸥之别类，谓之信鸥。"

③ 塘鹅：属鲣鸟科海鸟。头黄，体白，翅膀顶端为黑羽；成鸟5斤左右，翼展最大可达2米。捕鱼能手，食量极大。

新西兰小镇出海

轻舟颠沛[1]过峡湾，萧瑟暮秋蚀骨寒。
众鸟迷溟穿雾霭，群豚畏浪隐礁滩。
风袭墨壁千窝洞，雨砺赤山百窦岩。
万里征蓬寻美景，人间此处可游仙[2]。

注　释

① 颠沛：此指颠簸摇荡。

② 游仙：漫游仙界。

重游古巴

故地重游访古巴，凭栏远眺至天涯。
归帆渺渺浮云日，绮浪漪漪淘碧沙。

闲啜清香一盏酒，悠观娇艳[1]几枝花。
翔鸥可否捎音信，遥报平安到我家。

注 释

① 娇艳：艳丽。借称美女。

古 巴

一岛孤悬碧漾中，门扃牖闭自英雄。
加勒比海孤独梦，墨西哥湾寂寞风。
百户萧疏时圮壁，千家惨淡总饥容。
神州有幸殊方域[1]，额庆还应谢邓公。

注 释

① 方域：地方；国内。此指古巴。
② 额庆：即额手称庆。以手加额，表示庆幸。

墨西哥玛雅遗址[1]

丛林雄冠几幽然，一任光阴独自闲。
火种刀耕悠岁月，星扶巫卜逝流年。
何时福祸期神佑，奚处灾兵望帝怜。
今日烟消云迹灭，空留叵测[2]在人间。

注 释

① 遗址：指奇琴伊察，是玛雅语的音译，意为“在伊察的水井口”，位于墨西哥东南部尤卡坦半岛，曾是玛雅古国最繁华的城邦。这座建于公元7—10世纪的古城，南北长3千米，东西宽2千米，有建筑物数百座，1988年被联合国教科文组织列为世界文化遗产。

② 叵测：不可度量；难以推测。

新加坡夜宴

仲夏邀朋到海边，朦胧夜色正宜餐。
庭中劲舞随歌秀，岸上霓灯枕浪眠。
辣蟹川香唇滞味，椒鱼蜀郁齿留鲜。
朵颐[1]未必饕餮宴，快意人生在酒酣。

注　释

① 朵颐：指鼓动腮颊嚼东西的样子。

新加坡植物园

一趟误入百花丛，扰鸟惊蝶笑意浓。
漫过椰林谁信步，轻桿碧漾我凭风。
闲观湖獭群潜水，悠望天鹅两驭空[1]。
无限风光非巧饰，人间大美只神工。

注　释

① 驭空：腾空飞行。

宿鱼尾狮[1]旁酒店

狮身鱼尾最称奇，口吐白龙自岸堤。
彩浪霓波同竞秀，船楼榴阁共邻毗[2]。
离愁淡淡晨三顾，别绪浓浓夜百羁。
莫道建功唯己力，牵魂多少系征衣。

注　释

① 鱼尾狮：新加坡国家标志。其鱼身象征着新加坡从小渔村谦卑起步，这个渔村当时名为淡马锡，和单词 tasek（马来语，意为“湖”）拥有相同的词根。狮头，则代表了新加坡最早期的名称“Singapura”（新加坡拉），马来语中，意指“狮城”。鱼尾狮雕像高 8.6 米，重 70 吨，口中源源不绝地喷出水柱。鱼尾狮雕像由新加坡雕塑家林浪新精雕细琢而成。

② 邻毗：犹毗邻。

佛罗伦萨[①]

三圣[②]遗痕满萨城，幽街漫溯觅贤踪。
一堂凌宇百花殿[③]，两臂盈肌大卫[④]工。
渌[⑤]水千年犹泛碧，古桥百载尚垂虹。
小酌寂夜情难已，不负此行万里征。

注　释

① 佛罗伦萨：位于意大利中部亚平宁山脉中段西麓盆地中，是托斯卡纳区首府。乃是世界艺术之都，欧洲文化中心，欧洲文艺复兴运动的发祥地，歌剧的诞生地，举世闻名的文化旅游胜地。市区仍保持古罗马时期的格局，多中世纪建筑艺术。全市有 40 多个博物馆和美术馆，乌菲齐美术馆和皮提美术馆举世闻名，世界第一所美术学院、世界美术最高学府佛罗伦萨美术学院蜚声世界，意大利绘画精华荟萃于此。佛罗伦萨国际当代艺术双年展，与威尼斯双年展、米兰三年展并称意大利三大艺术展。

② 三圣：指文艺复兴三杰。分为前三杰和后三杰，前三杰是指但丁、彼特拉克、薄伽丘，后三杰是拉斐尔、米开朗琪罗、达·芬奇。

③ 百花殿：指百花大教堂。

④ 大卫：指米开朗琪罗的大卫像。

⑤ 渌：水清。

托斯卡纳[1]

托斯卡纳踏秋行，无限风光尽目中。
天渺白云迷秀色，地遗古堡匿贤踪。
登丘揽胜八极[2]目，游野抒怀四面风。
游罢小酌一盏酒，悄圆绮梦欲千重。

注　释

① 托斯卡纳：位于意大利中西部，首府佛罗伦萨。下辖 10 个省，287 个市镇，总人口 370 万，占意大利人口的 6.2%，面积 23 000 平方千米，在意大利各大区中列第五位。并以丰富的艺术遗产和极大的文化影响力而著称，被视为意大利文艺复兴的发源地，产生了许多有影响力的艺术家和科学家，如彼特拉克、但丁、波提切利、米开朗琪罗、马基雅弗利、达·芬奇、伽利略和普契尼等。

② 八极：八方极远之地。

罗　马[1]

罗马徜徉心欲空，时光倒转千年中。
残垣闲倚时羁步[2]，教堂默祈偶撞钟[3]。
斗兽场[4]边寻战迹，喷泉池[5]里觅情踪。
今朝方晓昔谚语，大路条条通此城。

注　释

① 罗马：意大利的首都和最大的城市，也是全国政治、经济、文化和交通中心，已有 2 500 余年历史，是世界著名的历史文化名城。

② 羁步：谓步履羁迟。

③ 撞钟：击钟。指教堂钟声。

④ 斗兽场：原名弗拉维圆形剧场，又译为罗马角斗场、科洛西姆竞技场。是古罗马帝国专供奴隶主、贵族和自由民观看斗兽或奴隶角斗的地方。

⑤ 喷泉池：指特雷维喷泉，位于罗马的三条街交叉口，因为喷泉前面有三条道路向外延伸，而特雷维喷泉的“特雷维 Trevi”就是三岔路的意思，也正是喷泉名字的由来。此是罗马最后一件巴洛克式建筑艺术杰作，在罗马境内最大也知名度最高，也因此成为罗马的象征之一。

威尼斯①

水巷河街任纵横，漂浮海上一名城。
商人售货列桥畔，游客娱情行水中。
鸥绕归帆时寄语，塔迷云影总凌空。
人生得几风流日，不负越洋万里程。

注　释

① 威尼斯：意大利东北部著名的旅游与工业城市，也是威尼托地区（威内托大区）的首府。曾经是威尼斯共和国的中心，被称作“亚得里亚海明珠”，堪称世界最浪漫的城市之一。市区涵盖意大利东北部亚得里亚海沿岸的 118 个人工岛屿和邻近一个人工半岛，共有 117 条水道纵横交叉。“因水而生，因水而美，因水而兴”，享有“水城”“水上都市”“百岛城”等美誉。其建筑、绘画、雕塑、歌剧等在世界上也有着极其重要的地位和影响。

泰姬陵①

烟栖雾绕两迷蒙，谁臆真情可隐踪。
旧爱遗痕成画栋，新愁滞迹满苍穹。
生无异志心厮守，葬欲同眠魂伴拥。
多少浮云悄已逝，悠悠难述泰姬陵。

注　释

① 泰姬陵：位于印度北方邦阿格拉近郊。全称为“泰吉·玛哈尔陵”，是莫卧儿皇帝沙·贾汗为纪念其妃蒙泰姬而建的墓陵。用白色大理石和五彩宝石筑成，中有直径约 18 米的圆顶穹窿，四角有四座 41 米高的尖塔，左右有翼殿，前有花园与水池。于 1631 年至 1653 年建成。是印度伊斯兰建筑的代表，为印度知名度最高的古迹之一，世界文化遗产，被评选为“世界新七大奇迹”。

孟买印象

孟城聒噪[1]尽鸦声，蝇舞蚊飞逐秽[2]风。
陋舍简屋疑震后，雕楼画栋自敝中。
摩肩商贾随时迹，接踵游人是处踪。
但憾古国今乱象，不知何日可功成。

注　释

① 聒噪：声音喧闹，令人烦躁。

② 秽：肮脏。

美大提顿公园[1]

夕霞落日两重天，碧水逶迤绕雪山。
树挽春光衣翠绿，湖失冬韵起波澜。
鹿随季徙行千里，狼与牛争逾百年。
一醉不知身是客，朦胧夜色正堪眠。

注　释

① 大提顿国家公园：位于美国怀俄明州西北部壮观的冰川山区，1929

年建立,占地 1 256 平方千米。公园内最高的山峰是大提顿峰,海拔 4 198 米,有存留的冰川。分布在该地区的冰湖以珍尼湖为最著名,斯内克河上用水坝拦堵形成的杰克森湖为当地最大的水域。高耸入云的山峰,覆盖着千年的冰河,山连山,峰连峰,宛如进入人间仙境。公园内有成群的美洲野牛、麋鹿和羚羊,还有许多其他哺乳动物。

尼亚拉加瀑布①

十里犹闻瀑布鸣,浮岚袅袅意难穷。
轻舟湍遏一时滞,岸壁流蚀百载空。
水鸟惊涛时隐迹,游朋②骇浪总失声。
何时秀尽千重碧,方使漭③川逝向东。

注　释

① 尼亚加拉瀑布:位于加拿大安大略省和美国纽约州的交界处,瀑布源头为尼亚加拉河,主瀑布位于加拿大境内,是瀑布的最佳观赏地;在美国境内的瀑布被月亮岛隔开,观赏的是瀑布侧面。

② 游朋:同游人;游伴。

③ 漭:形容洪水广阔无边。

登北美最高峰①

轻驾苍鹰上碧空,缤纷万象尽眸中。
路循浅谷八极目,身处冰川四面峰。
时幸彼山千载雪,犹欣此涧百年冬。
敞开胸襟拥丘壑,一代可期几世功。

注　释

① 北美最高峰:麦金利山位于美国阿拉斯加州中南部,阿拉斯加山脉

中段,海拔 6 194 米,为北美洲第一高峰。原名迪纳利峰,这是当地印第安人的称呼,迪纳利在印第安语中的含意是“太阳之家”。后来,此山以美国第 25 任总统威廉·麦金利的姓氏命名。2015 年 8 月 30 日正式更名为“迪纳利山”,凸显了阿拉斯加州原住民的文化内涵。

阿拉斯加湾①

缥缈溟渤②一望空,峡湾万象竞钟灵。
羊寻瘠草攀绝壁,豚秀倩姿跃浪峰。
鹰隐云中期海猎,狮栖岩上欲偷生。
鲑思子嗣③弗辞死,何惧途中几罴熊。

注　释

① 阿拉斯加湾:位于美国阿拉斯加州南部,由于海水密度差异,南北两地海域不能融为一体,海面呈现不同颜色。为世界九大著名海湾之一。

② 溟渤:溟海与渤海;多泛指大海。

③ 鲑:鲑鱼,北半球溯河性鱼类。口大而斜,体呈流线型,生殖季节溯河产卵,作长距离洄游。因而常被守候在河边的熊猎食。子嗣:传宗接代的儿子。此指鲑鱼产卵。

阿拉斯加船游

宿醉难消晨色昏,正值路上月一轮。
倚拦觑浪随豚跃,登顶凭风伴日曛。
心旷期拥千载雪,神怡欲纳四时魂。
海天大雅能容物,万里蓬瀛不染尘。

阿拉斯加冰川

皑皑冰川傍海横,鸥盘鹰绕倏凌空。
群豚逐浪随船秀,众鲸伏波循岸行。

碧浪千重犹带影，白云百朵尚悠空。
征蓬万里何辞远，尤幸置身化境中。

黄石[①]温泉

黄石能有几多泉？一涌可凌百丈天。
曲水潺湲流翠碧，池波沸滚漾青蓝。
琼浆丘上时皴画，玉液滩中总渥丹。
遨宇苍鹰疑欲问，君归再旅是何年。

注　释

① 黄石：指黄石国家公园，1872 年 3 月 1 日正式命名，是为保护野生动物和自然资源而设立的国家公园，也是世界上第一个国家公园。于 1978 年被列入世界自然遗产。主要位于美国怀俄明州，部分位于蒙大拿州和爱达荷州，占地为 898 317 公顷。西北的猛犸象温泉区以石灰石台阶为主，故也称热台阶区；东北为罗斯福区，仍保留着老西部景观；中间为峡谷区，可观赏黄石大峡谷和瀑布；东南为黄石湖区，主要是湖光山色；西及西南为间歇喷泉区，遍布间歇泉、温泉、蒸气池、热水潭、泥地和喷气孔。

黄石峡谷

未睹峻容已溢声，激流咆哮[①]乱岩中。
水泻危崖千丈瀑，光抚岚霭一溪虹。
深峡有意藏秋色，曲水无心媚碧空。
期陟山巅舒一望，悠悠天际几苍鹰。

注　释

① 咆哮：猛兽大声吼叫；人因暴怒而厉声叫喊，或水流奔腾怒吼。

越南海滨夜思

昏昏欲睡几残灯，夜色无边正漫空[①]。
脚下波逐兼浪涌，岸头月澹伴星明[②]。
书期佐酒五洲梦，云欲赠人四海风。
宜将此生付诗笔，天涯浪迹任西东。

注　释

① 漫空：弥漫天空。

越南海滨掠影

携侣元夕游越国，心生彩翼眼柔波。
香肩斗笠千姝媚，纤体绮裙百女娜。[①]
怒放角梅[②]迷姹紫，衔泥雨燕筑巢窝。
风轻云淡溟辽阔，无限时光任消磨。

注　释

①“香肩、纤体”联：描写身穿越南传统服饰的美丽少女。斗笠：越南人用以遮日光、雨水的竹笠。姝：美丽，美好；指美女。

② 角梅：即三角梅。

死　海[①]

风平浪静色如银，游余倦浴最舒心。
漂浮海上和星语，仰望空中对月吟。
无边尽是苍茫水，有碍只唯寂寞林。
遥睇远天秃岭际，悠悠飘逝几层云。

注　释

① 死海：位于以色列、巴勒斯坦和约旦之间的大裂谷——约旦裂谷，南北长 86 千米，东西宽 5 至 16 千米。是世界上最低的湖泊，湖面海拔 -430.5 米；湖最深处 380.29 米，其海拔 -800.112 米；其湖岸是地球上已露出陆地的最低点，有“世界肚脐”之称。

以色列雅法古城[①]

灯塔隐约暝海中，黄昏倏至意朦胧。
香醪百举邀明月，琴曲千弹悦挚朋。
深巷寻幽方尽兴，喧街觅古再怡情。
良辰美景何须待，绮梦今宵有几重。

注　释

① 雅法古城：1950 年与特拉维夫合并，称特拉维夫-雅法，简称特拉维夫，是以色列第一大城市，人口 380 万。特拉维夫建于 1909 年，是由一批犹太移民在古老的港口城市雅法郊区兴建，但其后来居上，发展超过了以阿拉伯裔为主的雅法。今天，特拉维夫已成为以色列的经济中心、“硅溪”心脏及文化之都。2003 年 7 月，特拉维夫白城被联合国教科文组织列为世界遗产。

以色列恺撒利亚[①]古城

凭栏远眺海苍茫，曲岸沙洲涛浪狂。
断壁犹闻驰马啸，残垣似沁浴汤香。
天天劲舞忧时短，夜夜笙歌祈梦长。
只恨此生情未了，且留来世再擎觞。

注　释

① 恺撒利亚：位于特拉维夫以北 50 多千米处，曾是以色列在地中海

的最大港口。

以色列耶路撒冷[①]

难卜生死两茫茫，空托夙愿在哭墙[②]。
谁言救世天慷慨，我道舍身主殉殇。
圣水五洲波荡漾，彩云四海梦衣裳。
今朝犹有纷繁事，何载耶稣降瑞祥。

注　释

① 耶路撒冷：位于近东黎凡特地区，地理上位于犹大山地，介于地中海与死海之间。由以色列实际控制，面积仅126平方千米，被一圈城墙所围绕。老城著名胜迹有犹太教的哭墙和圣殿山、穆斯林的圆顶清真寺和阿克萨清真寺，以及基督徒的圣墓教堂和苦路。

② 哭墙：又称西墙。是以色列耶路撒冷旧城古代犹太国第二圣殿护墙的一段，也是第二圣殿护墙的仅存遗址，长约50米，高约18米，由大石块筑成。犹太教把该墙看作是第一圣地，教徒至该墙必须哀哭，以表示对古神庙的哀悼并期待其恢复。千百年来，流落在世界各个角落的犹太人回到圣城耶路撒冷时，便会来到这面石墙前低声祷告，哭诉流亡之苦，所以被称为“哭墙”。

以色列沙漠

一国燥土并黄沙，碛漠连绵无际涯。
百草薄霖多枯病，飞鸟寡树少安家。
暂为访客犹言苦，长作居民却道华[①]。
人定胜天非梦语，风尘此处有烟霞。

注　释

① 道华：谓纷华盛丽的意念。

以色列特拉维夫

归舟静舣在溟湾，一任狂涛独去闲。
棕榈蓑衣疑祈雨，苍穹落日正衔帆。
新朋偶遇千杯醉，老友重逢百盏欢。
万里征蓬图建业，风骚独领再十年。

哥伦比亚卡塔赫纳[1]古城

一片空蒙万里秋，孤帆踏浪竞激流。
熔金落日偕霓影，泻玉冰轮照画楼。
红叶寥寥千树寂，丹心耿耿百情悠。
家国此去何羁旅，碧海青天意未休。

注 释

① 卡塔赫纳：位于加勒比海南端，始建于1533年，以古要塞闻名天下，为一座历史名城。是哥伦比亚北方重要的港口，也是闻名遐迩的游览、避暑胜地，被誉为拉丁美洲最美的地方。

② 耿耿：明亮；形容忠诚。

哥伦比亚巴哥达

何故残墙气自华，巴城无处不涂鸦[1]。
昔楼毕现殖民化，今舞犹似西班牙。
丰乳肥臀时巷陌，荷枪实弹总街吧。
奚时此域疏凋敝，人间繁华满际涯。

注 释

① 涂鸦：起源于唐朝诗人卢仝说其儿子乱写乱画顽皮之行。其《示添

丁》诗曰:“忽来案上翻墨汁,涂抹诗书如老鸦。”后逐渐演变成了带有时代色彩的艺术行为。涂鸦主要的介质为墙,但进入 20 世纪后期,涂鸦所创作的介质不只是墙了,其创作形式和内容更加多样化多元化,并且曾一度成为前卫时尚的设计师的专利。

伊瓜苏瀑布[①]

碧漾中分界两邦,一川沆瀣[②]意苍茫。
千姿瀑布倾峡谷,百态湍流[③]阻棹行。
晴霁空中时细雨,绵濛[④]霭里总霞光。
彼伏此起涛波曲,亘古绕萦未遽央。

注　释

① 伊瓜苏瀑布:位于阿根廷和巴西交界处伊瓜苏河与巴拉那河合流点上游 25 千米处,呈马蹄形,宽约 4 千米,平均落差 75 米。是南美洲最大的瀑布,世界最宽的瀑布,也是世界五大名瀑之一。

② 沆瀣:夜间的水汽;露水。

③ 湍流:急而回旋的水流。

④ 绵濛:幽暗不明貌。

立陶宛维尔纽斯大教堂[①]

无心有幸落维城,未醒已闻报晓钟。
信徒恭敬皆朝拜,圣母仁慈总显灵。
穹顶高悬留主迹,四周肃穆化神声。
闲游偶遇新婚礼,何处人间无爱情。

注　释

① 维尔纽斯大教堂:建于 1387 年,因多次改建,使其逐渐形成了哥特

式、文艺复兴和巴洛克等风格相融合的特点。几个世纪以来,它一直是立陶宛天主教徒心目中最重要的圣殿,立陶宛历史上许多重大事件都与之有关。

立陶宛特拉凯城堡

湖泊九曲绕孤城,古堡千年历雨风。
绛顶丹墙群鹭起,白帆红日落霞生。
昔为要塞十踞险,今变景观一路通。
莫道人非物犹是,悄留化境在心中。

注　释

① 特拉凯城堡:位于加尔瓦湖心岛上,是立陶宛古代众多城堡中仅存的一个,也是立陶宛最著名的风景旅游区。城堡由粉红砖石砌成,城堡面积不大,但城墙坚厚,城堡四周有瞭望台,墙内有护城河,由小桥通往内城。

立陶宛库尔斯沙嘴[①]

湖海两分真世奇,蜿蜒百里自一堤。
赤松雪柳沙中种,村舍墟屋岸上栖。
昔日荒丘连朔漠,今朝碧水漾涟漪。
桑田千载难沧海,阆苑红尘未可期。

注　释

① 库尔斯沙嘴:位于波罗的海沿岸的一个沙洲,长 98 千米,最宽处 4 千米、最窄处仅为 400 米,将库尔斯泻湖与波罗的海分开,形成一边是湖,另一边是海的奇观。此处完整地保留了多处历史、考古、建筑等遗迹,还有古朴传统的生活方式。并同时由俄罗斯加里宁格勒和立陶宛管辖。

爱沙尼亚塔林[①]

黄昏漫步在古城，曲巷幽街正放灯。
旧堡夕阳时剪影，教堂礼拜偶闻钟。
粉墙绛瓦斑斓色，高塔平楼错落容。
广场游宾难尽意，犹期朗月满天星。

注　释

① 塔林：爱沙尼亚首都，是波罗的海沿岸重要的商港、工业中心和旅游胜地。其起源可追溯到13世纪，从条顿骑士团发现城堡始，这里逐渐发展成为汉斯同盟的主要中心。是北欧保存最完好的中世纪城市之一。

宿爱沙尼亚萨尔玛岛[①]别墅

古堡依依林海间，谁知萨岛最桃源。
虬藤曲蔓萌新绿，绛瓦飞甍罥旧檐。
草长莺飞临碧水，云蒸霞蔚渲蓝天。
壮游何不行千里，处处春心托杜鹃。

注　释

① 萨尔玛岛：爱沙尼亚最大的岛屿，是北欧最著名的度假胜地，也是世界十大世外桃源岛之一。它位于波罗的海南部，是莫昂宗德群岛的一部分。岛上居民5 000多人，大部分以旅游业为生。

重游哥本哈根

帆悬犹是旧时旗，海畔河滨寻旅居。
曲臂依墙大卫像[①]，回眸临水美人鱼[②]。

营空要塞兵悉去，王宿寝宫帜示谜[3]。
归倦满斟一杯酒，三游未晓是何期。

注　释

① 大卫像：即米开朗琪罗的《大卫》。是 1501—1504 年间意大利雕塑家米开朗琪罗创作的大理石雕塑，现收藏于意大利佛罗伦萨美术学院。雕像高 3.96 米，连基座高 5.5 米。《大卫》体现了人体的神圣美与大卫即将迸发出的巨大力量，从而成为西方美术史上值得夸耀的男性裸体雕像之一。此处指哥本哈根海边复制的铜大卫像。

② 美人鱼：指哥本哈根海边的美人鱼雕像。

③ 帜示谜：指王宫顶上如悬挂国旗，说明女王住在该宫。

瑞典皇后岛[1]夏宫

红尘欲避远斯城，皇后岛上栖夏宫。
树似卫兵分队列，湖如玉鉴映穹空。
雁伏草上闲双翼，莲曳水中戏过风。
偶遇国王自牵犬，游人疑是一耆翁。

注　释

① 皇后岛：位于斯德哥尔摩西郊梅拉伦湖上，是瑞典王室一片规模宏大的宫殿园林，因它的建设受凡尔赛宫的启发，故有“瑞典的凡尔赛”之称。400 多年前，瑞典国王约翰三世在此修建了一座名叫“石头房子”的宫殿，国王喜爱这里就像喜爱王后一样，因此将这里命名为“皇后岛”，宫殿也成为“皇后岛宫”。按：准确的叫法应为“王后岛”与“王后岛宫”。

芬兰圣诞老人村[1]

白髯红衣胖老翁[2]，每逢圣诞入烟囱。

雪橇欲送清晨礼，妙手期拨幸运钟。
自古贤达皆畀[3]爱，迄今访客总羁情。
小村遥寄一封信，天外遗君有飞鸿。

注　释

① 圣诞老人村：位于芬兰的拉普兰地区罗瓦涅米以北 8 千米处的北极圈上，地图上标有 66°32′35″字样的白色标线就是北极圈的纬度。每年源源不断的游客从世界各地涌向这里，以一睹圣诞老人的风采为快。在圣诞老人村的礼品店里，游客可以买到带有芬兰特点，设计精美的礼品，最令人兴奋的是圣诞老人邮局里的各种充满童话色彩的邮票、贺卡等。游客还可以得到一张跨越北极圈的证书。

② “白髯”句：指圣诞老人。

③ 畀(bì)：给予；给。

芬兰圣诞老人村船上桑拿

小船逆浪踏波行，水汽盈室正沸腾。
浃背汗流[1]热透骨，赤身裸泳冷凌风。
北极圈里一时暑，圣诞故乡四季冬。
异地每临觅奇事，天涯海角畅平生。

注　释

① 浃背汗流：同汗流浃背，汗流得满背都是。原形容非常恐惧。现也形容出汗很多，背上的衣服都湿透了。浃：湿透。

克罗地亚十六湖[1]

山光水色两徘徊，十六泻湖渐次开。
波映青峰千倩影，流倾碧漾百丘台。

鱼逐凫戏涟漪去，柳媚春归嫩翠来。
一缕清风吹鬓过，几多惬意自萦怀。

注 释

① 十六湖：指十六湖国家公园，位于克罗地亚中部的喀斯特山区，是克罗地亚最大的国家公园，无论是景色还是地质成因，十六湖地区都和我国的九寨沟极为相似，因此在中国，不妨把它称为“欧洲九寨沟”。公园由十六个大大小小的湖泊组成，所以称为十六湖国家公园。

克罗地亚海岸

山光水色意难穷，千岛星罗碧漾中。
云卷云舒帆弄影，潮跌潮宕[1]浪和声。
斜晖远屿孤独梦，落日古城寂寞虹。
把酒临风纾极目，应邀明月醉平生。

注 释

① 跌宕：起伏；上下。

克罗地亚杜布罗夫尼克[1]古城

枕浪眠波半倚山，溟津[2]正泊万帆船。
飞甍耸塔千叠错，曲巷幽街百绕旋。
古堡森森栖往圣，民居落落住今贤。
游余漫啜一杯酒，疑将他乡作故园。

注 释

① 杜布罗夫尼克：建于公元 7 世纪，是欧洲中世纪建筑保存比较完好的一座古城，被誉为“亚得里亚海明珠”和“城市博物馆”。城区分为旧城和

新城两部分,旧城至今仍保存着 14 至 16 世纪的古城堡,分别体现罗马式、哥特式、文艺复兴式和巴洛克式等不同的建筑风格。其地依山傍海、风景绮丽、气候宜人,已成为欧洲乃至全球游客理想的旅游和疗养胜地。

② 溟津:指海港。

挪威高山湖

心生彩翼眼柔波,漠漠高湖云霭娑[①]。
枕水木屋独落寂,逢春皑雪自潺歌。
石期花貌思苔碧,草欲绿衣乞露多。
天地遨游且为乐,一生穷尽好山河。

注　释

① 娑:漂动、轻扬貌。

挪威峡湾

细浪漪漪镜未磨,峡湾虬曲几疑河。
坡居错落临湖水,铁锁参差凌碧波。
山路连穿百余洞,溪流独漾一支歌。
苍凉方可栖绝美,胜境心忧不遑多。

挪威维格兰雕塑公园[①]

皆因父母凋朱颜,始有千年薪火传[②]。
女立铜足期柱地,男直铁背欲擎天。
兄弟勠力[③]同凌苦,姐妹协心共度艰。
刀斧一生未曾辍[④],悄留杰作在人间。

注　释

① 维格兰雕塑公园：位于奥斯陆西北部，占地约50公顷，并以挪威雕塑大师古斯塔夫·维格兰的姓氏命名。整个公园从正门、石桥、喷泉、圆台阶、生死柱，都延续在一条长达850米的中轴线上。公园内共有维格兰的人体雕塑作品192座、人物雕像650人。人体雕像的材料有铜、铁、花岗石等，维格兰呕心沥血20多年才得以完成。

② 薪火：点燃火的柴草；燃火把；喻学术等传承不断。

③ 勠力：合力；并力合作。

④ 辍：中途停止。

冰岛印象

冰岛何因最副[①]名，谁期盛夏尚泠风。
千山处处难辞雪，百壑时时犹滞冬。
地热温泉多海际，崩峰坼岭总原中。
北欧行遍皆殊旅，造化人间最动情。

注　释

① 副：符合；相称。

冰岛辛格利维尔国家公园[①]

初惊洲堑[②]近湖滨，更诧早生民主魂。
地陷东西成坼界，山骈南北峙毗邻。
岩经风雨方缁[③]色，壁历雪霜始褶痕。
千载冰川犹碧汩，正和大地两思春。

注　释

① 辛格维利尔国家公园：位于北美板块和欧亚板块分离所产生的巨大裂谷边缘，非常壮观，是世界自然遗产。现今裂谷仍以每年2厘米的速度

进行着分离。其地理地质特性在世界上独一无二,欧亚大陆板块与美洲大陆板块在此相会,且暴露在海平面之上。全世界只能在冰岛看到两大地质板块在海平面之上相会的地质奇观。

② 洲堑:指北美板块和欧亚板块的大裂谷。

③ 缁:黑色、黑色的。

保加利亚莫斯利安村①

小村隐隐半山中,清丽野花空谷风。
栅柳门杨同倩影,粗茶淡饭寿耆翁。
田耕总伴溪云暮,野饪时偕落日红。
万里桃源犹寄梦,人生是处总征蓬。

注　释

① 莫斯利安村:位于保加利亚南部山脉东南坡的谷地里,小阿尔达河与白河绕村而过。这里树木葱郁,繁花似锦,泉水清澈,空气新鲜,环境宜人。莫斯利安村是世界著名的五大长寿村之一。

悉尼歌剧院①

十贝眠波枕浪闲,一桥飞架在溟湾。
空前妙想疑欺世,绝后神工方涅槃。
百睹妆容犹夜寂,千聆歌籁自宵阑。
畅游小憩倾杯酒,此处人间更碧天。

注　释

① 悉尼歌剧院:位于悉尼北部悉尼港的便利朗角,1959 年 3 月动工,1973 年 10 月 20 日正式投入使用,是澳大利亚地标式建筑。占地 1.84 公顷,坐落在距海面 19 米的花岗岩基座上,最高的壳顶距海面 60 米,总建筑

面积 88 000 平方米，有一个 2 700 座的音乐厅，一个 1 550 座的歌剧院和一个 420 座的小剧场，有展览、录音、酒吧、餐厅等大小房间 900 个。悉尼歌剧院的外型犹如即将乘风出海的白色风帆，由 10 块大“海贝”组成，与周围景色相互呼应，最高的贝块高达 67 米。

澳大利亚堡礁绿岛①

海渺天幽万里疆，堡礁棋布太平洋。
宵清静待一轮月，水碧悄寻七彩光。
凌宇白鸥期浪猎，舣津舟棹冀开航。
日西犹自有余兴②，闲睇群龟产卵忙。

注　释

① 大堡礁：是世界著名的天然景观旅游胜地，位于澳大利亚东北昆士兰州东海岸。南北长 2 000 多千米，东西宽 50—160 千米，由 2 900 多个珊瑚礁岛组成，是世界上最大的天然海洋公园，也是世界七大自然景观之一。绿岛国家公园：长约 600 米，宽约 300 米，由天然珊瑚组成，白沙环绕一周，翠绿点缀其中，远远望去，宛若镶嵌在太平洋上的一颗绿宝石，分外妖娆美丽。

② 余兴：未尽的兴致。

澳阿瑟港监狱①（一）

颓垣断壁海山间，几万刑徒逾百年。
三句逆言三载狱，九只面包九年监。
湖滨乱葬千残骨，孤岛囚禁百枉冤。
一纵林燔俱焚去，空留喟叹在人间。

注　释

① 阿瑟港监狱：澳洲目前保存最完好的监狱古迹，有“澳洲的古拉格”

之称。在1830年至1877年间,这里曾经关押了1.3万名英国重刑流放犯人。

澳阿瑟港监狱(二)

澳民亚瑟可寻根,但憾祖先多狱人。
空寂湖滨遗野骨,荒蛮海畔葬冤魂。
燔余地狱犹残壁,劫后天堂总茂林。
山光水色仍如是,犹记故乡是英伦。

克里姆林宫[①]

冰河几曲欲围城,皑雪犹羁在克宫。
迤逦红墙着血色,参差穹顶忆峥嵘。
英魂历载难仙逝,巨炮[②]经年已寂空。
昔虎今鼠疑是梦,雄途万里待谁征。

注　释

① 克里姆林宫:位于莫斯科最中心的博罗维茨基山岗上,南临莫斯科河,西北接亚历山大罗夫斯基花园,东北与红场相连,呈三角形。是俄罗斯联邦的象征、总统府所在地,曾是俄罗斯沙皇的居所之一。“克里姆林”在俄语中意为“内城”,围墙长2 235米,厚6米,高14米,围墙上有塔楼18座,参差错落地分布在三角形宫墙上,其中最壮观、最著名的要数带有鸣钟的救世主塔楼。克里姆林宫享有“世界第八奇景”的美誉。

② 巨炮:已有四百多年的历史,炮重40吨,炮口直径0.92米。炮前堆着4个炮弹,每个重2吨,炮架上有精美的浮雕,有沙皇费多尔的像。由于太重太大,从未使用过。

莫斯科[①]

盈眸白桦几成林,三月朔方尚雪痕。
冽冽寒风频彻骨,匆匆行者俱失魂。

旧城今日仍城旧，人鄙明朝总鄙人。
徒有雄心凌宇志，何时北域可强邻。

注　释

① 莫斯科：俄罗斯联邦首都，其政治、经济、文化、金融、交通中心，是一座国际化大都市。地处俄罗斯东欧平原中部，跨莫斯科河及支流亚乌扎河两岸。与伏尔加流域的上游入口及江河口处相通，是俄罗斯乃至欧亚大陆上极其重要的交通枢纽。

捷克克鲁姆洛夫[①]古镇玫瑰节

红瓦白墙水绕城，古堡依山欲占峰。
劲舞复原刀火种，盛装毕现牧农耕。
家家结彩灯偕月，户户擎觞酒醉风。
小镇佳节堪寄梦，呼朋唤侣再长征。

注　释

① 克鲁姆洛夫：是南波西米亚的迷人小镇，也是世界上最美城市之一。该城 1992 年被联合国教科文组织列为世界文化遗产。

布拉格[①]

碧浪澄波漾古桥，空蒙城堡几遗娇。
红墙黛瓦青藤翳，耸塔飞甍雨燕巢。
几缕啡香释倦意，一杯酒醉远尘嚣。
三千里外家国事，绮梦重温到九霄。

注　释

① 布拉格：位于捷克的中波希米亚州，属伏尔塔瓦河流域。它地处欧

洲大陆的中心,是重要的交通枢纽,与周边国家的联系密切。布拉格拥有为数众多的各个历史时期、各种风格的建筑,以巴洛克和哥特式为主。

布达佩斯[①]

一川碧漾两分城,飞架凌江锁幻蒙。
布达皇宫时顿迹[②],佩斯民舍可留踪。
谁言物是堪铭古,吾道人非可鉴生。
悲喜尘间多少事,山河依旧笑春风。

注　释

① 布达佩斯:位于多瑙河畔,是匈牙利首都,起初是遥遥相对的两座城市,后经几个世纪的扩建,在 1873 年左岸的布达和右岸的佩斯合并,合称布达佩斯。布达佩斯是匈牙利的政治、商业、交通中心,为欧洲联盟第七大城市,是东欧重要的中继站,有“东欧巴黎”和“多瑙河明珠”的美誉。布达佩斯是一座充满魅力的城市,其名胜都位于多瑙河畔,因而多瑙河沿岸、布达城堡区和安德拉什大街被列为世界文化遗产。

② 顿迹:犹止步。

雅典爱琴海

水碧风清暮色浓,波逐浪涌海天空。
夕晖映宇偕帆影,白鸥鸣穹济浪声。
卧屿霓虹圆绮梦,笼烟远黛化飞龙。
伊人唯憾难同旅,今夜相期对月明。

雅典神庙[①]

时光荏苒越千年,神庙何因不涅槃。

苏柏[②]哲思忧社稷,缪斯[③]情爱感人间。
文明亘古鸿蒙辟,艺术迄今圭臬传。
为有残垣和断壁,方识干戈是余闲。

注　释

① 雅典神庙:雅典有长达 3 000 多年的历史,被誉为"西方文明的摇篮"。雅典是欧洲哲学的发源地,对欧洲以及世界文化产生过重大影响。在那里诞生了苏格拉底、柏拉图、亚里士多德等一大批历史伟人,被称为民主的起源地。雅典至今仍保留了众多的历史遗迹和大量的艺术作品,其中最著名的是雅典卫城的帕特农神庙,它被视为西方文化的象征。

② 苏柏:指古希腊哲学家苏格拉底和柏拉图。

③ 缪斯:希腊神话中主司艺术与科学的九位古老文艺女神的总称。

希腊圣托里尼[①](一)

白墙绛瓦峭岩中,傍海依山势欲倾。
千里烟波帆弄影,一轮落日云飞虹。
硫岚缥缈偕泉涌,火迹斑驳[②]济堑成。
是夜游船舣难定,明朝斩浪又出征。

注　释

① 圣托里尼:位于希腊大陆东南 200 千米的爱琴海上,是由一群火山组成的岛环,在世界两大大陆板块最深的海沟之间。圣托里尼岛由三个岛组成,其中两个岛有人居住,中间的一个岛是沉睡的火山岛。

② 斑驳:一种颜色中杂有别种颜色,或各种颜色杂在一起。

希腊圣托里尼(二)

点点波光百里帆,千居凌壁又丘山。

斜晖一抹天涯暖，明月半轮海水寒。
寂夜清茗君自遣，良宵美酒我独欢。
东方遥望心无憾，正与伊人共婵娟。

希腊圣托里尼(三)

水渺天高两澹幽，百帆竞渡泛激流。
夕阳漾彩迎归棹，明月泻银照画楼。
心系桃源休万事，情萦阆苑罢千愁。
何时可待闲暇日，泛尽五湖四海舟。

希腊圣托里尼(四)

暮云犹滞晚霞光，千里峡湾正寂茫。
舟挂归帆衔落日，鸥翔远屿恋夕阳。
岩屋百抹霓虹缕，碧漾一袭炫彩装。
莫自只迷幻中景，今宵绮梦未渠央。

滑铁卢①

英雄埋骨筑高台，岛外孤魂自可哀。
横扫沙俄东欧寂，远征埃及北非衰。
幽囚难阻天兵降，振臂岂无神将来。
往事如烟二百载，春风杨柳正萦怀。

注　释

① 滑铁卢：在今比利时境内。滑铁卢战役是1815年6月18日，由法军对反法联军在小镇滑铁卢进行的决战。战役结局是反法联军获取了决定性胜利。这次战役结束了拿破仑帝国，也是拿破仑一世的最后一战。拿

破仑战败后被放逐至圣赫勒拿岛，自此退出历史舞台。

科隆大教堂[1]

血雨腥风只等闲，依桥傍水越千年。
肃杀铁骑期驰野，孤标高塔欲柱天。
金椁[2]幽冥埋士骨，绮窗炫彩画哲颜。
十字架上耶稣在，期降人间施圣餐[3]。

注　释

① 科隆大教堂：德国最大的教堂，科隆标志性建筑，被誉为哥特式教堂建筑中最完美的典范。其兴建是天主教和中世纪文化在欧洲勃兴的象征。

② 椁：套在棺材外面的大棺材。

③ 圣餐：基督教的宗教仪式。用面包和葡萄酒象征耶稣的肉与血，教徒在仪式中领受并食用，以纪念耶稣为救赎世人而受难。

马丘比丘[1]

俯瞰群峰意杳蒙[2]，高山林密隐残城。
千年露宿犹天帐，百载风餐自火耕。
妙算光阴依日晷[3]，神参宇构筑庐穹。
一朝西寇[4]偷临境，烟灭灰飞梦成空。

注　释

① 马丘比丘：位于秘鲁库斯科西北 75 千米处，整个遗址高耸在海拔约 2 350 米的山脊上，俯瞰着乌鲁班巴河谷，为热带丛林所包围，是秘鲁前哥伦布时期印加帝国的遗迹，也是世界新七大奇迹之一。

② 俯瞰：从高处往下看。杳蒙：迷茫，模糊不清。

③ 日晷：本义是指太阳的影子；引申意的“日晷”指的是人类古代利用日影测得时刻的一种计时仪器，又称“日规”。

④ 西寇：指西班牙人入侵。

巴西里约热内卢

烟波浩渺意难穷，枕海清宵聆浪声。
寂岭幽丘栖静境[1]，繁星朗月熠穹空。
歌狂舞劲桑巴曲，酒冽啡香异域情。
基督[2]双手托苍宇，天上人间一梦中。

注　释

① 静境：静谧的环境、意境。犹静域。

② 基督：指里约热内卢基督像，也叫巴西基督像，是一座装饰艺术风格的大型耶稣基督雕像，位于里约热内卢基督山上，是该市的标志，也是世界最闻名的纪念雕塑之一。

复活节岛[1]（一）

一屿孤悬碧海中，桃源世外梦千重。
百石镂像期天祭[2]，独木镌舟冀远征。
欧陆何时休野牧[3]，努伊奚处可壅耕[4]。
只缘岛上多耋耄，方有吾侪万里行。

注　释

① 复活节岛：位于南太平洋东部，东距智利本土约3 600千米，南纬27度，西经109度。荷兰航海家罗赫芬于1722年4月5日复活节发现并登上该岛，该岛因此而得名，当地人则称之为拉帕努伊岛。

② “百石”句：复活节岛上有600多座巨大的石雕像，里面藏着一些迄

今让人难解之谜。

③“欧陆”句：指欧洲大陆荷兰等航海国家殖民事。

④“努伊”句：指岛上少土多石，不长农作物，只能种些易生长的甘薯。努伊：为拉帕努伊岛的略称。壅：把土或肥料培在植物的根上。

复活节岛(二)

不疑孤屿是桃源，翁媪皆逾耄耋年。
独木轻舟时渔猎，藤弦琵琶总歌闲。
千夕石像神扶佑，百载红尘谁涅槃。
一缕清风挈[1]将去，复活岛外几重天。

注 释

① 挈：举起；领。

印尼小岛

红树蓑棕碧海天，白沙细浪两悠然。
人鱼互戏同缘水，鸥鹭竞飞共绕船。
缕缕清风消溽暑，茨茨茅舍袅炊烟，
一杯美酒邀明月，宜将素心寄林泉。

吴哥窟[1]

岚屏雾嶂几多重，难掩吴哥王者风。
百塔参差疑破宇，千佛错落似凌空。
梁残柱断时羁泪，禅浅缘深总滞情。
世事流云皆溯往，一蓑烟雨任平生。

注　释

① 吴哥窟：又名吴哥寺，堪称柬埔寨国宝，是世界上最大的庙宇类建筑，同时也是世界上最早的高棉式建筑。吴哥窟是吴哥古迹最精华的部分，也是柬埔寨早期建筑风格的代表。吴哥窟的建筑艺术，不仅在于建筑本身，还在于它的浮雕石刻。吴哥窟浮雕精致、真实，是整个吴哥艺术的精华。

马尔代夫[①]（一）

远行千里踏涛波，携侣畅游海上窠[②]。
帆影悠悠时海护，溪云绰绰总天呵[③]。
眠漪助兴一杯酒，枕浪怡情几首歌。
宜趁低潮寻贝去，时光无限任消磨。

注　释

① 马尔代夫：印度洋上的群岛国家，距印度南部约600千米，距离斯里兰卡西南部约750千米。在9万平方千米的海域内，分布着26组自然环礁、1 192个珊瑚岛，其中约200个岛屿有人居住。陆地面积298平方千米，是亚洲最小的国家。

② 窠：借指人安居或聚会之所。此喻马国小也。

③ 呵：呵护之义。与上句对应。

马尔代夫（二）

上帝遗珠千岛国，白沙曲岸尽涛波。
夕阳弄影斑驳树，朝日描云炫彩娑。
牵涉滩中聆浪曲，携游海上觅仙娥。
情思无限期何寄，宜向苍茫倾百榼[①]。

注　释

① 榼：古代盛酒的器具;借指酒。

马尔代夫(三)

溟渺穹苍竞蔚蓝,苍茫无限九重天。
珊瑚礁里寻鱼乐,茅茨屋中枕浪眠。
月夜蓬壶歌百曲,星晨瀛海赋千篇。
因缘吾辈期寻梦,随处桃源可百年。

偕游岛国[①]

风清海碧渺云闲,极目难穷万里天。
斩浪劈波君恣意,戏沙拾贝我悠然。
眠穷水上一轮月,啖尽屿中百味鲜。
莫诧是辰皆早起,霓霞盈宇待偕观。

注　释

① 岛国：指马尔代夫。

斯德哥尔摩[①]

澄波绮浪数分城,千载斯德自漾中。
楼宇参差时枕碧,樯帆往复只凭风。
初征巨舰[②]沉溟底,屡战强邻至伟功。
翘楚今朝趣何处? 商场争夺正点兵。

注　释

① 斯德哥尔摩：位于瑞典的东海岸,濒波罗的海、梅拉伦湖入海处,风

景秀丽,是著名的旅游胜地。为瑞典首都和第一大城市,瑞典政治、经济、文化、交通中心和主要港口,也是瑞典国家政府、国会以及皇室所在地。市区分布在 14 座岛屿和一个半岛上,70 余座桥梁将这些岛屿联为一体,因此享有“北方威尼斯”的美誉。

② 巨舰:指“瓦萨号”,是一艘 17 世纪的古战船,它是遵照瑞典国王古斯塔夫二世的旨意用时三年建造而成的。1628 年首航,即遇大风浪沉没,直到 1961 年才被政府打捞上来并被全方面进行修复。

后　　记

20 世纪 80 年代初上大学时，因慕化学泰斗唐敖庆之名选择了吉林大学化学系，朦胧诗给我紧张单调的学习生活平添了许多的乐趣。工作后，先在大学负责科研，后担任上市公司领导。繁忙的工作难掩心中的创作冲动，先后出版了三部“行、摄、诗”作品《本真恒远》《承载本恒》《诗翰影织》。

2015 年，我的人生发生重大变故，自此开始了真正意义上的诗词之旅，从《诗经》《楚辞》的研读始，几乎涉猎了先秦至明清的所有诗词歌赋，同时研习儒释道经典，这些文化精粹的入心入魂是我诗词创作的最大动因。感谢诗词，使我告别了“为赋新词强说愁”的青葱岁月，伴我度过了人生的至暗时刻。“诗穷而后工”，修身养性，凤凰涅槃。

诗词创作，就境界而言，陶渊明、禅宗对我的影响最大；依技法和水平看，敬佩陶渊明、李白、王维、杜牧、李商隐、李煜、苏轼、辛弃疾、柳永、秦观、李清照、纳兰性德、黄仲则，尤以李白、李商隐、苏轼三人为最。

《本语诗翰》共收录七律诗 900 余首，以欣赏的眼光观察世界，以敬畏的心态探究生活之本相、生命之本真；在诗词咏叹中反映一份人生的积淀、一份历史的承载。“史海钩沉”抒发了对历史人物、名胜古迹和历史典故的尊崇和感悟；“山水寄情”饱含对曾游历的祖国大好河山的眷恋和欣赏；“神州记游”描绘了旅行全国各地的情景与共鸣；“四季感怀”表达了春夏秋冬、传统节日、特定气候和地域特色的体验与情怀;“佛道心语”坦露佛教经典研习、佛教圣地拜谒的顿悟和感慨;“骨肉亲情”记录了爱情和家庭生活的片段与瞬间;“友朋酬唱”倾吐了朋友间的真挚情感,也有替朋友寄赠亲人的诗词代笔;“同气相求”是游历、工作、生活时的情感宣泄;“异域采风”表达了游历五十多个国家的感触与抒怀。

感谢妻子郑侠和女儿郭梦精神和物质上的双重支持,感谢朋友傅敏、吴志刚、龚明,感谢中西书局编辑唐少波,正是你们的支持、帮助和辛勤工作,才使拙作得以面世。书中有关景物的情况介绍有些依据和参考百度百科,在此一并表示感谢。

作　者

2024 年 7 月于沪上